新　潮　文　庫

泥　流　地　帯

三浦綾子著

泥流地帯

山合の秋

一

外は闇《やみ》だった。

星光《ほしかげ》一つ見えない。まるで墨をぬったような、真っ暗闇だ。あまりの暗さに、外に出た拓一《たくいち》は、ぶるっと体をふるわせる。いつもこうなのだ。もう六年生だというのに、拓一は夜、外に出るのが恐ろしい。

着物の前をめくりながら、拓一は左へ十歩数えて行く。人の気配に、馬小屋の中で馬が甘えていななく。鶏はとうに眠っていて、羽音もたてない。拓一は、息をつめて小用を足す。静かな音だ。その音がまた拓一をおびやかす。

便所はもう少し離れている。そこまで行く勇気は拓一にはない。

用を足しながら、拓一はじっと闇に目をこらす。手でかきまわせば、闇がねっとり手の先についてくるような気がする。すぐ前にある収穫の終ったえんどう畠《ばたけ》も、その向うにぞっくりと繁《しげ》るエゾ松林も、小高い山も、ただ闇の中だ。

左右から山のせり出すその峡《たに》の彼方《かなた》に、新雪をかぶって稜線《りょうせん》をかっきりと見せている十勝連峰の一劃《いっかく》も、今夜のこの闇の中では、全く見えない。近くの小川の音だけが左手の藪《やぶ》のほうから聞えて来る。

用を足し終った拓一は、ひょいと前方を見た。七、八町向うに、ポッと黄色い灯が見えた。灯が右へ左へ揺れる。拓一はあとずさりした。

(狐火《きつねび》か!?)

闇夜に見える遠い灯は不気味だ。

(提灯《ちょうちん》かも知れない)

そう思った時、いきなり灯が消えた。さむ気がざわざわと背筋を走る。と思う間もなく、またぽっかりと灯がゆれはじめる。

言いようもない恐ろしさに、拓一は一目散に戸口に走る。引戸をがたびしさせて、ようやく家に入る。

「また拓一の意気地なしが!」

祖父の市三郎が、ストーブの傍《そば》で言う。市三郎の金つぼまなこが笑っている。濁りのない目だ。

拓一は、土間の隅の流し台に行き、四斗瓶《がめ》から柄杓《ひしやく》に汲《く》んで、ごくごくと水を飲む。胃に沁《し》みわたって行くのがわかるほど、秋の夜の水は冷たい。

(父さんが死んでからだ)

拓一は、自分が臆病《おくびよう》になったのは、父の義平の死以来だと、自分でも承知している。父は四年前の大正二年二月二十一日、冬山造材で木の下になって死んだ。三十二歳だった。その父を共同墓地の野天の焼場に送ってからだ。

暗いところに一人いると、父の顔がうすぼんやりと見えるような気がする。思うまいとしてもつい目に映る。

拓一は草履をぬいで板の間に上る。十畳ほどの板の間の窓寄りに、薪《まき》ストーブが燃えている。そのストーブの上に鉄鍋《てつなべ》をのせ、祖母のキワがそばがきをつくっている。菓子代りだが砂糖は使わない。姉の富が小皿をみんなに配る。

みんなと言っても、祖父母のほかは、拓一と、十五の富と十の耕作と、六つの良子だ。

小学校へ入る前から本好きの耕作は、うす暗い石油ランプの下で、先生から借りた童話の本を読んでいる。学校の教師は拓一に言ったことがある。

「おい石村、お前のおんじの耕作は、学校始まっての秀才だな。もう、先生も負けるべな」

先生が生徒に負けることはない。

(先生、冗談ば言って!)

拓一はその時そう思った。が、今では、いつかは弟の耕作は先生を負かすだろうと思っている。

学校は、拓一たちの家から更に一里近くも奥にある。狭い山合の小さな学校だ。先生がたった一人の複式授業で、一年生から六年生まで同じ教室だ。耕作は、二年生よりも先に九九を憶《おぼ》えたし、四年生の習う教育勅語だってすぐに暗誦《あんしょう》した。

生徒たちは、

「チンおもうに」

と言って鼻をつまみ、

「わが、コソコソコソ」

と、相手の腋《わき》の下をくすぐってふざける。が、それが教育勅語かどうかは下級生は知っていないし、それ以上はおぼえもしない。しかし耕作だけは、少し大きな頭をちょっと右に傾け、じっと聞いていて暗誦してしまう。

「ばっちゃん、今ごろ母さん何してると思う?」

お下げ髪の富が、ふと思い出して呟《つぶや》く。

「元気で、がんばっているべさ」

祖母のキワは、血色のよい骨太の手で鉄鍋を木の鍋台におろす。

「いつ迎えに来るのかな」

と言いながら、拓一が良子の皿を取って、祖母にさし出す。

「まず、じっちゃまからな」

キワはやさしく言って、祖父の皿に盛り、次に良子の皿に盛ってやる。

耕作は本から目を離し、膝小僧《ひざこぞう》を抱えている。母の話が出ると、耕作はいつも黙る。そのことに気づいているのは祖母のキワだけだ。

「お前らの母さんはな、札幌《さっぽろ》一の髪結いになって、お前らを迎えに来る」

いつも言うことを祖父はくり返す。耕作はその祖父の顔をじっと見つめる。祖父の目がきらりと光る。それが涙だと耕作は知っている。が、祖父は決して涙をこぼさない。さっと目がぬれて光るだけだ。

耕作は、熱いそばがきを醤油《しょうゆ》につけて、ふうふう吹いて食べる。食べながら、母のいなくなった日のことを思い出す。

二年前の、あれはたしか雪どけの頃だった。

「今日はな、子供らはみんな、叔父さんちへ遊びに行ってこう。米の飯食わせてくれっとよ」

祖父に言われて、富はまだ四つの良子の手をひき、耕作と拓一はわいわいはしゃぎながら、半道程奥にある叔父の石村修平の家に行った。

米の飯は、盆と正月と、祭りか葬式の時にしか食べたことがない。人参《にんじん》とごぼうとえん豆をまぜた、五目飯ならぬ三目飯だったが、耕作には、たとえようもない程うまかった。

さんざん食べたり歌ったりして、うす暗くなった。帰ろうとする時、戸口によりかかって、叔母のソメノが言った。

「あんたら、家さ帰ったら、びっくりすることが待ってるよ」

遊びのつづきのつもりで、拓一が笑った。

「何さ、熊《くま》かい、熊が待っているのかい」

ソメノは雪やけした頰をひきしめて、

「あんたらの母さん、もう家におらんわ。遠くさ行って、もう帰らんわ」

と言った。

「うそだーい。叔母ちゃんのうそつき」

拓一がはやし、耕作もはやした。

「うそだかどうか、帰ってみればわかるさ」

ソメノはあわれむように二人を見た。

「うそだーい、うそだーい」

そうは言ったものの、俄《にわ》かに不安になった拓一は、外に出るとすぐに走り出した。耕作もあとにつづく。着物の裾《すそ》が足にからみつき、幾度もころびそうになりながら二人は走った。その二人のあとを、良子を背負い、ゆすり上げゆすり上げては、少しおくれて富も走った。

「うそだよな、兄《あん》ちゃん」

不安がる耕作に、

「うそに決まってる」

拓一が怒ったように言う。

すぐにまた耕作がきく。

「母ちゃん、いるよな」

「いるに決まってる！」

半里の道を二人は息せききって走った。

（母ちゃんがいないなんて、うそだ、うそだ）

と思いながらも、

（もし母ちゃんがいなかったら……）

と思うと、つい足がもつれる。雪どけ水が何度も顔にまで跳ね上る。と、耕作は馬の足跡につまずいてつんのめった。が、すぐに起きて拓一を追った。

ようやく道路を右に折れ、家への坂をころがるように走って、

「母ちゃん、母ちゃん」

と土間に駆けこんだ時には、拓一は既に奥の間を開けて、狂ったように母の姿を探していた。

その時のことを、耕作は時々思い出す。思い出すと胸のあたりが疼《うず》く。

母の佐枝が夫の義平に先立たれたのは、三十一歳の時だった。

「若いみそらで、かわえそうだなあ」

葬式の日、部落の者たちがこう言っていたのを、拓一は覚えている。

その二年後、佐枝が四人の子を置いて札幌に出たのを、悪く言う者もいた。

「髪結いだか、何ゆいだか知らんども、しゅうとに子供ばおしつけて、自分一人楽する気になって」

佐枝に手職を持たせようとしたのは、市三郎とキワだった。佐枝の体が、農家に耐え得ないという理由からだった。だが、それは表向きの理由だった。もう一つの理由を、市三郎はまだ誰にも語っていない。

二

そばがきをみんなが食べ終わった時だ。

「おばんでやす」

表で声がした。

「あ、田谷のおどだ」

拓一が言う。田谷のおどは、柄沢与吉の奉公人だ。柄沢は小作農だが、奉公人を三人も使っている。この日進部落で、一番豊かな小作農家だ。田谷のおどは、四十過ぎてもなぜか独り身で、奉公人として働らいている。しばらく前までは「田谷のあんさん」と呼ばれたが、この頃はもっぱら「田谷のおど」と呼ばれている。本名は仙太だ。田谷仙太は決まって家の二、三間向うで、

「おばんでやーす」

と大きな声を出す。そして、戸をガタピシあけてから、

「いたかやー」

と顔をつき出す。今夜もそうだ。ぬっと頬かむりの首が出、

「いたかやー」

と、土間に一歩足が入る。

「おう、田谷のおどか、まんず上れや」

市三郎が言うか言わぬかに、持っていた提灯をたたんで土間に積んだ薪の上におき、地下足袋を脱ぐ。

拓一はその提灯を見て、

(あ、さっきの灯は狐火じゃなかったな)

と、ほっとして、にやにやする。耕作はじっと、田谷仙太の様子をみつめている。

部落の人たちの中には、

「まんず上れや」

と言われても、

「やばちいなりだから」

と遠慮して、土間と居間の間仕切りに腰をおろすだけの人もいる。

が、田谷仙太はちがう。はじめから必ず上るつもりでいる。仙太のちがうところは

まだある。ほかの人は頬かむりをとってから家に入ってくるが、仙太はろばたに坐《すわ》ってから頬かむりをとく。それが耕作には何となくおもしろい。

何よりおもしろいのは、仙太が決まって何か新しい情報を持ってくることだ。仙太が入ってくると、耕作は勉強していても、本から目を離す。仙太は新聞代りなのだ。

「のう、石村のじっちゃま。薬ばもらいに来たんだども な……」

仙太は腰から煙草《たばこ》入れをぬく。

「誰か怪我人《けがにん》でもできたか」

石村市三郎は家伝薬をつくる。にらだけでつくったのと、焼酎《しようちゆう》と野草を何種かまぜ合わせてつくったのとがある。それらが、怪我やうちみや、腫《は》れものによく利《き》く。それだけではなく、急性肺炎にも、腹痛にも利く。

死にかけた赤ん坊が、家伝薬のにらのつゆをのんで生き返った。それがもう小学校二年生になっている。で、医者のいないこのあたりでは、病人が出ると市三郎の家伝薬をもらいに走る。

「うん、うちの甚助がな、足ばごねてよ」

甚助も柄沢の奉公人だ。仙太は太い指で、きせるに刻みタバコをつめる。

「何でまた、足などごねたっかね」

キワが聞く。

「なに、奴《やっこ》さん市街の深城《ふかぎ》に金ば借りてよ、期限までに返さなかったもんだで、番頭が催促に来た。甚助の奴《やつ》、番頭の姿ば見て、逃げ出そうとしてな、石ころに蹴《け》っつまずいてよ、踵《かかと》ばひねったってわけよ」

「ひねっただけだば、麦粉と酢を練ってつけりゃ、よかべ」

「いや、それが利かねえ。だんだん足首が腫れっから、それでじっちゃまの薬ばもらいにきたっつうわけだ」

「何だってまた、深城なんぞから借りたんだね。深城のやり口は、わかってるべに」

深城は、市街で飲食店をし、そのかたわら金貸しをしている。その高利と、容赦のない取立てで、近在に深城の名は鳴りひびいている。

「そりゃあ、言うまでもねえ、バクチの金だあ。甚助のバクチ狂いは曾山《そやま》のおやじと同じでなあ」

拓一と耕作は、何となく顔を見合わせた。曾山巻造は、拓一の仲よしの国男の父だ。国男には目もとのやさしい、下ぶくれの福子という妹がいる。福子は耕作と同じ年の、小学三年生だ。

「バクチか?」

吐き出すように市三郎は言い、眉《まゆ》をしかめる。バクチとは何のことか、耕作にはよくはわからない。

「深城は相変らずあこぎだなあ、じっちゃま。手前んところで開帳してよ。テラ銭をかき集め、負けた奴に金ば貸して、高い利子はふんだくる……」

子供たちには、さっぱりわからぬ言葉ばかり飛び出す。が、日頃やさしい祖母のキワが、

「ほんとに、ひどいこったねえ」

とうなずくのを見、耕作も、深城というのは、あまりよい人間ではないと見当がつく。

「あれで、かみさんがいいから、まだいいさ。あのかみさん、白首《ごけ》上りだが、えらくやさしいかんな」

(ゴケアガリ?)

耕作は、前歯の一本欠けた仙太のよく動く口をみつめる。ゴケという言葉は時々聞く。山の硫黄《いおう》鉱業所に働らいている若者たちが、時々薬をもらいに来て、

「ゴケ買ったバチでな」

と首をすくめたり、

「あの野郎、金が入りゃゴケ屋通いだ」

と言ったりするのを聞いて知っている。が、どんな字を書くのか、何のことか、耕作は知らない。ただ、大人の口からゴケという言葉が出る時、何となく大人たちの表情がいやしく変るのを、耕作は敏感に感じとっている。だから耕作は、ゴケという言葉のひびきが嫌いだ。

祖母のキワが仙太に言う。

「田谷のおど、白首上りだがやさしいなんて、そんなこと言えねえべさ。白首はもとはと言えば大方は貧乏人の娘でねえかね。売られたから白首になったわけだもの。その心根を思いやってやりなせえよ」

珍らしく強い語調だ。仙太は調子よく相づちを打ち、

「んだ、んだ。ばっちゃまの言うとおりだ。白首はもともと、俺だち貧乏人の仲間だもんな。心根は悪い筈《はず》はねえ」

「ところで深城のおかみは、いつ後妻に来たんだったけな」

市三郎が薬の入っている二合瓶《びん》を、仙太の前に置く。その瓶を持って、片手で拝む真似《まね》をしてから、自分のわきに置き、

「今年の三月でさ」

「札幌に預けておいた子供たちは、どうしたね」

「それだってばさ」

ポンとひざを叩《たた》いて、

「わらしっ子二人いたべや。男と女と。それが四年ぶりでこの間帰って来た。それがよ」

仙太はぐいと片膝《かたひざ》を進めて、

「それが、まだ十かそこらだっちゅうに、めんこいのめんこくないの。ありゃあ上玉だでや。大きくなったら、天女のような別嬪《べっぴん》になるべえって、今から大した評判でさあ」

仙太の言葉に、拓一がちょっとあかくなったのを、耕作は不審そうに見た。

三

田谷仙太が、石村市三郎の家に家伝薬をもらいに来た夜から、五日経《た》った。

その朝、拓一はまだ暗いうちに目をさました。隣りで耕作が寝息も立てずに眠っている。その向うに姉の富の顔が、影のようにぼんやり見える。

末っ子の良子は、祖父の市三郎と祖母のキワの間に並んで、居間で寝ている。たった二間の家なのだ。居間も奥の間も、板敷で、その上にうすべりを敷いている。

拓一は寝返りを打った。どこからか隙間風《すきまかぜ》が顔に当る。拓一はかたわらの壁に手を伸ばし、壁に貼《は》った古新聞を指でさぐった。荒壁のひび割れた感触が、古新聞を通して伝わる。十月にしては冷たい風が、新聞の破れ目からすうすう入ってくる。

(何だ、ここから入ってくるのか)

今日にも破れを貼らねばと、大人っぽく胸の中でつぶやきながら、手をふとんの中に入れた時、鶏が鳴いた。

(二番鶏《どり》だ!)

拓一は首をもたげる。二番鶏は四時頃鳴く。その鶏の声が、今朝はどこかおかしい。

「こけこっこう」

と、いつも鳴く筈なのだ。それが、

「こけっけっこう」

と、蹴つまずいたような鳴き方をしている。

居間で祖父母の起きる気配がした。祖父たちはこの頃、二番鶏が鳴くと起きるのだ。夏の間は、一番鶏の鳴く三時には起きていた。

待ちかまえていたように、拓一は耕作の脇腹《わきばら》をつつく。今日は日曜日なのだ。

「拓一、あしたぁひる前みっちり働らいたら、ひるから遊ばせてやってもいいど」

昨夜祖父の市三郎が言ったのだ。

「ほんとかい、じっちゃん」

拓一も耕作も飛び上って喜んだ。

農家の子供は、小学校の三年生になったら、もう大人と一緒に働らく。雪の来るまでは、子供といえどもめったに遊ぶ暇はない。六年生ともなればなおさらだ。それが、半日も遊ばせてくれるというのだ。しかし、そのためには、大根干しと豆打ちの仕事を、自分のする分だけしてしまわねばならない。

「兄《あん》ちゃん、おれも手伝う」

耕作も約束した。兄の拓一と遊ぶことはめったにないから、耕作も遠足の前の日のように、わくわくして寝た。三年下でも耕作には根性がある。昨日の大根洗いだって、指が凍りそうなのに、

「もう、やめれ」

と市三郎に言われるまで頑張った。

拓一に脇腹をつつかれて、耕作はハッと目をさました。

「二番鶏が鳴いたぞ」

「大変だ！」

パッと耕作は起き上る。いつもこうだ。耕作は寝起きがいい。ねむたがったり、ぐずったりしない。唇を一文字に結んで、す早く寝巻を脱ぐ。

それを見て、拓一も起きる。

「寝ていて人を起すなかれ」

よく、祖父の市三郎は言う。

「こりゃあな、石川理紀之助《りきのすけ》っちゅう、偉い農民の言葉だ。いいか、万事に通ずる言葉だ。お前だちも覚えておけ」

市三郎は、孔子《こうし》のこと釈迦《しゃか》のこと、キリストのこと、何でもよく知っていて、よく語る。だから時々「農民」などという言葉を使う。「百姓」という言葉より多く使う。

今、拓一は、

「寝ていて人を起すなかれ」

の言葉を思いながら、耕作におくれて着物を着た。

「兄ちゃん、天気だべか」

「天気だべや。昨日まっかな夕焼けだったからな」

山間《やまあい》の上に大きく横たわった昨日の夕あかね雲を思い出して、拓一が答えた。答えながら急いで布団《ふとん》をたたむ。敷布団は固くなったのし餅《もち》のようだ。

暗がりの中で布団をたたんだ拓一は、間仕切りの板戸をあけた。

「あれっ、何とまあ早えこと」

ランプの下で、ストーブに薪《まき》を投げこんでいた祖母のキワが、二人を見て目を見張った。祖母とは言っても、まだ五十五のキワの頬はつやつや光っている。白髪も少ない。三つ年上の市三郎も、髪は白いが体はがっしりしている。一緒に歩くと拓一の息が切れるぐらい早い。

「早く起きんと、仕事かたづかんもん」

言いながら拓一は、土間に降りて行く。昨日、手を真っ赤にして暗くなるまで洗った大根が二百本ほど、莚《むしろ》の上に置かれてある。拓一は土間のランプのホヤを上げ、マッチで火をつけた。石油の匂《にお》いが鼻をついた。

顔も洗わずに、拓一と耕作は縄で大根を組みはじめた。

(魚釣り、山ぶどう取り、こくわ取り、かくれんぼ)

拓一は何をして遊ぼうかと、昨夜から考えていたことを今また考える。秋の日は短いのだ。遊びたいことがたくさんある。

手の先のかじかみそうな大根の冷たさだが、遊びたい一心の二人には、それも苦にならない。二人の待っていた日曜日は、こうしてはじまって行く。

四

山ぶどうはどこにでもある。沢にもあれば山の上にもある。が、この辺で一番うまいぶどうのあるのは、曾山巻造の山だと、拓一たちは知っている。曾山の息子の国男や、その妹の福子と一緒に、胸をはずませながら、拓一たちは山道を登って行く。馬車が一台ようやく通れる山道だ。両側の山の斜面の紅葉が美しい。

(ぶどうを取って、陣取りをして……)

拓一も耕作も、国男もそう考えている。山の上の畠《はたけ》には豆のにおがある。それは陣取り遊びに格好の場所だ。つい足が早くなる。六年生の拓一は、三年生の耕作や福子を引き離して行く。四人共着物の裾《すそ》をはだけて、今朝の霜にしめった山道をぐんぐん登る。

「霜に当たったぶどうはうめえぞう」

拓一の明るい声が頭上でひびく。道は山の斜面を幾折れかして、もう畠に近い。耕作は、福子を一人後にするのがかわいそうで、つい立ちどまって待ってやる。福子は赤い唇をかすかにあけて、喘《あえ》ぎながら懸命に登ってくる。時々耕作の顔を見て、にっと笑う。

（めんこいな）

耕作は思う。耕作は、福子ほど愛らしい女の子を見たことがない。いつも目がうるんでいる。唇が小さくて真っ赤だ。人を見る時、少し首を傾ける。それが何ともいえなく愛らしい。学校は単級だ。一年から六年まで、みんな同じ教室だ。男の子たちは、誰もが福子をかまいたがる。わざと押しつけたり、ころばしたりする。着物の裾をぱっとめくる男の子もいる。

そんな時、福子をかばうのが拓一と国男だ。国男もきかん気だが拓一もきかん気だ。拓一が福子をかばうと、子供たちは、

「拓一と福子と豆いりだ」

みんながはやす。拓一はそんなことは平気だ。拓一は走るのも一番早いし、角力《すもう》も誰より強い。たまに国男に負けるくらいだ。自分をはやす子供たちをこらすことができるのだが、拓一はそうはしない。

「おお、豆いりだば悪いか」

拓一はにやにやする。そんな拓一を、弟の耕作は偉いと思う。豆いりとはどんなことか耕作は知らない。多分仲よしということだろうと思う。が、もっといやなことを

言っているような気もする。

耕作と福子が、ようやく山の上の畠に出た時、すぐ上り鼻に、拓一と国男がムッとして突っ立っていた。

「耕作、誰か来てるぞ」

拓一の指さすほうに、五、六年生らしい男の子が三、四人、畠のそばでぶどうを取っているのが見えた。

「おらの山だぞ」

負けん気の国男がつぶやいて、子供たちをじっと睨《にら》む。

「見たことない子だな」

「おらの学校の子でないな、あいつら。市街の子だべ」

「追っぱらうか」

「追っぱらうべ」

拓一も国男も、けんかが強いから、相手が三人でも五人でも平気だ。

あちこちに豆のにおの影が、地にくっきりと落ちている。その山畠《やまはた》を、四人はのしのしと歩いて行く。この山の畠は、ころがした樽《たる》のようにまん中が盛り上っている。

五町歩ほどの長ひょろい畠だ。この地方一帯は、小山が波打つように、幾重にもつづいている。その波の数は百や二百ではない。山と山との間の沢は、川を挟《はさ》んで僅《わず》かに平地があるだけだから、大方は山の上の畠を耕している。石村の家のように、山の下に五町歩も畠があるのは、ほんとうに運がいいのだ。

東に間近かに、新雪をかぶった十勝連峰が日に輝いている。その連峰の一ところに、やや黄がかった煙が、ぬけるような青空に立ちのぼっている。あのあたりに硫黄鉱山があるのだ。

四人は、見知らぬ子供たちの前に来て立ちどまった。

「おい、ここはおれんちの山だぞ。誰にことわって入ったのよ」

国男が突っかかるように言う。ふり返った子供たちは、一瞬ぽかんとしたように、こっちを見た。

「ここは、おれんちの山だぞ」

国男がくり返す。子供たちは国男の気勢に押されて、お互いに顔を見合わせた。真っ赤なぶどうの葉陰に、黒いつぶらなぶどうの房がちらちらと見える。

「人んちの物取ったら、泥棒になるべな」

拓一はややおだやかに言う。拓一はきかん気だが、目尻《めじり》が人より下っていて、その上笑顔の多い親しみ深い顔だ。だが、言った言葉は鋭い言葉だった。耕作は内心、

（あんなこと、いわんでもいいのにな）

と、うしろめたい気持になった。耕作たちだって、どこの山にも入ってぶどうやこくわを取る。しかし、泥棒だと思ったこともないし、言われたこともない。俄《にわ》かに、兄の拓一が無理を言う人間に思われた。

「……だって……」

ひときわ眉《まゆ》の濃い男の子が、困ったように口を尖《とが》らす。

「とにかく、ここはおれたちの山だからな。よそさ行って取ってけれ」

国男は日頃から、市街の者が嫌いだ。同じ思いは何となく耕作たちの胸の中にもある。市街の者たちは、毎日米の飯を食っているという。耕作たちは、盆と正月と祭りの日ぐらいしか、米の飯は口に入らない。その上、市街の子たちは、朝早くから夜遅くまで親の手伝いをするということはない。市街の生活を聞く度に、腹の中で、

（こんちきしょう）

と言う気持になる。

部落の学校には高等科はない。尋常科を卒業したら、街の学校に通わねばならない。そう考えただけで、高等科に入るのが嫌になる。というわけで、街の者が何となく嫌いなのだ。これが部落の者だったら、きっと、

「一緒に遊ぶべ。ぶどう取ってから陣取りするべ」

と、仲間のふえたことを喜ぶ筈《はず》なのだ。

「早くどっかへ行けよ」

国男が怒ったように言う。その時だった。

「なにい？　なんだとう！」

藪《やぶ》の中から声がした。大人の声だった。声の主は、大きなぶどうの葉陰から、熊笹《くまざさ》をかきわけて、がさごそと現れた。一見して街の旦那衆《だんなしゅう》と思われる服を着ている。鳥打帽子も新しい。

「この山が、なんだって？」

見知らぬ子供たちは、勢を得たように、

「そいつの山だってさ」

と国男を指さした。

「お前、どこの子供だ？」

四十過ぎのその男は、大人げなく威《い》猛高《たけだか》になって言う。

「曾山だ」

国男が仏頂面《ぶっちょうづら》をする。

「ふん、曾山の餓鬼か。ここが曾山の山だってことは、百も承知だ。お前のおやじのあの飲んだくれがな、この山にぶどうがどっさりあっからと、わざわざわしに教えてくれたんだ」

拓一も国男も、黙るより仕方がなかった。

「お前のおやじはな、わしにたくさんの借金があるんだ。四の五のぬかすと、この畠だって、わしが取り上げることになるんだぞ」

「…………」

「第一、この山はお前のおやじの山じゃねぇ。地主の山だ、地主の。おめえのおやじは小作だろうが」

「…………」

「それに、山ぶどうなんぞ、どこの山に入って取ろうと、かまうことねえじゃねえか」

耕作は、言われるとおりだと、拓一のうしろにかくれて思っていた。

だが、何と意地の悪い物の言い方をする大人だろうと、唇を噛《か》んでいた。

「なあに？　どうしたのお父さん」

藪の中ではなやかな声がした。耕作たち四人は、思わず声のほうを見た。黄色い洋服を着た女の子が、不審そうに拓一や国男の顔を見ている。その顔立ちの愛らしさに、四人は目を見張った。福子とはまたちがった明るい顔立ちだ。眼が大きく、おどろくほど色が白い。

「なに、何でもねえ」

自分の子供にはやさしく言って、

「お前はどこの子だ?」

男は拓一を指さした。拓一はニヤッと笑って、

「小父《おじ》さんは、どこの小父さんさ」

と聞き返す。先《ま》ず自分から名乗ったらよかろう、というほどの気概だ。

「なにっ!」

と男が言うのと、

「あのね、市街の深城よ」

と、女の子が言ったのと同時だった。

(フカギ?)

耕作はなるほどと合点した。ついこの間、田谷のおどが、深城の悪口を言っていた。あこぎだとか、高い利子をふんだくるとか、かみさんがごけあがりだとか、言ってい

たことを切れ切れに覚えている。余り人の悪口を言わない祖父だって、

「何で、深城なんぞから借りたんだ。深城のやり口はわかってるべに」

と言っていた。そうだ、そしてその娘のことを、田谷のおどは、

「大きくなったら天女のような別嬪《べっぴん》になるべって、今から大した評判だぁ」

とも言っていた。確かこの春札幌から帰って来たと聞いたのはこの子か。そう思ったのは一瞬の間だった。

「お前はどこの子だ?」

忌々《いまいま》しそうに深城鎌治が拓一を睨《ね》めつける。

「おれ、石村の子だ」

「石村? じゃ、あの家伝薬の孫か」

なぜか深城は複雑な表情になった。

「そうだよ」

胸を張って拓一は答える。

「ふん、母親が子供を置き去りにして、逃げて行った家の餓鬼だな」

鼻先にうす笑いを浮かべる。拓一たちの母は、深城の執拗《しつよう》な求婚におびえたことも札幌に出た一因だった。

「逃げやしないよ。札幌で、髪結の修業してるんだ」

　憤然と拓一が言う。

「まあ、子供らはそう思ってたらええ。三十後家は通せねえってな、昔から言うわな。男恋しくて逃げたんだべ」

「ちがう！」

　耕作は思わず叫んだ。誰のことを悪く言ってもいい。しかし、母親を悪く言われることだけは耐えられなかった。深城の視線は、拓一から耕作に移った。必死になって自分を睨んでいる耕作を見て、深城は笑った。

「ちがう？　何がちがう？　餓鬼共に何がわかる」

「うちの母ちゃんは、ごけじゃない！」

　耕作は目に涙を一杯ためていた。

「後家でない？　後家だよ、後家」

「ごけじゃないってば！」

　この間、田谷のおどが深城の妻をごけ上りだと言ったのを、耕作は聞いている。三年生の耕作の頭の中で、白首《ごけ》と後家がごっちゃになっている。耕作は、思わず背を屈《かが》めて石を拾った。

五

「なんだべな」

ゴボー掘りをしていた市三郎とキワと富の三人が、うしろをふり返った。トンボがスイと市三郎の肩を離れ、スコップを持った三人の影が、一せいに動く。どたばたと、何かどなりながらこっちへ駆けて来る一団がある。先頭は素早い拓一で、洋服姿の男が、女の子を抱いて後を追って来る。国男も耕作も、一緒になって走ってくる。家の近くで餌《えさ》を漁《あさ》っていた十羽程の鶏が驚ろいて飛び散る。

「怪我人《けがにん》じゃないの、じっちゃん」

富が言う。怪我人が出ると、よく誰かが駆けこんで来る。市三郎の家伝薬をもらいに来るのだ。が、こんなに一団になって、罵《のの》り合いながらなだれこむことなどなかった。

「怪我人かな」

スコップをざっくりと畠《はたけ》に突き立てて、市三郎は足早に庭のほうに近づいて行く。その市三郎の陰に、走って来た拓一と耕作がかくれた。

「やいやい、どうしてくれるんだ！　罪もない子に石など投げつけやがって」

深城が腕の中の、黄色い服を着た女の子を突きつけた。女の子の額に血が滲《にじ》み、髪の毛が幾筋かへばりついている。が、女の子は泣いてはいない。赤い口をきゅっと引きしめて、じっと耕作を見つめる。きつい目だ。しかし睨《にら》んでいるのともちがう。

「おうおうどうしただ。めんこい顔さけがさせて」

驚ろいて市三郎が言う。

「どうしたもこうしたもない。とんだ餓鬼だ。石を投げつけやがって」

威猛高に喚《わめ》く深城に、

「話は、傷の手当しながら聞くべ。まんず手当だ」

と、市三郎はすたすたと家の中に入って行く。その背に、物に動じない気魄《きはく》があった。

上りがまちにニラの入ったビンを持って来て置くと、片隅の流しで市三郎は手を洗った。深城は女の子を抱いたまま上りがまちに傲然《ごうぜん》と腰をおろし、

「ふん、これが家伝薬か。こったらもんで、傷がなおるか！」

と悪態をつく。

「こったらもんか、あったらもんか、明日になったらわかるべ」

市三郎は手早く額の小さな傷を焼酎《しょうちゅう》で洗い、一升ビンの中のへたへたになったニラ

をつけた。女の子は声も立てずに我慢している。

いつのまにか入って来たキワが、ホータイ代りの古切れをさし出す。それを器用にぐるぐると巻き、

「おめえ、我慢強い嬢っちゃんだな」

と、市三郎は頭をなでた。

「おい手前んとこの餓鬼が、石を投げつけたんだ。何とか挨拶《あいさつ》してもらおうじゃあねえか」

ドスの利《き》いた声だ。

「深城の旦那、この耕作はな」

市三郎の言葉に耕作は驚ろいた。耕作には見馴《みな》れぬ深城だが、祖父の市三郎はとうに知っているらしい。

(なんだ、知り合いだったのか)

耕作は緊張して土間に突っ立ったまま、次の言葉を待つ。土間に入っているのは、耕作と拓一と曾山国男だ。あとは戸口の外から中を見ている。国男の妹の福子も、そのかげにかくれて恐る恐るのぞきこんでいる。

「この耕作って童《わらし》はな、石なんぞ人にぶっつけたことはねえ童でよ。きかんにはきかん

が、やんちゃなことをする童とはちがう」

「じゃあ何か、この餓鬼が投げたんじゃねえとでも、言い張る気かい。やい、投げたのはお前だな、どうだ」

深城が耕作を睨めつける。耕作はしっかりとうなずき、

「ああおれだ」

「深城の旦那、この耕作が石を持ったのが本当だば、そりゃあ石を持つだけの訳があったんだべ」

市三郎は悪びれもしない。

「なにい、それじゃこっちのほうに何か非があったと言うのか」

「いや、非があったかどうか、まんずその様子ば聞かせてけれって言うこった。初めの初めから、聞かせてもらうべ」

「何を言う、何を。人の大事な娘に傷をつけておいて、なんだその言い分は。たかが水呑《みずの》み百姓の分際で」

「深城さん、水呑み百姓でも、小作でも、人間には変りはあんめえ。いや、根性のほうはどっちが上かわからんもんだで。ま、裁判官でも両方の言い分をよく聞いてから判断するべ。そういうもんでねえべか」

あくまでも市三郎は冷静だ。

「裁判官が聞いて呆《あき》れる。とにかくだ、山でわしらがぶどうを取っていた。するとだ、この餓鬼共が来やがって、これは自分らの山だ、よそへ行って取れだの、人の山で取れば泥棒だの、勝手なことを吐《ぬ》かしやがった」

「そりゃ本当か、拓一」

拓一がかすかにうなずく。

「うーん、そりゃあ少し言い過ぎだ。うん、そんじゃ確かにこっつが悪い」

はっきりと市三郎が言い、

「それで、いきなり石ば投げたっつうのか耕作は」

「ちがう！」

耕作は激しく首を横にふった。拓一が言った。

「じっちゃん、この小父さんったら、うちの母ちゃんの悪口言ったんだ」

「母ちゃんの？　なんて言われたんだ」

「男が恋しくて逃げたんだべとか、子供らば置いて逃げたべとか……」

「そしてさ」

耕作が兄のあとをうけ、

「母ちゃんばごけだって……母ちゃんはごけじゃない。なあ、じっちゃん」

必死な顔で耕作は言う。

「ごけ?」

「そうだろうが、おやじが死ねや、ごけだろうが」

深城が鼻先で笑った。

「ちがう! 小父さんちの小母《おば》さんこそ、ごけ上りだって……」

「なに!?」

嚙《か》みつくような深城の顔を見て、市三郎がぽんと膝《ひざ》を叩《たた》いた。

「わかった、わかった、深城の旦那《だんな》」

「何がわかったって言うんだ」

「耕作はやっぱりまだ子供よ。ごけ屋の白首《ごけ》と、亭主死なせた後家と、ごっちゃにしたっつうことだ」

「だから石を投げてもいいってのか」

「そうじゃねえども な深城さん、あんたもなんてまあ大人気のねえことを、子供らに言ってくれたもんだ。男恋しくて逃げたの、置き去りにしただのと、そんだことは子供に言う言葉じゃねえべ。おまけに、ごけという言葉が耳に飛びこみゃあ、耕作だってカッとなるわな」

市三郎は諄々《じゅんじゅん》と説く。

耕作は、自分がごけと言う言葉を思いちがっていたことを、今初めて知った。

(ごけと言う言葉が、ほかにもあったのか)

どっちにしてもいやなひびきの言葉だと、耕作はうなだれた。

「それでは何かい。カッとなりゃあ、人に石を投げつけてもいいと、じいさんは言うのか」

「いいとは言わん。しかしな深城の旦那、子供にとっちゃ、母親は神聖なもんだで。宝だで。母親の悪口を言われて、怒らん子供があったら、そりゃ子供じゃあんめえ。しかも、男をつくっただの、置き去りにして逃げただのと言われりゃ、こりゃ気が狂ったようになるのも無理はなかべ。旦那は知らんのかね。気が狂った状態では、殺人を犯しても、罪にはならんということをな」

市三郎は笑っている。

「口の達者なじじいだな。へ理屈はどうでもええ。手前の餓鬼はこの子の大事な顔に傷をつけやがった。それをどうしてくれるんだ」

「悪かったのう、嬢っちゃんや」

小さな傷なので市三郎は安心している。何日かすれば消える傷だ。市三郎が女の子の頭をなで、

「耕作、お前もこの子にあやまらんか」

耕作は不承々々、

「ゴメンネ」

と頭を下げた。

「ふん、女の子の顔に傷つけて、ごめんの一言ですまそうってわけかよ」

ポケットから朝日を出して一本口にくわえると、深城は見るからに意地悪く唇を歪《ゆが》めた。その深城に市三郎は一息大きく吸って、

「深城の旦那、あんたあ金はたくさん持ってるかも知れんが、ものごとのわかんねえお人だな」

「ものがわからん？　ものがわからんとは何だ、ものがわからんとは！」

キワがおどおど出す茶に目もくれず、深城は怒鳴った。

「そうでねえべかな。あんた、女の子の顔に傷ばつけた、女の子の顔に傷ばつけたと、何べんも言いなさる。そりゃあ無理もねえ。だがこのくれえの傷は何日もせんうちになおる。しかしな、大事な母親の悪口を言われてな、わしらの孫らの心に受けた傷は、

生涯なおらんかも知れんでな。顔の傷と、心の傷と、どっちが大事か、あんたは知らんのかの」

「決まってらあ。顔の傷じゃ。その証拠に、人の体に傷をつけりゃ、駐在にしょっぴかれるが、悪口ぐらいでしょっぴかれた話は、聞かんわ。とにかくだ、万一、この子の顔に傷が残ったら、一体どうしてくれるんだ。嫁のもらい手がなかったら、どうしてくれるんだ」

大仰な言い分だった。

それを聞いた耕作が叫んだ。

「おれがもらってやる！」

思いがけない言葉に、深城は一瞬キョトンとしたが、声を上げて笑った。

「小作の小せがれの分際で、馬鹿《ばか》も休み休み言え。学士でもなけりゃ、節子は嫁にはやらんが」

その侮蔑《ぶべつ》に満ちた語調を、耕作は後々まで、決して忘れなかった。

六

「さんざんな日曜だったなあ」

夕食後、拓一が小刀のさやをマキリで削りながら言う。拓一は器用だ。使えなくなった古ヤスリをストーブの火で焼いて鍛え、小刀を作り上げるのだ。柄もさやも自分でつくって、カバンに入れて持って歩く。これは弟の耕作の分をつくっているのだ。

「全くだこと。かわいそうに、朝も暗いから起きてよ。大根干して、豆打って……今日の日曜ば楽しみにしてたのにい」

ランプの近くでモンペの破れをつくろいながら、祖母のキワが言う。

(ほんとうだ)

兄の器用な手もとを見ていた耕作も胸の中で呟《つぶや》く。昨夜から二人は楽しみにしていたのだ。ぶどうも、こくわも、どっさり取って、陣取りをして……そう思ってわくわくして待っていた日曜なのだ。考えると泣き出したいような気がする。

深城は、

「今日のお礼返しは、でっかいぞ、じいさん」

捨てぜりふを残して帰って行った。藁《わら》でつまごを作りながら、市三郎も深城のことを思っている。が、今日の昼のことではない。市三郎の思っているのは、もう何年前ものことだ。

このあたり一帯の農家では、冬期は冬山造材に出稼《でかせ》ぎに行く。大方は馬を使って、丸太の運搬だ。女達には、一年中にたまった布団《ふとん》や丹前《たんぜん》の縫い直し、シャツやももひきをつくろう仕事などがたくさんある。手づくりの地下足袋の底を刺すのも冬の間の仕事だ。古毛布や古シャツや腰巻など、足の底に合わせて型どった布を、二十枚も重ねて、太い木綿針で刺す。こうして作った地下足袋は、売っているゴム底のものよりも安全だ。熊笹《くまざさ》や根曲り竹の鋭い刈跡でも、決して刺さりはしない。

女の仕事はまだまだある。石臼《いしうす》で粉をひくのも冬の間だ。だが、市三郎の息子の義平が冬山造材の木の下になって急死してから、義平の妻の佐枝は、上富良野《かみふらの》市街の呉服屋に冬は手伝いに行った。佐枝は、体力は少し不足したが、街場《まちば》の仕事はよくできる。その呉服屋に冬は住みこんで、月の一日と十五日には家に帰って来た。その佐枝に、呉服屋の隣りに住む深城が目をつけたのだ。おしろい気はないが、整った顔立ちで、どちらかと言えば佐枝は淋《さび》しげな顔だ。が、それがまた男心をそそるらしくもあって、まだ三十を過ぎたばかりのやもめの佐枝に目をつけたのは、深城だけではなかった。

深城はかなりの執心で、隣りに住むのを幸い、呉服屋にもちょくちょく顔を出したらしい。そんなある師走《しわす》の夜、佐枝は深城の家に使いにやられた。仕立て上げた袴《はかま》を届けに行ったのだった。その佐枝を、深城は言葉巧みに部屋に上げ、手ごめにしようとしたのである。

佐枝はそのことを舅姑《しゅうとしゅうとめ》の市三郎やキワにかくさずに言い、呉服屋を辞めた。それでも深城は諦《あきら》めず、このあたりをうろつくこともあって、悪い評判の立たぬうちにと、市三郎とキワが相談の上、札幌の髪結いにと出したのだった。

深城が、こともあろうに、市三郎と佐枝の間がおかしいと言いふらしたのもその頃のことだった。市三郎の性格を知る者は、大方が笑って聞き流したが、それでも中には、もしやと疑う者もいた。

「ねえ、じっちゃん」

拓一がさやを削りながら言う。

「なんだ、拓一」

市三郎がつまごを編む手をとめた。

「やっぱし、警察に引っ張られないのは、悪くないってことかい」

「警察？」

何年か前のことを考えていた市三郎が聞き返す。

「今日の昼間さあ、あのおやじが言ったべさ。人の体さ傷つけりゃ、駐在がしょっぴいて行くども、人の心傷つけたって、しょっぴいて行かねえって」

「うん、そんだこと言ってたな。しかしなあ拓一、警察がしょっぴいて行けるのは、目に見える者だけよ。心の中の傷は人間には計れねえもんだ。まあ、名誉毀損《きそん》で裁判にかかることもあっけどな」

話を聞きながら、耕作はやっぱり石を投げたのは悪かったと思う。

(だけども、生意気だあ)

耕作は、黄色い服を着ていた節子のことを思い出す。

(女が服なんぞ着て、生意気だあ)

女の子の洋服姿を見たのは、生れてはじめてだ。それが何となく耕作にはいまいましい。と言って、嫌いだとは思わない。

(生意気だが……傷が残らんばいいが……)

思い出しても顔が赤くなる。

「おれが嫁にもらってやる」

なんだってあんなことを言ってしまったのかと、恥ずかしい。

(だけど、水呑《みずの》み百姓だの、小作の分際だのって、なんでうちが馬鹿にされなきゃならないんだ)

思えば思うほど腹が立つ。

「学士さまにでもなければ、嫁にはやらん」

あの言葉にも腹が立つ。よし、おれも学士になってやろうと、耕作は固く決意した。

(しかし、百姓が何が悪いんだ)

金があるからといって、なんであんなに上から見おろすものの言い方をするのか。あのいきり立った深城より、平静だった祖父のほうが、耕作にはずっと偉く見える。

「じっちゃん、金持って偉いんか」

同じことを考えていたのか、姉の富もぽつりと言った。

風が出て来たようだ。ガタガタと窓が鳴り、石油ランプの灯がかすかにゆらいだ。

「富はどう思う」

「偉いみたいだども……」

自信なげに首を傾ける。頰のあたりがめっきり娘らしくなったと市三郎は思いながら、

「人間の偉さはな、物をどれだけ持ってるかということでは決まらん。金をどれだけ持っているかということでも決まらん」

市三郎はみんなをしっかりと見まわす。

「貧乏人のほうが偉いのかい」

拓一がひょうきんな顔をする。みんなが笑う。

「いんや、金の多い少いは人間の偉さには関係はねえ。金持にも貧乏人にも、馬鹿もいれば立派なのもいる。問題は、目に見えるものが問題じゃねえ。目に見えないものが大切じゃ」

キワの傍で、良子がうつらうつら居眠りしている。真っ赤な頬だ。

「んだ、いいこと思い出した。お前ら、サルカニ合戦知ってるな」

「知ってる」

「あれば聞いてどう思う」

「サルは生まずっこいと思う」

拓一が言う。

「まあ、みんなそう思うべ。確かにサルは生まずっこい。だがなあ、おにぎりと柿《かき》の種落ちていたら、お前らどっち拾う?」

「にぎり飯だ」

すかさず拓一が言う。

「それだ。それがつまりはサルとおんなじよ。同じ根性よ。目に見えるもんが欲しいもんだ、人間は。にぎり飯はすぐに腹がすく。だども柿の種には命があるべ。おがれば木になってまた実がなるべ」

この時の話も、耕作はいつまでも忘れなかった。

雪の道

一

三年経《た》って耕作は六年生になっていた。拓一は今年高等科を卒業し、祖父の手助けをしている。もう一人前だ。

今日は耕作たち六年生五人の当番だ。ちらつきはじめた雪が、あけ放した教室の窓から、ひとひら、ふたひら入って来る。ハタキをかけていた曾山福子が、静かに窓をしめた。

松井二郎が箒《ほうき》をくるくるふりまわすようにして、床を掃いている。ゴミが舞い上る。耕作は箒の先を一つ一つ止めるように掃いている。大きな薪《まき》ストーブの上にある蒸発皿のお湯を、他の二人が、雑巾《ぞうきん》バケツの中に入れた。みんな農家の子供だ。六年生ともなれば、男の子は馬も使う。畠《はたけ》の草取りや、田んぼの中を這《は》いずりまわって苗を植える思いをすれば、教室の掃除など、遊びごとのようなものだ。

「あと十日寝たら、正月か」

松井二郎が埃《ほこり》を舞い上げながら言う。二郎はひと山越えた佐川部落から通っている。六年生で佐川部落から来ているのは松井二郎だけだ。四時になれば、このあたりはまっ暗になる。暗くならぬうちに早く帰りたいので、つい乱暴な掃き方になるのだと、耕作はわかっている。

「おい、二郎、お前そこ掃いたら帰ってもいいぞ」

耕作は級長だ。そのくらいの権限はある。

「ほんとか」

二郎は喜んで、ますます乱暴に掃く。福子がそれを見て、おかしそうに笑う。女生徒は福子だけだ。

掃除が終った頃、菊川先生が入って来た。この学校ははじめから先生が一人だ。菊川先生は背が高い。鴨居《かもい》に頭を打たないかと気になるほど背が高い。

「本日の当番は終りました」

みんなが一列横隊に並ぶと、耕作がハキハキと報告する。

「ご苦労」

先生はまだ独身だ。黒い詰襟《つめえり》の肩に、白いフケが少し落ちている。ズボンがてかてか光っている。先生は、窓の桟を指でスッとなでた。

「福子がいりゃあ、掃除はまでだもな」

ふり返って先生が笑う。みんなはホッとする。先生は掃除の点数を黒板の端に書く。

「甲ノ上」

机だって、縦も横もまっすぐだ。耕作が幾度も、片目をつぶって確かめて並べたのだ。

先生は教室のうしろの壁に、昨日書いた生徒の習字を貼《は》りはじめた。一年生から六年生までの習字のうち、甲を取ったもの十枚を貼って行く。耕作が画鋲《がびょう》をさしだす。先生はぷつりぷつりと貼って行く。最初は六年生の習字だった。先《ま》ず耕作のが貼られた。「身体髪膚《しんたいはっぷ》」と書いてある。がっちりとして勢のある字だ。

「うめぇなあ」

見ていた子供たちが言う。

「うまいべぇ」

先生も満足したように答える。耕作の横に福子のが貼られる。同じく「身体髪膚」の字だ。女の子らしく、整った字だ。が、少し字が小さい。

「うまいなあ」

再びみんなが言う。が、先生は、

「形はいいが、もっと伸々せにゃいかんぞ、福子」

とふり返る。曾山福子は、白い顔を恥ずかしそうにうつむけてうなずく。その福子を耕作はちらっと見る。福子が威張って上を向いている姿は、誰も見たことがない。ほめられても叱《しか》られても、すぐに恥ずかしそうに下を向く。

（めんこいな）

耕作は思うが、口に出して言ったことはない。いつも、耕作と福子の習字や図画は、並んで貼られる。その度に耕作は、うれしいような恥ずかしいような気がする。

「よし、みんな帰れ」

先生はみんなを見まわし、

「耕作だけ残れ」

とストーブの傍《そば》に寄って行った。

「先生、さいなら」

みんな鞄《かばん》を肩から斜めにかけて、バタバタと玄関のほうに走って行く。帰る時、福子がちらりと耕作を見、何か言いたいような顔をしたが、そのまま教室を出て行った。

「耕作」

先生は、薪をストーブの中にくべながら言った。

「お前なあ、やっぱり中学には行かんのか」

耕作はどきんとした。

「行きたいども……」

中学の受験は三月だ。

「じっちゃんに聞いて見たか」

「ううん」

「そうか。父さんも母さんもいないば、遠慮だべしな」

先生は、ストーブの小窓に燃える炎を、じっと見ながら言う。

「兄《あん》ちゃんが行けって言うども……」

札幌で髪結いになると言って家を出た母は、今年で五年になるのに、まだ一人前の髪結いにはなっていないらしい。札幌から小樽《おたる》に移り、どうしたことか今は函館《はこだて》に行っている。どうしてひと所にいないのかと、耕作たち子供は思うが、いつか母からの手紙を見ていた祖父の市三郎が、

「器量のいいってことも、よしあしだな」

と、呟《つぶや》いていたことがある。

札幌では、しつこく再婚をすすめられたり、小樽では髪結いの亭主に言い寄られたことなど、むろん耕作たち子供が知る筈《はず》もない。

「先生」

「なんだ」

「中学さ行くのに、いくらかかるんだべ」

「うーん、そうだな。入学金だべ、それに服や帽子や、靴や、ま、鞄は今のを使うとしても……」

服と聞いただけで胸が躍る。が、どれだけの値段か見当もつかない。

「それに、授業料、汽車賃など、何だかんだと、一年百円はかかるべな」

(百円!)

耕作には目のくらむような金額だった。中学は五年間である。その五年の間、毎年百円の金がつづくだろうか。耕作は石でも飲んだような、重たい気持になった。

「耕作」

うなだれた耕作を見て、先生が言った。

「ま、学校さ上らんでも、勉強はできる。しかしな、これからは、学問はないよりあったほうがいい。それにお前は、学問にむいて生まれて来た男だ」

「…………」

「人間にはそれぞれ向きというものがある。百姓に向く者は百姓をすればいいし、学問に向く者は学問をすればいい」

(金があればなあ)

うつむいている耕作の目に、白茶けた床板が滲《にじ》んで見える。

「誰でもなあ、耕作、勉強したいもんが勉強できる世の中だといいんだ。そんな日本にするためにも、お前に勉強してもらいたいと、先生は思うんだ。ま、一度じっちゃんに聞いて見れ」

自信なく耕作はうなずいた。

「耕作、お前のじっちゃんはな、この部落一の物知りだ。孔子でも孟子《もうし》でも、何でも知っている。まさか、勉強なんぞせんでもええなどとは、まちがっても言うまい」

重い荷物をのっしりと背に負わされたような思いで、耕作は学校を出た。もう三時を過ぎた山合はうす暗くなっている。山と山の間は狭くて百メートルとない。雪道を、耕作は考え考え歩く。祖父に頼んでも、中学に行くのは無理なような気がする。祖母のキワが、つい昨日も言っていた。

あ」

「富も、正月が来れば十九だな。早く嫁にやらんばなんないども……先立つものがな

無口でしっかり者の富が、珍しく声を立てて笑って、

「ばっちゃん、わち、母さんが帰って来るまで、嫁になんか行かんよ」

と言った。十八にもなれば、もう誰でも嫁に行く。耕作は、富が心にもないことを言っているような気がした。

拓一のお下りのマントのすそがすり切れて、布地もうすくなった。綿入を着ていても、山合の風は寒い。うすい座布団《ざぶとん》をとじ合わせたような頭巾をかぶり、トーキビ殻でつくったつまごを履いた耕作は、前のめりになって歩いて行く。藁葺《わらぶ》きの農家が、ぽつりぽつりと建っている。今左手に見える家は曾山福子の家だ。道ばたのトーキビの枯葉が、積った雪の上にからからと乾いた音を立てている。

福子の家の前まで来た時、耕作の目が自《おの》ずと福子の家に行く。なぜかそうなるのだ。外には誰もいない。雪の降らぬうちは、誰か彼か外で働いているが、雪が積ると、福子の家は死んだように建っているだけだ。ほかの家なら、勢よく煙突から煙が出ているが、福子の家はまだストーブがない。大方炬燵《こたつ》に入っているのだろうと、耕作の胸は痛む。

と、玄関の莚戸《むしろど》をあけて、福子が走って出て来た。今時莚戸の農家は何軒もない。みんな板戸だ。

「耕ちゃん」

おずおずと福子が呼んだ。呼ばれる前にふり向いていた耕作は、

「なにさ？」

とやさしく言う。

「耕ちゃんに、先生何の話した？」

「うん、何でもない」

中学に行かないかと言われた話を、福子にはかわいそうで告げるわけにはいかない。福子だって成績はいい。町にいれば女学校に行ける筈なのだ。

「そうお」

何でもないと答えたことがうしろめたくて、耕作は歯切悪く、

「さいなら」

と言った。と、福子の目から涙がこぼれた。福子は泣いていたのだ。

「わたしね、耕ちゃん」

涙を一ぱいためた目で、福子は耕作を見た。

「なあに？」

「ううん、何でもないの」

福子はぱたぱたと駆け戻って行った。影のような、力のない姿だった。

うしろで、馬橇《ばそり》の鈴の音がシャンシャンと高く鳴った。雪道に一歩踏みこんで立つ耕作の傍に、馬橇はとまった。三重《みえ》団体とみんなが呼ぶ、米作地帯の一人だ。三重県から入植した一団には、小作は一人もいない。どの家も豊かだ。弁当に米のたくさん入った麦飯を持って来る。

その橇に乗せられて、耕作は家に帰った。

二

家にはもうランプが点《つ》いていた。

「遅かったな、耕作」

祖父の市三郎が言い、キワが、

「いい所に帰って来たこと、母さんから小包みが届いているぞい」

と笑顔を見せる。

「うわぁ、母さんから？」

母から小包みが来ていると聞いただけで鬱屈《うつくつ》していた耕作の胸が、パッと明るくなった。大きな小包みを、富がほどいているところだった。厳重に包装されたその結び目を、富は忍耐ぶかく、一つずつほどいて行く。

(マントだな?)

母からの手紙を思い出す。鞄をおろすのも忘れて、耕作は富のそばにぺったりと坐《すわ》った。

「耕作、まんず鞄しまえ」

キワが言う。良子が、

「姉ちゃん、早くさ、早くほどいて」

と急《せ》き立てる。ひびの切れた富の指は、焦《あせ》らずにゆっくりとひもを解いて行く。

「鋏《はさみ》でぶつぶつ切れば?」

「良子、そったらにせっつくもんでねえよ。ひもば切れば、もったいねえべし」

糸の入った油紙がひらかれ、更に新聞紙の包みがひらかれると、

「うわぁ」

祖母も、富も、良子も、そして耕作も思わず声を上げた。ダリヤの模様のついたメリンスの着物と、オリーブ地に白百合《しらゆり》を散らした銘仙の着物が出た。富と良子の正月

の晴着だった。

「母ちゃん、無理してふんぱつしたな」

言いながらキワが、前垂れで目を拭《ふ》いた。そのほかにメリヤスのシャツと、煉瓦色《れんがいろ》の女物のマントが入っていた。それぞれに名札がついている。その女物のマントには、耕作と書いてあった。

「なんだ、女のマントか」

キワに手渡されて、耕作はマントを広げて見た。煉瓦色のマントは、どう見ても男の子の物とは見えなかった。

「上等なもんでねえべか。これだば耕作、風は通さんぞ」

耕作の気持を察して、市三郎が励ます。

「なんぼ風通らんたって……」

このマントを着て学校に行く自分の姿を思っただけで、耕作はがっかりした。

「母ちゃんが誰かからもらったんだべ。母ちゃんは精一杯やってんだからな」

姑《しゅうとめ》のキワは、嫁の佐枝を決してそしろうとはしない。

「うん」

胸をわくわくして、小包みがひらかれるのを待っていた間だけが楽しかった。楽しかっただけに、耕作は倍も淋《さび》しい。良子と富が、綿入れの上から晴着を着て喜んでいる。

夜の食事時まで、耕作は愚図々々と機嫌が悪かった。学校のこととマントのことが重なって、耕作の気持を重くしている。

拓一が帰って来て、食事がはじまった。拓一は毎日、学校の沢の奥で伐《き》り出される原木の運搬をしている。一日二円だ。今年四月高等科を出たばかりだが、冬山には高等科の時にも手伝っている。

拓一は、ウンサイのがばがばしたモンペをはき、首に豆しぼりの手拭《てぬぐ》いを巻いて、いっぱしの若者気取りである。

「おい、耕作、お前、元気がねえな」

むっつりと麦飯を食べている耕作を、さっきからちらちら見ていた拓一が言った。

「うん」

「どうした？　何かあったか」

「耕あんちゃんね、女のマント送ってもらって、こずけてんの」

良子が耕作の顔を見ながら言う。

「女物のマント？　そりゃかわいそうだな」

「ちがう、そんなことでない」

耕作は箸《はし》を菜漬の皿におく。

「したら、どんなことだ」

「うん……、先生がさ、中学さ行かしてもらえるか、じっちゃんに聞いてみれって、言ったんだ」

耕作は祖父の市三郎の顔をそっと盗み見る。市三郎は何かにあごでも引っかけられたように、ひょっと顔を上げた。

「中学さ、行かせてけれってか」

市三郎が聞き返す。

「うん」

拓一は腕を組んで富を見る。富は何も聞かないような顔をして、味噌汁《みそしる》を飲んでいる。

「そらあ、無理だべな」

キワが拓一を見、耕作を見て、

「何せ、お前ら四人を食わすだけで、精一杯だもな。年々おがるから、シャツだって、股引《ももひき》だって、毎年新しくしねばなんねし……それに、富の嫁入りの着物もつくってやんねかなんねし」

沈んだ声になるキワに、耕作は黙ってうなずく。はじめから無理だとわかっているから、耕作だって切り出せなかったのだ。

「お前らのおやじが生きてればなあ……」

市三郎がほっとため息をつく。

「だけどもよ、じっちゃん、耕作は勉強できっからな。できたら俺はやってやりてえ」

きっぱり拓一は言った。

「中学かあ……月に何ぼ要るだべなあ」

「年に百円はかかるべって」

「だば、月に八円何ぼだな」

拓一は素早く暗算して、

「俺の冬山の稼《かせ》ぎは、一日二円にはなる。百円といやあ、五十日働きゃいい。何とかならんべかなあ、じっちゃん」

「みんな飲まず食わずだば、一日まるまる二円だどもな、馬も餌《えさ》食うし……それによ、小作の年貢《ねんぐ》は半分も取られるべし」

「でもさ、じっちゃん。耕作ば中学さやったって、みんな飢え死にするわけでもないべさ」

拓一は、ちゃぶ台の上に乗り出して、熱心に頼む。それだけで耕作は、充分にありがたかった。

「んだな、飢えるわけでもあんめえな。じゃ、清水《きよみず》の舞台から飛び降りるつもりで、上げてやっか、耕作」

「ほんとか、じっちゃん！」

耕作は信じられなかった。

「ほんとだ、耕作」

「ほんとか、ほんとか、じっちゃん」

耕作の声が泣いていた。祖父も拓一も泣いていた。

三

「汽車だっ！」

誰かが叫んで、上富良野のほうを指さした。

黒い煙をもくもくと上げながら、真っ白な雪原を進んで来る汽車が遠くに見えた。

耕作も良子も、曾山福子も、従弟《いとこ》の貞吾も、隣家の井上権太も一せいに走り出す。馬橇の跡が、羊羹《ようかん》の肌のようにてらてらに光っている。

走って行けば、すぐ目の前に汽車を見ることができるかも知れない。みんな、湯気のような息をハッハと吐きながら、顔を真っ赤にして駆けて行く。

耕作の家は、鉄道線路から一里ほど離れた所にある。従弟の貞吾や、福子の家はもっと奥だ。汽車を見たのは、数えるほどしかない。しかも目の前で見たことなどほとんどない。

轍《わだち》に足を取られて、良子がころんだ。耕作が手を取ってぐいと起こし、つんのめりながら走る。汽車がぐんぐん近づいてくる。

昼に雑煮《ぞうに》餅《もち》を食べたばかりで、耕作は脇腹《わきばら》が痛くなった。が、歯を食いしばって走る。あの真っ黒な汽車が、目の前を過ぎることを考えると、少々の脇腹の痛さなど、我慢ができる。

みんながようやく踏切りの所まで来た時、汽車はもう半丁程向うに来ていた。

「間に合ったーっ」

従弟の貞吾が叫んだ。と、切り裂くような警笛がひびいて、見るまに列車はみんなの前にさしかかった。機関車から蒸気が勢よく噴き出す。思わず一歩引きさがりながら、それでもみんなしっかりと汽車を見ている。良子は汽車に乗っている人を見、福子は黒い大きな客車を見た。耕作は中腰になって、車輪を一心に見つめている。機関車のギクシャクしたピストンが、耕作の心を捉《とら》えた。汽車はあたりの雪を煙のように舞い上げて、過ぎて行った。みんなは線路の上に駆け上った。男の子たちは、いきなりレールに耳をつけようとした。

「耳がちぎれるぞーっ。レールが凍《しば》れてっから」

耕作がどなる。

「大丈夫だ。今行ったばかりだもん」

うっとりとした表情で、男の子たちは汽車の音を聞く。良子と福子は、小さくなって行く汽車を、じっと見つめている。

「よかったな、汽車見れて」

「うん、よかった」

誰もが満足な表情だ。生れてはじめて、汽車が轟然《ごうぜん》と目の前を過ぎて行くのを見たのだ。耕作は、

(あの機関車一台で、何台も引っ張るんだなあ)

と感心した。が、言うと笑われそうで、黙っていた。

今日は正月二日で、買初《かいぞ》めなのだ。耕作たちの沢には、店屋は一軒もない。雑記帳や鉛筆は、菊川先生が市街に行った時、仕入れて来てくれる。今まで、祭りの時や遠足の時に、大人や先生につれられて市街まで行ったことはある。が、子供たちだけで行ったことはない。耕作と権太と福子が六年生で、従弟の貞吾は五年生。良子が二年生だ。

「旭川《あさひかわ》に行ってみたいなあ」

「師団があるんだってな。兵隊がいっぱいいるんだと。にぎやかだべなあ」

まだ誰も、汽車に乗った者はいない。

やがて上富良野の市街が近づく。広い平地だ。二階建の家が何軒か見える。市街が近づくにつれ、何か圧迫されるような感じだ。

耕作は、祖父の市三郎から正月の小遣いとして、十銭もらった。兄の拓一も十銭くれた。叔父の石村修平も十銭。遊びに来た硫黄《いおう》山の若い者から五銭。全部で三十五銭持っている。安下駄《やすげた》は十五銭で、卵が一つ一銭だ。耕作は凄《すご》い金持ちになったような気がしている。新聞紙に包んでふところに入れ、時々手を入れて確かめてみる。

「きれいな山だねえ、耕ちゃん」

福子が言った。言われて気がつくと、左手に真っ白く雪をかぶった十勝連峰が、冬晴れの空の下にくっきりとつらなっている。大きな屏風《びょうぶ》のようだ。日にかげった山ひだの部分が、うす蒼《あお》い。耕作の家からも、学校の沢からも、見えるのは一部分だけだ。右端の長くやさしく裾《すそ》を引いているのも耕作たちには珍らしい。ひと所、黄色い噴煙を上げている。あのあたりに、硫黄採取の元山鉱業所があると聞いていた。そこに働く武井という若者は、時々耕作の家に来る。武井が来ると、姉の富が華やいだ表情になる。武井は冬になると、造材の仕事をしている。その武井からもらった五銭も、今耕作のふところにあるのだ。

「耕ちゃん、どうしてマント着て来なかった？」

権太が言った。

「うん、今日は天気がいいからな」

内心、女のマントを着て市街に行けるかと、耕作は思う。綿入れの着物の下に、母が送って来てくれた小包の油紙を、耕作は背にも腹にも、ちゃんと着ているのだ。こんなに油紙があたたかいものとは、耕作は知らなかった。少しも風を通さないのだ。

「耕ちゃん、でもあのマント、耕ちゃんに似合うよ」

福子は慰めるように言った。そう言う福子も、何も着ていない。

「いいさ、耕ちゃんは、もうじき中学に入るんだもん。羅紗《らしゃ》の黒い服を着れるもんな」

権太の声が明るい。耕作が中学を受験すると聞いた級友は、みんな手を叩《たた》いて喜んだ。誰も、中学に行こうなどと、夢にも思ったことのない連中だ。中学を受けると聞いただけで、みんなは耕作がとてつもなく偉い人間に思われたのだ。そんなみんなの気持を、耕作はうれしく素直に受けとめていた。

遂《つい》に上富良野の市街に入った。門松を立てたり、大きな〆縄《しめなわ》を下げた様子も耕作たちには珍らしい。「大売出し」と白く染めぬいた赤い旗が、雪に立てられ、初荷の馬が走るのも、いかにも街に来た感じだ。

豆腐屋、雑貨屋、薬屋、魚屋、一軒々々、五人は外からのぞいて歩く。誰も入って行く勇気がない。子供が入って行ったら叱《しか》られそうで、一軒過ぎては顔を見合わせ、五人は肩がぶつかるほど体を寄せ合って歩く。二階建の家が、ひどく大きく見える。太い長い氷柱《つらら》がどの店先にも下っている。

あちこちの電信柱に、箱橇《はこぞり》を曳《ひ》いた馬がつながれ、雪の上に置いた叺《かます》に鼻面《はなづら》を突っこんで、飼い葉を食っている。どれも買初めに出て来た農家の馬なのだ。

拓一に言えば、馬を出してくれたかも知れないが、祖父の市三郎が、

「馬だって、正月の三カ日ぐらいは休ませてやるもんだ」

と言っていた。

言われなくても、耕作もそう思っている。暮の三十日まで、朝早くから夜遅くまで、原木運搬に馬は働いているのだ。馬に乗るより、みんなでわいわい騒ぎながら、街に出るほうがずっと楽しい。第一、一里半ぐらいの道は、少しも遠くはない。毎日学校まで、一里以上の道を往復している。

「何買う？」

権太が言った。

「わち、おかし」

「おれはパッチだ」

貞吾が言う。耕作は、一度自分の手で、文房具屋からノートを買ってみたいと思っている。それに天ぷらカマボコを買ってみたい。

そう思った時、母が勧めていたという呉服屋の前に来た。不意に、耕作は胸をしめつけられるような気がした。母が懐《なつか》しかった。女物でもいい、あのマントを着てくればよかったと、強く悔やまれた。その耕作の前に、突如立ちふさがった少女がいた。えんじ色の被布《ひふ》を着、胸に紫の赤い房が二つ下っていた。その顔を見た途端、

「あっ」

と耕作は声を上げた。それは、いつか自分が石を投げつけた深城の娘節子だった。女学校一年の節子は耕作より少し背が高い。パッチリとした黒い目が、耕作を見て親しげに笑っている。耕作は、思わずパッと走り出した。うしろで誰か叫んだようだった。が、耕作は夢中で逃げた。あれから三年経《た》っている。時々、額の傷はどうなっているかと思った。深城のうわさが出る度に、あの日のことを思い出していた。

二丁ほど走ってから、耕作は立ちどまった。どうして走り出したのか、自分でもわからない。あまりにも不意に、あまりにも間近に現れたからだろうか。あんまり美しかったからだろうか。六年生の耕作にはわからない。とにかく、にっこりと見つめられた時、耕作は混乱したのだ。

「どうしたのさ?」

追いかけて来たみんなが聞いた。良子だけ黙っていた。

「何でもない。さ、買物に行くべ」

何も逃げることはなかったのだ。そう思った瞬間、耕作はハッとした。なかった。金がなかった。確かあの時、手に握りしめていた筈《はず》だ。それがどこにもない。

耕作は、今来た道を急いで引き返した。

「どうした、耕ちゃん?」

「うん、何でもない」

言いながら、足の先で、積っている雪を所々かきわけてみる。が、白い雪の上に落ちた白銅貨は探しにくい。耕作は泣きたくなった。

（せっかくの三十五銭……）

三十五銭を握っていた時の、大金持になっていたような気持が、どこかへ消しとんでしまった。

「お金落したの？　耕ちゃん？」

「うん」

福子のやさしい声に、耕作は瞼《まぶた》が熱くなった。今走って来た所をみんな一生懸命に探してくれた。が、道の上にも道端にも、落ちた金はなかった。権太が言った。

「耕ちゃん、あきらめれ。おれたち、五銭ずつ貸してやっから」

「いいよ、いいよ」

「いいからさ、みんなで五銭ずつ出すべ」

貞吾が言い、みんなが五銭ずつ、無理矢理耕作の手に握らせた。福子も出した。福子が、五銭玉一枚しか持っていなかったことを、誰も知らなかった。

四

隣りの居間から、本を読む耕作の声が低く聞える。

「一〇五代　後奈良《ごなら》天皇……ポルトガル人始めて……」

耕作は、みんなが寝てしまったあとも、中学の受験勉強をしているのだ。拓一は暗《くら》闇《やみ》の中に目をあけながら、

（大変だなあ）

と思う。拓一の右隣りに良子が寝、左手に市三郎が寝ている。冬になると、炬燵《こたつ》に四方八方から足を突っこんで、みんなで寝る。炬燵は床に掘られた切り炬燵だ。ストーブで出来た熾《おき》をどっさり灰の中に埋めると、朝まで暖い。冬の間は、こうして家族がかたまって寝るのだ。布団《ふとん》は夏と同じせんべい布団だが、炬燵の火と、お互いの体温で、何とかきびしい冬の夜の寒さを凌《しの》ぐ。

しんしんと夜が更《ふ》けていく。こんな夜遅く、どこの馬か、鈴の音を高くひびかせながら、家の外を通り過ぎて行った。

拓一は板戸から洩《も》れて来るランプの光りを見つめながら、思うともなく曾山福子のことを考えている。自分より三つ年下の、まだ六年生の福子だが、会うごとに、拓一

の心を惹《ひ》くものがある。血の気のないあの白い頬だろうか。すぐに顔を赤らめる内気さだろうか。とにかく、福子を見ると拓一の心は慰められるのだ。

今朝も、福子の兄の国男を誘って、それぞれの馬を使いながら、丸太運搬に行った。拓一が国男を誘いに行くと、必ず福子が顔を出す。

「きょうは寒いね」

とか、

「気をつけて」

とか、短い言葉だが、情のこもった言い方をする。

(今年で福子も十四になったか)

自分は十七だと、拓一は福子と自分を並べて考える。

隣りに眠っている良子が、寝返りを打った。良子の手が、軽く拓一の肩にかかった。そこにちょうどランプの光りが一筋節穴から洩れている。良子が何か抱いて寝ている。何だろうと、拓一はそっと手を伸ばした。手にとってみると、枝薪に古切れをまきつけ、ひもで結んである。

(人形か)

いじらしさに胸が迫って、拓一はそっとその薪ざっぽうを良子の胸におく。

祖父のいびきが高くなった。

（じっちゃんはこの頃、いびきが大きくなったなあ）

疲れているのだろうと、拓一は祖父のほうを見る。いつ母が独立できるのだろうかと思う。

ふと気づくと、居間の気配がひっそりとしている。鉛筆の音も、ストーブを突つく音もしない。頭をもたげて板戸の隙《すき》からそっと見ると、耕作がちゃぶ台にうつ伏せになって眠っていた。拓一はむっくりと起き上り、そそくさとシャツを着、ズボンをはくと、そっと板戸をあけた。耕作は歴史の教科書の年代表の頁《ページ》に右頬をあて、眠っている。

拓一はストーブの戸をあけ、奥にある燠をかきよせ、薪をくべた。その音に、耕作はハッと頭を上げた。

「もう、寝れや、耕作」

「うん、でも、もう少しやらなきゃ」

「無理すんな」

「うん、大丈夫だ」

頭を二、三度ふって、耕作は鉛筆を持つ。

「おれも起きててやるか」

「兄《あん》ちゃんは、明日また朝早くから、原木運搬に出るんだもん」

「なに、あと一時間ぐらい……」

拓一は立って行って、部屋隅の戸棚から黒砂糖を幾ごりか持って来た。

「これ食えよ」

ちゃぶ台の上においた時、

「おや、その白い小石何だ？」

拓一は黒いセルロイドの筆入れを指さした。筆入れには白い小石が入っていた。

耕作は小石をかくすようにした。顔がパッと赤くなった。

「うん、何でもない」

耕作の中学受験が決まった翌日、曾山福子が耕作にくれたのだ。放課後、教室を出た耕作のあとを追いかけて来て、玄関の所で福子は、

「これ上げる」

と、白い小石を差し出したのだ。

「何さ、これ？」

問い返す耕作に、福子は真剣な顔で言った。

「耕ちゃん、これお守りだよ。この石を持っていると、きっといいことがあるんだって。いつかは必ずいいことがあるんだって」

「いいこと？」

「うん、耕ちゃんは試験うけるでしょう。だから……」

福子から渡された白い小石は生あたたかかった。耕作は福子から得難い宝物をもらったような気がした。この小石を持っていると、本当に何かいいことがあるような気がした。

赤くなった耕作を、拓一はちらりと見たが、土間に行き、イタヤの枝薪を一本と、大工道具を持って来た。

「何する？　兄ちゃん」

「うん、良子にコケシでも作ってやるべ。かわいそうだからな」

「ふーん」

良子が、薪ざっぽうに布を着せて、おぶったり抱いたりしているのを、耕作も知っている。拓一がコケシ人形を作ると聞いて、耕作はほっとした。

拓一は器用にのみを使っている。めっきり青年らしくなった拓一の横顔だ。耕作はまた年表を諳記しはじめる。

「一〇八代　後水尾《ごみずのお》天皇　紀元二千二百七十三年　慶長十八年　家康《いえやす》イギリス人に通商を許す……」

眠気のさめたハッキリした声だ。

「福子元気だか、耕作」

ちょっと経ってから、拓一がぽつりと聞いた。耕作は、白い石のことを知っていたのかと、何だか恥ずかしい気がした。が、気の乗らぬふうに、

「元気だべ」

と生ま返事をする。

(兄ちゃん、知ってるんだな)

勉強しながら思う。それっきり拓一は何も言わない。耕作は気になりながら年表を諳記していく。

隣りの部屋から、祖父の大きないびきが聞える。風が少し出て来たようだ。拓一ののみを使う音が静かに聞える。

翌朝、耕作は、ストーブの傍に、出来上ったコケシ人形のあるのを見た。墨で、髪と目と口が描かれてあった。何となくその人形が、福子に似ていると耕作は思った。

五

ジャラン、ジャラン、ジャラン、ジャラン――。

四時間目の授業の終りを告げる鐘が、まだ雪の深い沢合に響く。菊川先生が、手に鐘を持って鳴らしているのだ。校庭で雪合戦をしていた生徒たちは、一斉に駆け足で集まって来る。が、中には持っていた雪玉を、敵側にぶっつけながら集まってくる者もある。

一年生から六年生まで、みな雪まみれだ。一年生と二年生は雪玉をつくり、三年以上はお互い敵陣に雪玉を投げ合った。女の子も投げ合った。

単級で、先生一人のこの分教場の生徒たちは、一年から六年まで、全部で五十四人だ。生徒たちは体操の時間が好きだ。冬の体操の時間は大抵雪合戦か、校舎の裏山の坂で橇《そり》すべりをする。

集まった生徒たちは、みな頰っぺたを赤くし、ハアハア口で息をしている。青い洟《はな》を垂らしている者もいる。その洟を、着物の袖《そで》でぐいとぬぐう者もいる。

「前へ、ならえっ！」

級長の耕作の号令に、生徒たちはまだ半分笑いの残っている顔のまま、両手をまっすぐに伸ばす。

「なおれ。休め！　気をつけ！　礼！」

立てつづけに、耕作は号令をかける。先生は眩《まぶ》し気に目を細めながら、みんなの顔を見る。ザラメ雪の上に、昨夜降った真っ白な雪がキラキラと眩《まばゆ》いのだ。

「よし、今日の雪合戦は、みんな真剣によくやった。遊び半分にやった者は誰もいなかった。体操の時間でも、算術の時間でも、遊ぶ時でも、家の手伝いをする時でも、みんな真剣にやることだ。いいな、わかったな。わかった者は手を挙げろ」

みんな一斉に高々と手をあげる。指の曲っている者は一人もいない。菊川先生は、刃先のようにすっきりと手を上げる子が好きなのだ。もう誰の顔にも笑いは残っていない。みんな真面目《まじめ》な顔で先生をみつめ、上げた手を微動だにしない。

満足そうに見まわした先生は、

「よしっ！」

と言った。一斉に手が下がる。半鐘泥棒といわれる背の高い先生を、みんなは尊敬の目で見つめる。

「一年と二年は、帰ってよろしい。三年生以上は弁当の用意をする。終り！」

先生の言葉に、一年二年が声を揃《そろ》えて、

「先生さようなら、みなさんさようなら」

躾《しつ》けられたとおりに頭を下げる。三年生以上が、

「さようなら」

と、一斉に返事し、みんな校舎のほうに走って行く。

「なだれに気をつけて帰れよ。あったかいからな、今日は」

先生の声に、

「ハーイ、ハーイ」
一、二年生はかわいい声で答えて、校舎に走って行き、先生は弁当を取りに校宅に戻って行った。
「いただきまーす」

教壇の先生が一口食べると、生徒たちも弁当を食べ始めた。米だけの弁当を持って来ている者は一人もいない。冷えた馬鈴薯《ばれいしょ》を持って来ている者、一粒も米の入らない麦飯をぼろぼろこぼしながら食べる者、黄色い稲黍飯《いなきびめし》を食べる者、様々だ。お菜《かず》も、生味噌《なまみそ》、大根の漬物がほとんどで、キンピラゴボーを持って来ているのは上等のほうだ。みんなの弁当は、ストーブのすぐそばの弁当棚におかれてあったから、生まあったかい。

先生の弁当も麦飯だ。みんなぺちゃくちゃしゃべっている。菊川先生は、授業時間はひとことも私語させないが、弁当の時間には大いに話し合うことを奨励している。

「福子、母さんの神経痛、この頃どうだ」

先生は、ご飯を口に入れたまま、もごもごとした声で聞く。

「まだ、悪いです」

福子が澄んだ声で答える。

「そりゃ困ったな。大事にしてやれよ。進、お前んとこのじっちゃん、なんぼだったっけ？」

進と呼ばれた三年生の子が、ちょっと首を傾け、

「ハイ、六十ぐらいです」

みんなが笑う。

「六十ぐらいとはなんだ。ぐらいとは。じっちゃんの齢《とし》ぐらいおぼえておけ。お前のじっちゃん、もうじき七十だぞ」

みんながわあわあと笑い、進は田虫のある顔を天井に向けて、誰よりも楽しそうに笑っている。

屋根の雪がとけて、雫《しずく》が絶え間なく落ちている。弁当を半分食べかけのまま、耕作

は前に出て行った。ストーブのそばの大きな鉄瓶《てつびん》をしっかと握ると、福子も出て来た。先《ま》ず耕作は、先生の茶碗《ちゃわん》に熱いお湯を入れる。

「ありがとう、やけどすんなよ」

耕作は慎重だ。四列目から順々にお湯を配って行く。みんなアルミニュームの弁当のふたを、汲《く》みやすいように机の端におく。茶碗を持っている者は、ほんの少しだ。それもみなぶっ欠け茶碗だ。一滴でもこぼすと、後からついて来る福子が雑巾《ぞうきん》で拭《ふ》く。

みんなにお湯を汲み終った時、本校の用務員が入って来た。

学校には電話がないので、本校から一里以上の所には、用務員が時々連絡に来る。

菊川先生の顔が、いつになくさっと緊張した。先生は教壇を降りて入口に行った。

(あ、来たな)

と、耕作の胸がとどろく。先生は、本当は今日の合格発表を一番心配していたのだ。

それが何となく耕作にはわかっていた。が、一度も先生は、

「今日は合格発表だな」

とはいわなかった。それだけ先生が心配しているのだと、耕作も察している。何しろ、この分教場が始まって以来、中学を受験した者は一人もいない。代用教員の菊川先生には、耕作の中学受験は、即《すなわ》ち自分の教授能力の試験のようなものであった。

先生は師範学校を出ていない。まだ正教員の資格も取っていない。それだけに生徒の教育には真剣だった。汗をたらして一心に教える。その結果が今日わかるのだ。耕作は、先生が今まで教えた生徒の中で、一番成績がいい。その耕作がもし落ちたとしたら、先生の教授能力が疑われることにもなる。

「耕作が落ちることがあるか」

菊川先生は幾度も言って来た。それは耕作に言い聞かすというより、自分に言い聞かせる言葉だった。

今、本校の用務員の姿を見て、菊川先生が緊張したのも無理はない。用務員が何やら言って、茶色のハトロン封筒を先生に渡した。

「何?」

聞き返す先生の声が耕作にも聞えた。頭をちょっと下げ、用務員は出て行った。先生はその場に立ってハトロン封筒の封を切り、中から白い紙を出して何か読んでいたが、ふっと大きく息を吸ったかと思うと、耕作のほうを見てニコッと笑った。菊川先生は大股《おおまた》で教壇の上に上った。そして教卓に両手をつき、みんなを見まわした。

「みんなよく聞け。耕作は入ったぞ。一番で入ったぞ」

先生の声がふるえた。

「ワーッ」

生徒たちは一斉に声をあげ、手を叩《たた》いた。一列の一番うしろに坐《すわ》っている耕作のほうに体をねじむけて、みんな手を叩いている。

「すげえなあ。一番だとよ」

「よかったな、耕作」

生徒たちは口々に言った。福子も、馬鈴薯の塩煮を持ったまま、うれしそうに耕作のほうを見ている。先生は腰の手拭《てぬぐ》いを取って目をぬぐった。

「おい、中学って、何年あるのよ」

「五年だべ」

「へえー、あと五年も勉強するのか。んだら、おら中学なんど行きたくないな」

「ねえ、中学では英語習うってねえ」

「えいごってなあに」

「アメリカか、フランスの言葉じゃないの」

「アメリカかフランスの？」

子供たちは、ざわざわとお互いに勝手なことを言っている。その様子をじっとみつめていた菊川先生が、大声で言った。

「いいか、みんな。耕作は一番で旭川中学に入ったんだぞ。本校の生徒も、市街の生徒も、中富良野の生徒も、富良野の生徒も、だぁれも耕作には勝てんかったんだぞ。こんな小さな分教場でも、お前たちの学力は、どこの学校にも負けんのだぞ」

生徒たちはニコニコとお互いの顔を見る。誇らしげな笑顔だ。

「耕作、みんなの代表のつもりで、中学でも一層頑張って勉強してくれよ」

「ハイ、わかりました」

はっきりと耕作は返事をした。誰かが言った。

「おれはみんなの代表のつもりで、一生懸命遊んでやるぞ」

みんながわっと笑った。先生も笑った。卒業式も間近な日の、楽しいひと時であった。

六

雪の上に、拓一と耕作の影がくっきりと黒い。明るい月夜だ。二人は今、田谷のおどに薬を届けに行くところだ。夕方、田谷のおどの奉公人仲間が街へ行きがけに、

「おどが、股のつけねさ横根張ってな。薬届けてくれんかって言ってたども。じっちゃま頼むど」

祖父の市三郎に頼んだ。

「横根？　まさか安物買ったんじゃあんめぇな」

市三郎が苦い顔をした。

「そんなんじゃねえ」

うす笑いを浮かべておどの仲間はスコップのような手を横にふった。

その時のことを、耕作は拓一に聞こうか聞くまいかと迷いながら歩いて行く。昼間融《と》けた雪が凍って、歩きにくい。木々の影が、雪の上にうごめくように見える。ぽつりと見えて来たランプは、田谷のおどがいる柄沢の家だ。

「兄《あん》ちゃん」

「う？」

何か考えていたらしい声だ。

「安物買ったべって、じっちゃん言ったろう」

「うん、言った」

「あれ、何のことだ？」

拓一は黙った。黙って急に早く歩き出した。

(悪いことを聞いたかな)

耕作も急ぎ足になった。拓一がふり返った。

「耕作、お前、まだ、女のこと知らんべ」

「女のこと?」

「うん、男が女を買うって、何のことか知らんべ」

「女を買うって……時々聞くけども……」

考えて見ると、そのことも耕作にはよくわからない。

「男が女を買うってなあ。女と一緒に寝ることなんだ」

「ふうん、そうか」

「女を抱くにはなあ、金が要るんだ」

「ふうん」

「高い女には、病気はないが、安いのには病気があるんだ。淋病《りんびょう》ってな。その淋病が男にうつるのよ、安物を買うと」

「ふうん」

自分の知らないもやもやとした世界を、耕作は感じた。何か粘々と、妙な匂《にお》いのする世界の感じだった。

(淋病って、時々新聞の広告に出てるもな)

耕作の家では、新聞はとっていないが、菊川先生から時々もらって来ることがある。

「兄ちゃんどうして病気にかかるんだ」

「女が男からうつされるんだ。そしてまた男にうつすのよ」

「その一番先に、誰がかかるんだべ。誰からもうつらんで、誰がかかるんだべ」

「わからんな、おれも」

犬が吠《ほ》えた。二人は柄沢の家に来た。田谷のおどが寝起きしているのは、納屋《なや》の屋根裏だ。五間半に十三間の長い柄沢の家だ。その棟の中に、間口二間半の納屋が馬小屋の隣りにある。がたことと重い納屋の戸をあけると、明りとりの五分ランプが広い納屋の真ん中に点《とも》っていた。ぷんと馬糞《ばふん》の臭《にお》いがする。ランプの光りに、壁にかけた鍬《くわ》や鋤《すき》が鈍く光り、積んだ叺《かます》が片隅に小山のように見えた。納屋から屋根裏に、作りつけた梯子《はしご》が直立している。

二人が恐る恐る梯子をよじ登って行くと、

「おう、すまんな」

敷藁《しきわら》の上にあぐらをかき、仲間と花札をしていた田谷のおどが、愛想よく声をかけた。カンテラがぼんやりとあたりを照らしている。ニラの入った四合瓶を渡すと、

「お、これこれ、これが効くんだ」

と早速前を広げふんどしを外して、おどはニラをつけはじめた。耕作は思わず視線を外らした。壁に半纏《はんてん》やモンペが下っている。何にもない部屋だ。押入もない。馬のように寝藁が敷かれてあり、その上に耕作たちのよりうすいセンベイ布団《ぶとん》がのべられている。多分、布団の上にも藁をかけて寝るのだろう。壁際《かべぎわ》にも藁が高く積まれてあった。

「耕、中学に入ったんだってな。一番だったってな」

田谷のおどが、薬をつけながら言う。

「うん、まあね」

「何しろ、大したもんだ。お前は、じっちゃまに似て、頭がいいんだべ。このニラよりよく効く薬でも発明してけれや。人助けだあ」

田谷のおどと仲間は、声を立てて笑った。

「しかし、ぶったまげたな。ここの柄沢の息子でさえ、中学なんぞには行かねえってのに。只《ただ》の小作の小せがれがな。ま、大したもんだ。じっちゃんも元気か」

拓一も耕作もうなずく。

「お前だも、トッパやって行かねか」

「うん、だども、早く帰れって言われたから……」

拓一は梯子に手をかけた。

「そうか。お、耕、中学さ入ったからって、生意気になんなよ」

他の一人が言った。田谷のおどが、

「耕、中学さ行って、稚児《ちご》にされんなよ。痔《じ》い悪くすっからな」

耕作はキョトンとしたが、

「さいなら」

と言って、梯子を降りはじめた。厩《うまや》の馬が大きく首をふっているのが、斜め下に見えた。

外に出ると、拓一が、

「ついでだから、国男のところに寄って行くか」

と、ちょっと照れたように言った。

「うん……」

もう国男の家なら寝ているかも知れない。薪《まき》や、ランプの石油を惜しんで、早く寝ている筈《はず》だ。

(チゴって何だべ。どうして中学さ行って痔悪くすんだべ)

考えながら、耕作は拓一と肩を並べて歩いて行く。

五、六丁行った所に、曾山の家があった。
「あ、ランプが見える」

ほの暗いランプだ。家の前まで来ると、高く積った雪の中からひょいと黒い影が起き上ってこっちを見た。福子だった。福子はうつ向いたまま、じっと下を見ている。中から大声で怒鳴る声が聞えた。

「どいつもこいつも、何だと思ってやがんだっ！」

福子の父の怒声だった。何かが割れる音がした。いたたまれぬように、福子は家の中に飛びこんでしまった。

「なにいっ？　このあまが」

怒声はびんびんとひびく。二人は顔を見合わせた。曾山福子の父は、いつもへいこらと頭の低い気弱な男なのだ。それがまるで別人のようだ。恐らく福子は、父の酒乱に耐えかねて、いつも外に飛び出すにちがいない。拓一は、たった今まで、福子がよりかかっていた雪の上を見た。福子の姿のままに雪が彫れている。福子は、月を仰いで雪の中に死んでしまいたいような気持ではなかったか。

「かわいそうにな」

拓一はそう言ったかと思うと、いきなり福子の寝ていた跡に、自分の体を投げかけた。耕作は何となくどきりとした。

七

拓一と耕作は、月の光りに自分の影を踏んでわが家に戻って来た。

「おれ、便所に行って来る」

引戸をあけた拓一の背に、耕作はそう言って、便所のほうに歩いて行く。今夜は月の光りで、便所に入るのにちょうちんは要らない。

便所につづく納屋に灯影《ほかげ》が見える。納屋は母屋《おもや》と別棟だ。

「ざく……ざく……」

納屋の中から、藁を切る単調な音が聞えた。ぼそぼそと男と女の声がする。恐らくまた姉の富が、硫黄鉱業所に勤めているあの若い武井と、話をしながら藁を切っているのだろう。耕作は気にもとめずに、莚戸《むしろど》をあけて便所に入った。板壁の隙間《すきま》から灯が洩《も》れている。

「……しかし、耕作も自分勝手だな」

いきなり自分の名が聞えたので、耕作はぎくりとした。ざく、ざくと、藁を切る音は途絶えない。薄い板一枚を隔てて、しかも隙間だらけだから、話はよく聞える。

「そんなことないよ」

耕作をかばう富の声がした。

(なんでおれが、自分勝手《かが》なんだ)

耕作はむっとして屈《かが》まった。土を掘った穴の上に、八分板が二枚渡してあるだけの便所だ。そばに、肥汲《こえく》みの長柄の柄杓《ひしやく》が、肥桶《こえおけ》に突っ込んでおかれてある。

「どうしても、駄目かなあ。今年おれと一緒になるのは」

「今年だって、来年だって……中学は五年かかるからね」

「五年? じゃ富ちゃんは、あと五年も、嫁にならんていうのか」

「だって、中学は五年でしょ」

富の声がくもっている。

「だけどなあ、富ちゃん、あんた、あと五年したら、二十四だよ。今時、二十過ぎて嫁に行くなんて、どこにもいないよ」

「そりゃあそうだけど、でも、仕方ないでしょ。じっちゃんだって、ばっちゃんだって、だんだん年取ってくるし、わたしと拓一が働らかなきゃあ」

耕作は便意もなくなって、その場に只しゃがんでいた。

しばらくひっそりとしている。耕作は、言いようもない思いで、次の言葉を待った。

「若いわたしが働らかんきゃ」

「そんなこと言って、富ちゃん、ほんとは俺のこと嫌いになったんじゃないのか」

武井が少し怒ったように言う。

「まあ、ひどい。ひどいわ隆司さん。あんたが嫌いなら……」

富が涙声になった。

「じゃ、富ちゃんの気持には、変りはないんだな」

「そんなこと、聞くまでもないでしょ、隆司さん。わたし、隆司さんしか、好きな人いないんだから……」

すねたように言い、

「でもね、隆司さん。好きだからって、好きな者同士が一緒になれるとは、限らんものねえ」

「そんなことないさ。ほんとに俺が好きなら、決心してくれればいいんだ。耕作のことなんか、放っておいてよ」

「うん、わたしもね、何度もそう思ったの。隆司さんとこだって、おっかさんが弱いから、どうしても今年は嫁さんをもらわんきゃならない。わたし、隆司さんと一緒になりたいから、耕作のことはかまわんて思ったの」

「その思ったとおりにすればいいんだよ、富ちゃん」

「でもねえ、耕作は一番で中学に入れるだけ頭がいいんだもの。どんだけ勉強が好きなんだか……そう思うと、やっぱし勉強させてやりたいもん」

「……………」

「あれだけ勉強ができれば、中学あきらめれっていうの、酷だしね。あの子めんこい子だし、あきらめさせるの、かわいそうだし……」

富が涙をふいている気配だ。その間も、押し切りの音は、ざくざくとつづいている。きっと隆司が柄を握って切っているのだろう。

「富ちゃん、そりゃあな、お前姉だから、おんじを思う気持もわかるよ。……俺だってな、なんぼ学校に行きたかったもんだか。だけど、人間には身分相応ってことがあるからな。それが耕作にはわからんのかな」

「わかってるから、耕作だって、はじめから諦《あきら》めていたんだよ。でも先生が、諦めかねてまたすすめてくれたもんだからさ……」

「なんぼ先生がすすめてくれたって、親がいないし、じっちゃんばっちゃんが行かしてやるったって、もう齢《とし》じゃないか。じっちゃんだって、内心入ってくれなきゃいいと、思ってるかも知れないよ」

「…………」

「第一、年ごろの富ちゃんが嫁に行きそびれて……それでもかまわねえってのかなあ、耕作は」

「そんなこと……耕作は小学校終ったばっかしだもの」

あくまでも富は、耕作をかばう。

「しかしな、富ちゃん。耕作はまだわかんねえかも知らんが、拓一だって、じっちゃんだって、ばっちゃんだって、一体富ちゃんをどうするつもりなんだ。俺たちが一緒になりたいことを百も承知で……富ちゃんが耕作の犠牲になってもかまわんと思っているのかな」

「犠牲だなんて、そんなこと」

「犠牲じゃないか。俺は富ちゃんを諦めんぞ。お前の母さんもよ……、一体いつになったら一人前の髪結いになれるのよ」

武井の声が高くなる。

「隆司さん、そんなに怒らないで。母さんだって、一生懸命働らいているんだもの。でもね、髪結いっていう仕事はね、はじめは掃除ばっかり、それから少しずつ習って、何年もかかるんだって。お給金もろくろくもらえないで……もらってもおふろ代ぐらいだってよ」

「…………」

「一人前の腕になったら、お礼奉公というのがあって、只働らきを一年もして、それからやっと一人前になるんだって」

「そんなに金にならん商売なら、すぐに戻って来て、畠《はたけ》手伝えばいい。富ちゃんが幾つになったか、わかってんだろうからな」

「…………」

「第一、市街のもんだって、中学に行くのは何人もない。耕作は中学さ行って、一体何になるつもりかな」

「何になるかわからんけど……」

「人間なんてねえ、富ちゃん、自分だけ学問受けて、それで偉くなっても、いい気になって威張るだけだ。俺の親戚《しんせき》にも、親兄弟が力合わせて大学さ上げてやったのがある。だども、そいつは自分だけ出世して、親兄弟を馬鹿《ばか》にしてよ、教育がないだの、何だのって……」

「…………」

「耕作だってさあ、富ちゃんが俺のこと諦めてもよ、犠牲になってくれたなんて思わんぞ。何にもありがたいなんて思わんぞ。人間なんてそんなものだ。やってくれるのは当り前でよ、恩なんて着ないもんだ。俺はわかってる」

「…………」

「勉強したきゃ、学校さ行かんたって、講義録で勉強できる。あと二年みっちり家を手伝って、師範に行ってもいいべ。師範なら金がかからんからな」

「だって、もう中学、合格したんだよ、耕作は。今更かわいそうだよ」

「富ちゃん、自分とどっちがかわいそだ？」

「わたしのことは……」

「じゃ聞くがな、富ちゃんと一緒になれない俺と、耕作と、どっちがかわいそうなんだ？」

不意に富のすすり泣く声が聞えた。

耕作は呆然《ぼうぜん》と、便所を出た。

矢車

一

　校庭の鯉《こい》のぼりが、思いっきり風をはらんで、青い空にひるがえっている。矢車が陽にきらめきながら、カラカラと廻っている。上富良野高等小学校の玄関を出た耕作は鯉のぼりを見上げて、広い校庭をよぎって行く。土曜日の放課後の校庭には、子供たちが何人も鬼ごっこをしている。

　耕作は今日、旭川の展覧会に出すための図画を描かされたのだ。教室の窓から、真正面に見える十勝連峰を、耕作は描いた。白い噴煙を描きながら、あの噴煙のそばにある硫黄鉱業所に働らく武井隆司のことを思っていた。

　校庭の門を出た時、耕作はぎくりと立ちどまった。中学の制服を着た少年が二、三人、何か大声で話しながら近づいて来る。耕作は歯を食いしばるような思いで、その中学生たちとすれちがった。

「エンジョイだ、エンジョイ。先《ま》ず青春はな」

一番体格のいいのがそう言い、他の連中が、そのとおりだと口々に言った。耕作は、頭を昂然《こうぜん》と上げて、ぐいぐいと歩く。

（中学に行かなくても、あんな奴《やつ》に負けないぞ）

そうは思うが、やはり何となく惨《みじ》めだ。

旭川に行く日、耕作は布団《ふとん》の中から起き上らなかった。

「耕作、汽車に遅れるぞ！」

拓一が起しに来たが、耕作はうっすらと目をあけて、

「腹が痛い」

と、低く言っただけだった。

「腹が痛い？　お前学校に行かない気か？」

「だって、腹が痛いもの」

「だってお前、入学式で宣誓しなきゃなんないんだろう、代表で」

拓一がやきもきする。祖父も祖母も驚ろいて見に来た。祖父の市三郎は、耕作の舌を見たり、脈を見たり、腹を触診したりしたが、

「少し脈が早いだけで、大病じゃなかんべ。ニラのつゆでも飲んで行け」

だが、耕作は腹が痛いと言って、頑として起きなかった。富と武井の話を聞いてし

まった耕作は、はじめて富の悲しさがよくわかったのだ。自分のために武井を諦めようとする富の気持が、耕作の心を強く打った。武井が自分を悪く言ったことも、当り前のような気がした。

「師範さ行けば、金はかからない」

と言った武井の言葉も、耕作は考えて見た。あこがれの中学を断念することは、辛《つら》かった。

あの夜、床の中で、耕作は泣くまいと耐えるのに必死だった。泣いては、一つ炬燵《こたつ》に足を突っこんでいる祖父も祖母も、不審に思うにちがいない。武井と富がこんな話をしていたから、中学に行かないなどと言っては、富に辛い思いをさせる。小学六年を卒業したばかりとは言え、耕作はそう考えたのだ。

翌日も翌々日も、耕作は体具合が悪いと言って床から出なかった。十日目に、遂《つい》に耕作は祖父に言った。

「おれ、もう中学に行かない。こんなに勉強遅れたら、追っつけない。一番で入って、何にもできないなんて言われたら、癪《しゃく》だもん」

驚ろいた祖父は、じっと耕作の顔を見た。何もかも察したような表情が、祖父の顔に浮かんだ時、今までこらえにこらえていた涙が、耕作の目から一度に噴き出した。

「耕作！」

市三郎は耕作の肩を抱いて、その太い指で目頭をおさえた。

「ねえちゃんば、嫁にやって」

そう言った時、市三郎は両手で耕作をしっかりと抱きしめた。

耕作が中学に行かないと聞いた拓一は、耕作を殴った。

「馬鹿野郎！　俺は自分をタコに売ってでも、お前ば学校にやろうと思ったのに」

耕作は答えた。

「兄《あん》ちゃん、おれな、高等科から師範さ行く。おれ学校の先生になりたいんだ」

「ほんとか、耕作」

「ほんとだ。中学に行ったって、先生には仲々なれんべ。おれ先生になりたいんだ」

そんな耕作を、富は幾分脅《おび》えたように眺めていたが、

「せっかく一番で入ったのに……」

と言って、前垂れで顔を覆《おお》って泣いた。

そんなことも、もう二十日も前のことになった。菊川先生も、一旦《いったん》は驚ろいたが、

「そうか、せっかく中学の服も帽子も買ったのにな」

と、放心したように言った。その服も、靴もカバンも、拓一が旭川の質流れの店で

買って来てくれたものだった。少しガフガフの靴、やや袖口《そでぐち》の擦り切れた服、ひと所剝《は》げているカバン、それを次々と風呂敷《ふろしき》の中から出す拓一も、受取る耕作も、共に大喜びだったのだ。

「帽子だけはふんぱつして来た」

真新しい帽子を、耕作はどんなに喜んでかぶって見たことだろう。

だから、中学生に会うことが、耕作には一番辛い。特に、真新しい制服を着た中学生に会うのが一番いやだ。心の底で、

(おれは一番で入ったんだぞ)

と言って、自分を慰めてみる。が、結局はそれもむなしいのだ。いくら合格しても、一日も学校に行かなければ、所詮《しょせん》勝負にはならない。菊川先生は、

「十日でも、一カ月でも、中学に行けば、中学中途退学の学歴になるのになあ」

と、惜しんでくれた。先生は小学校卒の自分自身の学歴を淋《さび》しく思っているようだった。そんなことを考えながら、歩いて行く耕作の目に、袴《はかま》の裾《すそ》に線の入った女学生が、カバンを下げて向ってくるのが見えた。

(あっ!)

内心驚ろいたが、逃げるわけにはいかない。耕作は、今年の正月深城節子に会って、

やみくもに逃げた自分を思い出した。そして大事な三十銭余りを雪の中に落してしまったのだ。

耕作が豆腐屋の前まで来た時、節子はもう目の前にいた。黙って通り過ぎようとした耕作に、節子が呼びかけた。

「石村さん」

名前を呼ばれて、耕作はひどくあわてた。

「あんた、石村耕作さんでしょ」

大人っぽいまなざしで、節子は耕作を見ている。耕作は真っ赤になってうなずいた。

「あんた、冬に会った時、どうして逃げたの」

その詰問《きつもん》口調に、耕作はたじたじとなって、ちらっと節子を見た。節子の顔は怒っている。正月のあの時は、確か、にっこりと笑っていたのだ。

「ね、どうして逃げたのよ」

「忘れたよ、そんなこと」

「うそよ、忘れる筈《はず》はないわ。中学に一番に入れる人が、そんなに簡単に忘れる筈ないわ」

「…………」

「あんた、わたしを覚えてるんでしょ」

ますます怒ったような語調だ。

「あんたの名前は知らん」

「名前は知らなくても、わたしに石をぶつけたことは知ってるんでしょ」

うなずくより仕方がなかった。

「だから逃げたんでしょ」

石をぶつけたことがあったから逃げたのか、耕作にもわからない。親しげににっこりと笑っていたあの時の節子の顔が、あんまりきれいでびっくりしたような気もする。が、そんなことを耕作がうまく説明できる筈もない。耕作は仕方なくまたうなずいた。

「わたし、すごく腹が立ったわ。まるで熊《くま》にでも会ったみたいに逃げ出して……失礼よ」

「…………」

「ねぇ石村さん、わたし、石をぶつけられたことを、いつまでも根に持つ人間だと思われるの、癪なの。口惜《くや》しいわ、わたし」

耕作は、またそっと節子を盗み見た。節子の目に、うっすらと涙が浮かんでいる。自分が逃げたことが、どうして泣くほど口惜しいのかと思った時、節子は言った。

「誰も彼も、うちの父さんの悪口を言うわ。わたしがその娘だからって、わたしのことまで悪くいうわ。あんたも、わたしのことを悪い人間だと思ったんでしょう」

「ちがう。それはちがうよ」

「いいわよ、悪いと思われたって」

と、帯の間から財布を出すと、節子は三十五銭を耕作に突き出した。

「あの時あんたが落してったお金よ」

あっという間に、耕作の手に三十五銭は渡っていた。驚ろく耕作の目に駆け去る節子のうしろ姿があった。

二

外に出て、拓一と耕作は思いっきり朝の空気を吸う。体の血が一度に清まるような、さわやかな空気だ。今日は日曜日だ。

草は青く萌《も》えているが、十勝岳はまだ真っ白だ。目に痛いほどの白さだ。拓一が耕作の肩を突ついた。祖母のキワが日の出に向って、手を合わせて拝んでいる。毎朝キワは太陽を拝む。耕作も小さい頃は太陽を拝んだ。が、いつの頃からかやめた。拓一は拝んだことがない。祖母は何か口の中で念じていたが、ポンポンと柏手《かしわで》を打ってから、二人を見て言った。

「さ、今日はせわしいよ。蒔付《まきつ》けがたくさんあっからな」

「まかしとけ」

拓一はめっきり厚くなった胸板を叩《たた》いて、

「な、ばっちゃん、何で太陽ば拝む」

「何でって、ありがたいから拝むべさ。おてんとさまがなきゃ、人間だって、畠《はたけ》のもんだって、一日も生きていられんからな」

「だってばっちゃん、太陽は、拝む者にも、拝まん者にも照ってるべや」

「だからありがたいべ」

「何ぼ拝んでも、太陽からばっちゃんが見えっか。あの十勝岳からこっちみようたって、見えねえもんな」

拓一が笑う。

「見えんどもええ。真心は届くべ。誰にも見えん所でも、真心こめて生きるこった。さ、しゃべくってないで、早く仕事にかからんば」

拓一と耕作はフォークをかついで、厩《うまや》に飛んで行く。朝飯までの仕事だ。耕作が手綱を取って、馬を外にひき出す。馬が甘えて鼻面《はなづら》をよせる。耕作は馬の耳に、

「今日も元気でな」

とささやく。馬はわかったように、首を一度ふり上げ、ふり下げて、再び鼻面をよせる。仔馬《こうま》もついてくる。庭の桜に手綱をつなぎ、燕麦《えんばく》を入れた桶《おけ》を運んでくる。仔馬が先に食べはじめ、親馬はやさしい目で、じっと仔馬を見守る。それを見て、耕作は再び馬小屋に走る。馬糞《ばふん》の匂《にお》う敷藁《しきわら》を、もう拓一がかき出している。二人の今朝の仕事だ。拓一の仕事はやや粗いが手早い。耕作は、一本の藁もないようにかき出す。二人の性格は仕事にも現れる。

「な、耕作。お前やっぱり中学のこと後悔してるべ」

しばらく口にしなかった中学のことを、拓一は言う。

「してない」

耕作は、昨日深城節子から返された三十五銭のことを、拓一に言おうか言うまいかと考えている。

「本当に後悔してないか」

「してないよ、してないったら」

ちょっと怒ったように耕作は答える。

「高等科終ったら、本当に師範に行くんだな」

「うん、本当に行く」

「今度やめたら、俺怒るからな。足をへし折ってやっからな」

「わかってる」

耕作はフォークでていねいに馬小屋の敷藁をかき出しながら、拓一の自分を思う心に、胸がつまりそうになる。

「なあ、兄ちゃん」

「なんだ？」

敷藁はきれいにかき出された。二人は新しい敷藁を馬小屋に運ぶ。去年の暮、三重団体から買った稲藁が、納屋《なや》には積まれている。乾いた藁は少女の髪のように日向臭《ひなたくさ》い。この匂いが二人は好きだ。

「なんだ、耕作」

「昨日さ、深城の節子って女学生にね、三十五銭返してもらったんだ」

「三十五銭？　三十五銭って何だ」

「ほれ、正月にさ、市街でなくしたべ、俺」

「ああ、あれか。あれをどうして、深城の節子が持ってたんだ？」

「俺、節子の顔みて逃げ出した時、落としたんだべ」

「何だ、逃げたのか」

逃げたことは、何となく拓一に告げそびれていた。

「何で逃げた」

「だって、ほら、ずっと前、石ぶっつけたもんな、俺」

「何年も前のことでねえか。あのおやじが悪かったんだ、何も逃げることないさ」

「うん」

「それで、節子の額に傷が残ってるか」

聞かれて耕作は、フォークを持つ手をとめた。気になっていながら、耕作はまだ確かめていない。節子の顔を正視できるほど、ふてぶてしくはない。

「わからん、よっく顔なんか見ないもん」

二人は平らに藁を敷きつめて行く。

「その三十五銭でさ、俺、講義録取って見るかと思ってるんだ」

「講義録?」

「うん、中学とおんなじ勉強なんだ」

「したら、取ってみればいいさ」

「だども、三十五銭じゃ足りないもんな」

「じゃ、俺出してやるさ。どうせお前のためだと思って、冬山造材に働らいたんだからな」

「うん」

ありがとうという言葉は、恥ずかしくて出なかった。耕作は只《ただ》うれしそうにうなずいた。

「深城の節子って、めんこいべ」

「めんこくねえ」

目鼻立ちはきれいだが、めんこいという感情を起させる節子ではない。福子のほうが、ずっとめんこいと、耕作が思った時拓一が言った。

「節子より、福子のほうがめんこいわな」

やさしい声音に、耕作は何となく胸の中がもやもやとした。

耕作は、福子からもらった白い小石を、袋にいれて腰につけている。金を落した時、姉の富が巾着《きんちゃく》代りにつくってくれた袋だ。この小石を持っていると、必ずよいことがあると、福子は言った。耕作は今でもそれを信じている。中学に一番で入れたのも、白い小石のおかげだと思っている。中学をやめたのは、白い小石のせいではなく、自分で決めたことだと思っている。

拓一が外に掻《か》き出した敷藁を堆肥《たいひ》の上に積み上げている間に、耕作は馬にブラシをかけに行く。

「青」

呼びかけながら近づいて、ブラシをかける。やわらかくやわらかくかけてやる。

「おすわり」

耕作が言うと、馬は前肢《まえあし》から先に折って、土の上に坐《すわ》った。青はとりわけ耕作が好きらしい。青はブラシをかけてもらう時ばかりでなく、耕作に乗ってほしい時も坐る。少年の耕作が乗っても、青は決してあなどりはしない。乱暴に走りもしなければ、のろのろと道草を食うこともしない。塩を手にのせてなめさせる時も、青は母親のようにやさしく、もう塩のなくなった掌《てのひら》を幾度もなめる。青のそばにいると、耕作の心がやすらぐ。で、時々耕作は馬の耳に口をよせて言うことがある。

「青、俺な、今日学校で腹立ったんだぞ。ぶんなぐってやろうと思ったが、我慢して来た」

青はじっと聞いていて、必ず一度はうなずく。だから耕作は内心、「馬の耳に念仏」というのは嘘《うそ》だと思っている。

馬にブラシをかけ終ると、今度は鶏を呼ぶ。麦を入れたザルを抱えて、耕作は大き

な声で、

「トートートートートー」

と呼ぶ。朝早くから庭やその辺にちらばっていた鶏が吾先《われさき》にと駆け寄ってくる。蹴《け》つまずくようにすっ飛んでくるのもある。

三

朝飯のあと――。

拓一が馬で畝《うね》を切って行く。黒土に春の光りがあふれている。三年生の良子も、耕作に遅れてその畝にえん豆を蒔いて行く。やはり富が手なれている。利《き》かん気の耕作は富に負けまいとついて行く。一カ所に、豆を二粒三粒落す。落した上に、足でそっと土をかけて行く。もう二時間も同じ動作をくり返している。足首が少しだるくなって来た。前を行く富は、鼻唄《はなうた》を歌っている。

柱のきぃずは　おととしの
五月五日の　背くらべ

富はこの頃、晴々とした顔をしている。つい口から歌が出てくるのだろう。

（もし、俺が中学に行ってたら……）

富の口からは決して歌は出て来なかったにちがいない。

（いいんだ。姉ちゃんが嫁に行けば）

納屋の中で藁を切りながら、武井と話していた富の言葉を、耕作は思い出す。武井は自分を悪く言ったが、終始富はかばってくれた。あの時から耕作は、富がぐっと近い存在に思われて来た。十九の富は、十四の耕作にとって、ぐんと年のちがった大人に思われる。その上口数の少い富は、耕作とふだん余り言葉をかわさない。が、あの夜以来、耕作の富に対する気持は変った。

富の鼻唄を聞くと、耕作の心も晴れた。よく菊川先生は、

「人に迷惑をかけない人間となれ」

と言った。耕作は、一度だって、人に迷惑をかけたことがないと、自分を思って来た。だが、もし中学に行っていたら、姉は自分が卒業するまで嫁に行けなかったのだと、耕作は大人っぽく考えて行く。

柔らかい、言いようもないやさしい土の感触を地下足袋の裏に感じながら、耕作はふっと良子をふり返った。良子は疲れたのか、畠にしゃがみこんで、手で土をいじっ

ている。

その良子の向うに陽炎《かげろう》がゆらめき、五、六センチほどに伸びた秋蒔きの小麦畠《ばたけ》が、青々と広がっている。

（ふしぎだなあ）

耕作は富に追いつくことをやめて、ゆっくりと豆に土をかけながら思う。

（豆を蒔けば豆が出る。麦を蒔けば麦が出る）

いろいろな植物の生えてくるこの土というものが、耕作は今たまらなく不思議になる。

（去年枯れた草から芽が出て、枯れた木から新芽が吹き出す）

冬の間、雪と氷に閉ざされて、死んだようになっていた樹《き》から、青い新芽が吹くことは、耕作には驚ろくべきことに思われる。

（冬があるから、春があるんだなあ）

中学に行けないことぐらい、じっと我慢をしていなければならないと、耕作は考える。

ぽとりぽとりとえんどう豆を落し、土をよせる。また、ぽとりぽとりと落し、また土を足でかける。同じことのくり返しだ。変化のない仕事だ。が、耕作は、何となくそれでいいんだという気がしてくる。

明日の分まで畝切りを終った拓一が、山際《やまぎわ》の畠を、今度はプラオで起している。祖父と祖母が家の近くで南瓜《かぼちゃ》畠をつくっている。あちこちに、大きなすり鉢を逆さにしたような土の山が、耕作の所からも見える。みんなそれぞれに働らいているのだ。

(何を考えているんだろうなあ、みんな)

ふっと、耕作は思った。兄の拓一は、福子のことを思っているような気がする。どこかで三光鳥が「ツキ・ヒ・ホシ」と啼《な》いている。しばらくして道端に馬車のとまる音が聞えた。

「いい天気だなあ、精が出るなあ」

死んだ父の弟、石村修平の割れるような大声だ。修平は、死んだ義平とはちがって、ずけずけとものを言う。祖父の、何か言う声がした。

「うん、市街の蹄鉄屋《ていてつや》に行って来たところだ。この天気のいいのに、ひまだれなことよ」

馬車は動き出した。が、二、三度轍《わだち》が廻ってとまった。道の下の畠にいた耕作に気づいたのだ。耕作たちは、祖父母たちと道をへだてた畠で仕事をしている。

「耕作、よく稼《かせ》ぐな」

「それほどでもねえ」

「耕作、百姓の子に学問は要らんぞ。お前が中学やめて、叔父さんはほっとしたわい。貧乏人には貧乏人の分際ってものがあっからな」

耕作は黙って、土に豆を二粒落した。

「お前は、村長の子でも、地主の子でもねえんだかんな」

やはり黙って、耕作は土をかけた。

「俺も、お前に学校に行かれたら、恥ずかしくて、部落の人に顔合わされねえかった」

言い捨てて、修平は去って行った。轍の音がからからとあたりにひびいた。

土をよせる耕作の足が、鉛のように重くなった。

(そうか、百姓の子が学校に行ったら、恥になるのか)

祖父はそんなことを決して言わなかった。耕作は何だか、叔父の修平がまちがっているような気がする。修平の息子の貞吾も娘の加奈江も、成績が余りよくない。そのために叔父は、あんなことを言うのではないかと、耕作はいやな気がした。

(成績が悪くたって、貞吾なんか、親切だからな。それでいいのに)

心の中で、耕作はぶつぶつと言ってみる。

「のどが乾いたわ。耕ちゃんは？」

豆を蒔《ま》きながら、折り返して来た富が言った。

「俺も乾いた」

それほどのどが乾いてはいなかったが、耕作は言った。ここらで一度一服をしたかったのだ。水を飲みに家に行けば、その時間が休みになる。二人は道に上った。道べに蕗《ふき》のとうがほおけている。

「どこさ行くう？」

良子が追いかけて来た。

「水飲みにだ」

「わちも行くう」

さっきから鳴いていたひばりを三人は見上げる。忙《せわ》しく羽を動かしながら、ひばりは中空の光りの中にとどまっているように見えた。

「あれ、郵便屋さんだ」

家への道を降りかけたところで、良子が叫んだ。二十間ほど向うから、カバンを肩から下げた郵便配達夫がてくてく歩いて来る。

「うちに来たと思うか」

耕作が良子に言う。

「こない」

はっきりと良子が答える。

「来る」

耕作が言った。

三人は配達夫が近づいてくるのを待った。配達夫はそこまで来て、

「郵便です」

と、持っている封書をさし出した。

「母ちゃんからだ！」

受けとった富が言い、

「ご苦労さん、水でも飲んでいけば？」

「ありがとう、篠原《しのはら》さんで飲んで来たからええ。富ちゃんきれいになったなあ、この頃」

四十過ぎの配達夫は、日焼けした顔をにっとほころばせた。粒の揃《そろ》った歯がのぞいた。

三人は祖父母の所に走った。

「じっちゃん、母ちゃんから郵便だ」

耕作が大声で言う。

市三郎は封書を受けとって、びりっと封を切った。封筒が土で汚れた。

「何？　母さんから？」

「何、なんだって？」

市三郎の眉根《まゆね》がくもり、眉と眉の間に、太いたてじわができた。

「どした、じっちゃん？」

不安気に富が尋ねた。市三郎はきびしい顔で読みつづける。手紙は便箋《びんせん》三枚に書かれている。

「母ちゃん帰って来るの？」

「来るかも知れんな」

「ほんと⁉」

富も耕作も良子も、一度に叫んだ。

「おい、佐枝が病気だとよ」

市三郎は少し離れて仕事をしている祖母の背に、怒鳴るように言った。

「病気だって？」

祖母は腰を伸ばして市三郎を見た。

「肋膜《ろくまく》かも知れねえって、書いてある」

「したら、帰ってくるの」

富が聞く。

「帰るより仕方あるめえ」

病気でも何でも、母が帰って来る。母の顔を見れる。耕作は踊り出したい気持だった。

四

六月のさわやかな風が、教室を吹きぬける。今日は学校は二時間しか授業はない。一時間目は国語で、二時間目は数学だ。しかもその数学は、この管内の研究授業だ。受持の益垣《ますがき》先生は、いつもより髪に油をつけ、剛《こわ》い髪をぺったりとわけている。詰襟《つめえり》のカラーも替えて、ズボンの膝《ひざ》もぬけてはいない。が、国語の授業はうわの空で、みんなに昨日の復習をさせ、何かいらいらしている。

「チョークが揃っていないぞ。昨日の当番長は誰だ」

「ハイ」

立ち上ったのは、四列の一番うしろの若浜だ。若浜の家は雑貨屋で、金持ちだ。若浜を見て、益垣先生はちょっと困ったように微笑を浮かべて、

「何だお前か。これからは気をつけなさい。職員室に行って、白いチョークを十本、赤いのを三本、すぐもらっておいで」

と、やさしい声になる。耕作の前の生徒が、隣りの生徒を突ついた。二人は顔を見合わせ、うなずいている。途中入学の耕作は一列の一番うしろである。みんなの動きがよく見える。隣りの列でも、突つき合うのが見えた。

益垣先生はうろうろと、教壇の上を行ったり来たりしている。まだ二十七の益垣先生は今日の研究授業が気になってならないのだ。と、

「復習やめ」

先生は机に片手をおいて言った。

「これから昨日の宿題を調べる。みんな隣りの者と、帳面を取替えなさい。宿題を忘れた者、手を上げなさい」
三、四人がぐずぐずと手を上げた。益垣先生の大きな目がギロリと光った。
「なあんだ、また百姓の子ばっかりだな」

みんなうつ向いた。農家から来ている生徒は、宿題をして来た者までうつ向いた。

益垣先生は、宿題を忘れて来た一人々々を睨《にら》みつけていたが、

「権太、お前は今日も忘れたな。お前、一度だって宿題をして来たことがあるか。学校へ来たら来たで、居眠りばかりして」

井上権太は、耕作の隣家の子で、耕作と同じ沢の尋常科を卒業し、この春市街の高等科に入ったのだ。井上権太の母は、三月頃から産後の肥立ちが悪いとかで、ぶらぶらしているのだ。だから権太は、飯を炊《た》いたり、赤ん坊のおしめを洗ったりしている。その上、母親の畠仕事まで代ってやっている。

「権太、お前、お前の学校の先生は、宿題しなくても、居眠りしても、怒らなかったのか」

お前の学校の先生はというところに、益垣先生は力を入れた。耕作は、きっとして益垣先生を睨みつけた。益垣先生は時々、分教場の菊川先生を悪く言ったり、笑ったりする。

「権太、宿題は必ずして来い。これからは、して来ない者を残すからな」

権太はうなだれて答えない。

「大体だ。権太は毎日のように遅刻する。一体、学校を何と思ってる。お前たちの菊川先生は、学校は遅れてはならんと言ったことがなかったのか」

また菊川先生が出た。宿題を忘れた他の子には何も言わず、権太にだけ益垣先生の叱言《こごと》がつづく。

「百姓というのは、学校の大切さを知らん。学問の大切さを知らん。それを知らせるのが、先生の役目だ。一人ぐらい成績のいい子をつくったって、何の手柄にもならん」

ちらっと、益垣先生は耕作を見た。耕作はうつむいた。

(あれは、俺のことだ)

小学校しか出ない菊川先生の教えた生徒たちは、町の生徒に、決して学力は劣らない。しかも今年は、事もあろうに耕作が旭川中学に一番で合格した。益垣先生も三月まで六年生を受持っていたから、そのことがよほど口惜《くや》しいのだろうと思う。

「権太、今日は罰として、お前一人で掃除当番をすれ」

耕作は唇をかんだ。

(ちきしょう)

菊川先生に六年間習っていて、先生に対して「畜生」などと思ったことは一度もない。益垣先生は北海道庁の官員の息子だそうだが、菊川先生は、耕作たちと同じ沢の、農家の次男坊だ。第一、宿題などほとんど出さない。農家の子供たちが、朝早くから夜遅くまで野良《のら》仕事に追われていることは、菊川先生自身がよく知っている。宿題をする時間など、誰にもない。居眠りをしたって、起さないし、無論怒りもしない。

「昨日の草取りで、くたびれたんだべ」

菊川先生はそう言ってくれたものだ。学校が遅れても、

「仕事のきりがつかなかったんだべ」

そうも言ってくれた。それでいて教え方はていねいできびしい。

ところが、高等一年になって、市街の学校に通うようになると、一分でも遅れると、すぐに殴られるか、立たされるかだ。益垣先生は遅れた理由を聞かない。遅れた者は寝坊したからだと決めている。第一、農家の子供の生活と、市街の子供の生活のちがいなど、考えてもいないように見える。耕作たちは一里も遠くから通って来る。市街の生徒がまだ寝ているうちに家を出るのだ。耕作たちが急ぎに急いで市街に入った頃、市街の子供たちはのんびり家を出て来るのだ。いつも遅れる井上権太だって、市街の誰よりも早く家を出ている。が、仕事が多過ぎて、どうしても家を出るのが遅くなるのだ。益垣先生は、

「市街の者を見ろ、市街の者を」

とよく言う。頭っから市街の者がよくて、農家の者を怠け者と決めているようだ。

（第一、市街には電灯があるじゃないか）

と、耕作は思う。明るい電灯の下では、宿題ぐらいすぐできる。うす暗い石油ランプの灯影《ほかげ》で、一字々々確めるように、教科書を読む必要がない。なぜ、益垣先生はそれらの事情に気がつかないのか。耕作は不思議な気がする。いくら、札幌に育った先生でも、ほかの先生ならもう少しわかるのではないか。漢字の書き取りをしながら、耕作は胸の中でぶつぶつと言う。

みんなが少し漢字の書き取りをしたところで、先生が教卓をパチンと鞭《むち》で叩《たた》いた。

「いいか、みんな。今日は視学さんも見えるし、外の町村の先生もたくさん見える。いつも先生が言っているように、姿勢をよくして、よそ見をせずに勉強するんだぞ。鉛筆を削っていない者は、休み時間のうちに、きれいに削っておけ。削った芯《しん》を、ふっとその辺に吹き飛ばしては駄目だぞ。机はまっすぐになってるな。着物の襟はきちんと合わせておけ」

次々と思いついたままに、益垣先生は落ちつきなく言う。

「そうだ。机の中を見る先生もいるからな。机の中も整頓《せいとん》しておけ」

生徒たちは机のふたをあけて中を見たり、屈《かが》んで机の下にゴミが落ちていないかを調べたりする。耕作はそんなみんなを、浮かない気持で眺めていた。多勢の先生の前で、あくびでもしてやりたいような気持になっていた。

五

二時間目がはじまった。

多勢の先生が見えると聞いていたが、耕作はせいぜい十人ぐらいの先生だろうと思っていた。ところが、ぞろぞろと、男や女の先生が、四列目の窓際《まどぎわ》から詰めかけ、一列目まで、ぐるりと生徒たちを取り囲んだ。それでも入りきれない先生は廊下の窓から見ている。こんな経験は、沢の小学校では一度もなかった。生徒の数より多い先生たちが、天井を見たり床を見たり、益垣先生をじろじろ見たり、低い声でささやきあったりしている。

益垣先生は極度に緊張していた。一時間目とは全くちがう表情である。級長の若浜が、

「礼!」

と、やや上わずった声で号令をかけた。益垣先生は、

「では、いつものように目をつむって、心を静めましょう」

と、ていねいな語調で言った。益垣先生はいつものようにと言ったが、ついこの二、

三日前からはじめたことなのだ。みんなは神妙に目をつむった。三十秒ほどして、

「よろしい。目をあけて。今日も元気で九九の練習をしましょう」

「四、七」

先生が言う。

「二十八」

生徒たちは一斉に声を揃《そろ》える。

「三、九」

「二十七」

練習がいつもより少し長くつづいて、次に暗算がはじまった。

「十五足す十六」

手が上る。

「二十六足す八十五」

手の上る数が少し減る。

「三十七足す七十八足す五十五」

それでも半数の手は上っている。つづいて引算、掛算、割算の練習をし、いよいよ応用問題に入った。

「石村君、一番目の題を読んでごらん」

耕作はちょっと先生の顔を見てから、

「ハイ」

と答えて、読みはじめた。

「三人の旅人が、二頭の馬に乗りて、十二里の道を行かんとす。三人が等しき距離を馬に乗るには、一人何里乗るべきか」

耕作はいつもより低い声で読んだ。参観の教師たちが多くて、あがったからではない。益垣先生が、いつものように石村と呼ばず、気取った声で石村君と言ったことにも、一時間目に井上権太を不当に叱《しか》りつけたことにも、承服しがたい、不快な感情を持ったからだった。

「石村君は、いつもより声が小さいですね。ではもう一人、春浦君に読んでもらいましょうか」

春浦は、声の澄んだ朗読のうまい生徒だ。春浦はいつものように、上手に読んだ。

「ハイ、よく読めました。どうかね、みんな問題がわかりましたか。三人で二頭の馬ですよ。三人に二頭だから、乗れない者が一人出る。いいですか」

そう言った時、小永谷が、

「ハイ」

と手をあげた。少し頭の大きいその子は、知能がやや低い。が、明るく親切な子だ。益垣先生は小永谷を一瞬見つめたが、無視して授業を進めようとした。が、小永谷は、

「先生、二頭あれば、三人共乗れるよ。おれ、馬に父さんと二人で乗ったことあるもん」

参観の先生たちがどっと笑った。益垣先生は苦笑して、

「確かに、乗れることは乗れるが……」

益垣先生がそう言ったまま、絶句した。参観者の笑いが、益垣先生を混乱させたのだ。

「したら、乗せてやればいい」

のんびりした口調で、小永谷が言った。近くで郭公《かっこう》が啼《な》いた。先生はハッと吾《われ》に返った。

「ま、一頭には一人しか乗せないという約束にしよう。みんなこれをどのように考えたらよいか、先《ま》ず雑記帳に、書いてみて下さい」

益垣先生は小永谷の発言で、次に言うべきことを忘れたのだが、生徒に考えさせることによって、忘れたことをごまかした。何を言うべきかを思い出そうとして、益垣

先生は眉根《まゆね》をよせて、じっと立っている。生徒たちは問題を読む者、すぐに鉛筆をとる者、隣りのノートをのぞきこむ者、様々である。耕作には、暗算でもできるやさしい問題だ。小学校五、六年の時、鶴亀算《つるかめざん》や植木算と共に、この種の問題を幾度も菊川先生はやらせてくれた。菊川先生は、みんなが覚えこむまで、何度も同じ問題をやらせた。代数などは高等科に入ってはじめてだが、この種の算術なら、むずかしいことはない。が、耕作は鉛筆も持たず、教科書も読まず、むっとしたまま先生の顔を見ていた。

「できた人は、手をあげてください」

生徒たちは、多勢の参観者に気をのまれたのか、手をあげる者は誰もいない。やみくもに、書いたり消したりしている者もある。

(権太なら、できる筈《はず》だがな)

耕作は権太のほうを見た。だが権太は、一生懸命問題を読んでいるようだ。

(権太は一時間目に叱られたからな。頭に入らないかも知れないな)

耕作はそう思いながら、権太のうしろ姿を眺めた。

「できた人は、手をあげてください」

再び益垣先生が促した。

二、三人の手があがった。が、指された生徒はまちがっていた。この問題ができなければ、先生の授業は進まない。
「級長の若浜君はどうだ」

「わかりません」

若浜は真っ赤になって答えた。益垣先生も赤くなった。益垣先生は数学の授業が上手だということになっている。他の先生なら手をぬく九九や、加減乗除の暗算を、いつも授業のはじめにやる。高等科を出ても九九のできない子があるという一般の事実に、益垣先生は挑戦しているのだ。問題への導入も、すぐれているという定評である。それが、小永谷の突拍子もない言葉に、狭量《きょうりょう》な益垣先生はうろたえたのである。その子の言葉をすくいあげて、生かすという度量がなかったからだ。もっと円熟した先生ならば、小永谷の発言によって、かえってみんなの緊張を解き、その、

「乗せてやればいい」

と言う言葉を、思いやりのある言葉として、ほめてやったかも知れない。

みんなができないのに焦《あせ》った益垣先生は、

「石村君、君はできたでしょう」

「できません」

耕作が答えた時、うしろで突ついた者がある。ふり返った耕作はハッとした。菊川先生だったのだ。できなければ菊川先生の恥だ。一瞬のうちに耕作は思った。

「いや、できました」

「できた？」

ホッとしたように先生は言い、

「では、どのようにしてできたか、黒板に書いて、みんなに説明してください」

耕作はすっくと立って、教壇のほうに歩いて行った。

耕作が黒板に式を書き、図を描いて、懇切に説明をしはじめた頃から、益垣先生も落ちつきを取り戻し、授業は軌道に乗った。

菊川先生が見ていると思うと、耕作の学習態度ががらりと変った。菊川先生が見ていてくださると思うだけで、心の中に喜びが湧《わ》いて来るのだ。

そのあと、益垣先生も、耕作の活潑《かっぱつ》な学習態度に助けられて、後半の授業をぐっと盛り上げることができた。他の生徒たちもつられて、元気に挙手をした。

無事に授業が終ると、参観の先生たちは、ぞろぞろと教室を出て行った。何人かの先生が、耕作の肩に手を置き、

「説明が実によかった、一層頑張り給《たま》え」

「すばらしい頭だな、君は」

と励ましてくれた。

校長に導かれて、前方の入口から一旦《いったん》廊下に出た視学が、わざわざ耕作に言葉をかけるために、戻って来た。

「君の家は何をしてるのかね」

「農業です」

「なるほど、惜しいなあ」

「…………」

「頑張って勉強し給えよ。人間の一番の勉強は、困難を乗り越えることだ」

思わず耕作は、視学を見上げた。白髪の視学は、どこか祖父の市三郎に似ていた。やさしい顔だが、ちかりと光る目をしていた。

「ハイ、わかりました」

視学が出て行った。

参観の先生たちが全部出て行くと、益垣先生は小永谷を睨《にら》みつけて、

「小永谷、お前のおかげでとんだことになるところだったぞ」

と言い、耕作を見て、

「石村、よくやってくれたな」

とほめ、

「今日はこれで終りだ。いいか、当番は井上一人でやるんだぞ。先生はこれから、批評会に出なければならんからな。静かに帰れ」

あたふたと先生が出て行くと、生徒たちはみんな、教科書をカバンや風呂敷《ふろしき》に入れ、机をうしろに片づけて、吾先にと帰って行く。

耕作が権太に手伝おうと箒《ほうき》を持つと、級長の若浜が言った。

「先生に言ってやるぞ。叱られるぞお前も」

「叱られてもいい」

耕作は言い返した。

六

校内は森閑としている。全校生徒は、一時間だけで帰った。二時間目があったのは、研究授業のあった耕作たちの級だけだった。どこかの一室で、研究授業の批評会がはじまっているのだろうが、耕作たちの部屋までは聞えない。

罰当番の井上権太に手伝って、耕作は手早く箒を使っている。近くで、さっきから郭公がしきりに啼いている。床を掃きながら、耕作は内心びくびくしていた。いつ先生が現れるかわからない。手伝っているのを見つけられたら、何と言って叱られるだろう。先生は権太に一人でやれと言ったのだ。耕作も、井上権太も共に叱られるにちがいない。

先程、級長の若浜が、

「先生に言ってやるぞ。叱られるぞ、お前も」

と言った。その時は、

「叱られてもいい」

と、大みえを切った。が、やっぱり叱られるのはいやだ。

机を並べ終って、権太がバケツを持ち、水を替えに行こうとした。

「権ちゃん、今日は机拭《ふ》きやめておこうや。二時間しかなかったから、そんなに汚れていないよ」

権太は黙って、耕作の顔を見た。

「拭き掃除しなくてもわからんよ」

「耕ちゃん、わかってもわからんくても、することだけはするべ」

にこっと笑って、権太はバケツの水を取替えに行った。

(わかってもわからんくても、することだけはするべ?)

権太の言った言葉を、耕作は胸の中でくり返した。ひどく恥ずかしい気がした。

権太が帰って来た。二人は雑巾《ぞうきん》を固く絞って、机の上を拭きはじめた。次に耕作は、先生の教卓と、弁当棚を拭いた。権太は窓の桟を拭いている。いつもなら、先生の教卓をまっ先に拭くのだ。それが今日は後まわしになった。何となく後まわしにしたい気持が、耕作の中にあった。

最後に黒板を拭き、掃除は終った。再び権太が水を捨てに行き、二人は急いで学校を出た。校庭を横切る時、職員室に一番近い教室に、先生達がたくさんいるのが見えた。耕作は走り出した。走って校門を出ると、追いついた権太が、

「耕ちゃん、どうして走った?」

「のろのろ歩いていて、先生に見つかったら、手伝ったことがわかるだろう?」

「うん」

二人は急ぎ足で歩いて行く。

「わかったら叱られるからな」

権太は黙っていた。もう鯉《こい》のぼりの上っていない棹《さお》の先に、矢車だけがカラカラとまわっている。

「若浜の奴《やつ》、先生に言いつけるかな」

二人の下駄《げた》の音が、仲よくひびく。歩調が合っている。

「耕ちゃん、お前そんなに叱られるのいやか」

「そりゃあいやださ。権ちゃんは平気か、毎日叱られて」

「平気っていうことはないけどさ。だけどねえ、家の父ちゃんは、叱られるからするとか、叱られないからしないというのは、ダメだって、いつも言うからね」

「……ふうん。だって、誰でもみんな、叱られるからしたり、しなかったりするんじゃないか」

耕作には、権太の言うことが、よくわからない。生れた時から、二人は隣り同士だ。隣りと言っても、七、八丁は離れている。そのせいか、権太といつも遊んで来た。権太は平凡だが気持のあたたかい子だ。今年の正月も、一緒に市街に遊びに出て、耕作が三十五銭落した時、権太が言ってくれた。

「耕ちゃん、諦《あきら》めれ。俺たち五銭ずつ貸してやっから」

そのおかげで、耕作は買いたいノートや、かまぼこを買えた。あの時の金は、祖父にもらってみんなに返した。が、そのありがたかったことは、今も忘れてはいない。

権太はそんな親切な少年だった。が、いつも一緒に魚釣りをしたり、ぶどう取りに行ったりして遊ぶだけで、特に何かについて深く話し合うといったことが、今までなかった。

権太が言った。

「あんなぁ耕ちゃん。父ちゃんが言ってるよ。叱られても、叱られなくても、やらなきゃあならんことはやるもんだって」

「叱られても、叱られなくても……うん、そうか、わかった」

今度は権太の言葉が、耕作の胸にすぽっとはまりこんだ。

(そうか。先生に叱られても、自分で正しいと思ったことは、したほうがいいんだな)

権太の言葉を納得した途端、耕作はがんと頬を殴られた思いがした。

耕作は小さい時から、いつも人にほめられて来た。家の者にも、近所の者にも、学校の先生にもほめられて来た。

「耕作は利口もんだ」

「耕ちゃんを見れ、行儀がいいこと」

「耕作は偉くなるぞ」

いつもそう言われつづけて来た。字も絵もほめられた。雑記帳の使い方も、朗読も、ほめられた。いつの間にか、耕作の心の中には、よりほめられたい思いが渦巻くようになった。ほめられたいと思うことは、また叱られまいとすることであり、誰にも指をさされまいとすることでもあった。叱られるということは、いつもほめられている耕作には、耐えがたい恥ずかしさであった。それが今、権太に言われて、はじめて自分のどこかがまちがっていることに気がついたのだ。

「したら権ちゃん、先生に叱られても、割合平気なんだね」

「平気じゃないけどさ。泣いたことだってあるけどさ。だけど、先生に叱られるからと言って、母ちゃんの手伝いをしないで、学校に走って来たりはしないよ」

「偉いなあ」

耕作は内心恥ずかしかった。権太は先生にいくら叱られても、毎日遅れてくる。母親の肥立ちの悪いのはわかっているが、何とか遅れない工夫はないのかと、耕作は内心思うこともあった。叱る先生が無理だとは思いながらも、そう思うことがあった。だが、権太は、学校に遅れるよりも、病気の母親をいたわらないほうが、悪いことだとはっきり確信しているのだ。

二人はいつしか市街を出て、両側に田んぼの緑のすがすがと見える道を行く。青い忘れな草が、畦《あぜ》にこぼれるように咲いている。十勝岳のひと所に雲はかかっているが、いい天気だ。

（そう言えば、うちのじっちゃんも、正しいことをすんのに、人がどう思おうがかまわねえ、と言うもんな）

祖父は正しい人間だ。その言葉の重さが、耕作にも少しわかったような気がする。

（だけど、叔父さんは、部落の者に恥ずかしいとか、人に何と言われっか、わかんねえぞって言うけどな）

人にはずけずけと言う叔父が、ふたこと目にはそう言うのだ。この間も、

「耕作、お前に学校に行かれたら、恥ずかしくて、部落の人に顔を合わされねかったぞ」

と言っていた。

「そうだなあ、権ちゃん。権ちゃんの言うとおりだなあ」

耕作は素直に言った。級長の若浜は、

「先生に言ってやるぞ、叱られるぞ」

と言った。多分若浜のことだから、先生に言いつけることだろう。若浜は、途中入学の耕作にいつもひけ目を感じている。耕作のほうが、級長の自分より成績がいいからだ。

(叱られても、いいことはするもんなんだ)

そう思うと、耕作はあらためて、

「叱られたっていい」

と、はっきり口に出して言った。ひどく清々《すがすが》しい心持ちだった。

「権ちゃん、走るか」

「うん」

もう、沢に入る曲り角が見える。二人は駆け出した。ここにも、郭公《かっこう》が啼《な》いていた。

日追鳥

一

じりじりと暑い日が、三日もつづく。市街ではもう、盆踊りの櫓《やぐら》ができた。夏休みに入って、早半分は過ぎた。あちこちで、麦焼きの煙が立つ。昨夜は遠い山畠《やまはた》で、麦を焼く火が花火のように美しかった。

今日は午後から、耕作の家でも麦焼きだ。土の上に何枚か敷きつめた莚《むしろ》のまわりに、祖父母、拓一、耕作、富が、麦焼きをしている。良子がにおから、せっせと麦束を運ぶ。鋭くがさがさとしたのげに火がつくと、たちまちめらめらと炎が上る。たいまつのようにその炎を次の者が受ける。また、めらめらと燃える。それをまた隣りの者が受ける。のげが燃え、重い穂先がぽたぽたと莚の上に落ちる。

誰の顔も真っ黒だ。手ぬぐいをかぶった富の顔も、その手ぬぐいも真っ黒だ。

「火傷《やけど》すんなよ」

時々市三郎の声が飛ぶ。みんな黙々と、燃える穂先を見つめながら、手早く仕事をくり返して行く。麦の火の暑さと、照りつける太陽の暑さで、誰も彼もだらだら汗が流れる。耕作の背中も汗でびっしょりだ。拓一は逞《たく》ましい半裸だ。

耕作は、めらめらと燃える炎を見ながら、母のことを思っている。母の病気は肋膜《ろくまく》だという。祖父も祖母も、帰るように手紙を出した。が母からは、独立した先輩の家に厄介になることになったと、書いて来た。

「母ちゃんは、帰らんとよ」

先々月末その手紙が来た時、祖父は言った。誰もが働らいている農村に来て、療養する気にはならなかったのだろう。舅 姑《しゅうとしゅうとめ》に働らかせて、ぶらぶらしているわけにはいかないのだろう。そんな母の気持を押しはかって、

「哀れなこったこと、自分の家にもけえれねえなんてよ」

祖母は言っていた。耕作は母が帰らぬと知った日、裏の山に登って、母のいる遥《はる》か函館のほうに向って、声を限りに、

「母ちゃーん、母ちゃーん」

と呼んだ。声はむなしくこだまとなって返って来た。母が帰ると聞いて喜んでいたのだ。病気になったのは悲しいが、寝ていても、とにかく顔が見れる、声が聞える、そう思っただけで、胸が躍ったのだ。その母が仲のよい朋輩《ほうばい》の家に引きとられたという。

「お津多さんは独り暮らしですから、お得意さんの家に行く時、留守番のわたしがいて、助かると言うのです。なおったら、わたしもお津多さんに手伝って上げられますし、お津多さんに御恩返しができます。

この町では魚も安く手に入ります」

そんなことを母は書いていた。

(ここだって、生みたての卵も食べられるし、カジカの沢からは、イワナでもヤマベでも釣って来てやるのに……)

自分の家に帰って、ゆっくり身を休めることもできない母の辛《つら》さは、まだ耕作には

よくわからない。只淋《ただざび》しかった。良子だって、母が帰って来ないと知って、一日ものを言わなかった。

「アチッ！」

耕作は危うく手を焼くところだった。

「大丈夫か」

誰より早く、拓一の声が飛んだ。傍《そば》のバケツの水に手を突っこんで、親指を見た。ちょっと赤くなっただけだ。

「深城の家で、増築してるってな」

拓一が耕作に言った。

「うん」

深城の家の前は、学校の行き帰りに通る。節子にはめったに会ったことはない。が、それでもばったり会うこともある。窓からのぞいていることもある。

深城の家は、いつからか飲食店だけでなく旅館もやっていた。が、今度飲食店をやめて、秋からは大きな料理屋をするという。そんな話は、教室の中でも誰かが言っていた。

「芸者を置くんだとよ」

友だちの一人が言い、

「芸者って、何だ」

と聞いた者もいた。

「芸者って、芸のあるもんだべさ」

誰かが言うと、級長の若浜が、けたたましく笑って、

「お前ら、何も知らないな」

と言った。

その笑い声を、耕作は今思い出したが、何をわからないと言ったのか、耕作には見当もつかない。拓一に聞いてみようと思いながら、何となく聞きそびれている。

ぽとりぽとり、誰の手もとからも、盛んに麦の穂先が焼け落ちる。

「もう少しだよ」

さっきから、黙々と麦を運んでいた良子が、うれしそうに声を上げる。みんな麦畑《むぎばたけ》のほうを見る。におが、あと一つ残っているだけだ。祖父が、麦藁帽《むぎわらぼう》の下にかぶった手拭《てぬぐ》いで額を拭《ふ》く。拓一が言う。

「じっちゃん、ばっちゃん、もう休め。あとは俺たちでする」

「そうか、すまんな」

二人は持っていた麦束の燃えるのを待って、そこを離れた。拓一と耕作は、何となく目を合わせた。

(よかったな、早く終って)

二人の目がそう言っていた。

今夜は沢の分教場の卒業生が、十五、六人で、菊川先生の家に行くことになっている。菊川先生は、夏休みに入って、突然結婚したのだ。その祝いに、友達みんなで行くことになっているのだ。国男と拓一が相談して、みんなで先生の庭に池を掘ることに決めた。学校の裏には湧《わ》き水があって、そこから水を引けば、鯉《こい》も金魚も飼うことができる。その池を、どこにどんなふうに掘るかが、今夜の相談なのだ。何せ、学校のそばを流れている川は、硫黄《いおう》山の硫黄をふくんでいて、魚は一匹も棲《す》んではいない。

(池掘って上げたら、先生喜ぶべな)

拓一は、ひょうたんの形の池を掘りたいと言っているが、耕作は、北海道の形をした池を掘ってやりたい。何でも、富良野には北海道の中心の標《しるし》があるという。上富良野は富良野からそう遠くはない。大ざっぱに言って、上富良野も、北海道の中心に入ると耕作は思う。北海道の形の池は、中心地にふさわしいような気がする。

目に時々煙が入る。涙が出る。富も涙を拭いている。富は母の病気で、祖父が金を送ったため、また少し結婚が遅れそうなのだ。

「肋膜は、金食い病だからなあ」

この間祖父が言っていた。

今涙を拭いた富を見て、耕作は、富は煙で涙を拭いたのではないような気がした。

(姉ちゃんも可哀《かわい》そうだな)

耕作は思う。

「嫁入り仕度なんぞ、いらね」

この間富は、何のことからか、そう激しく言って祖父母の前で泣いていた。母が病気では、もし今嫁入りするとしても、その姿を母に見てもらうことはできない。祖父と祖母が、富の泣く姿を黙然と見ていたことが思い出される。

「あとひと息だ」

拓一の声が弾む。拓一は、今夜一緒に行く福子のことを思っているのだ。耕作にも、

「国男も、福子も行くぞ」

と、三度も言っていた。

ようやく麦焼きが終ったのは、空が夕日に映えている頃だった。カラスが幾百となく、西の空に急いでいた。朝起きた時に、カラスは日の出に向って飛んで行く。夕方

には、夕日に向って飛んで行く。

汗を拭きながら空を見ている耕作に、拓一が、

「カラスは日追鳥とも言うんだぞ、知ってるか」

と、大人っぽく聞いた。

「知らん」

「俺たち、菊川先生に習ったぞ。人間もカラスを見習えってな。物事を明るく考えたり、明るい光りを求めて生きて行けってな」

ちらっと、拓一は富を見た。耕作は、その言葉を拓一が富に言いたかったのだと、合点した。

カラスが、次から次と、湧くように西の空に向って飛んで行く。西の空が、眩《まば》ゆい金色に変った。

二

暗くなった山合の道を、提灯《ちょうちん》が六つ七つ、ゆれながら続く。拓一をはじめ、耕作、従妹《いとこ》の加奈江、井上権太もその中にいる。

今日、菊川先生の結婚祝いに、誘い合わせて来た連中だ。途中で、次々に友人を誘

って行く。その度に提灯の数がふえる。どこかに月が出ているのか、沢の一角がほのかに明るい。

「先生の嫁さんて、どんな顔だべ」

誰かが言う。

「めんこい顔だべさ」

「背も高いべか。菊川先生みたいに」

「きっと高いな」

「そんなに高くないべ」

「やさしいべか」

「おっかないぞ、鬼婆《おにばば》みたいだぞ」

誰かが冗談を言う。みんなゲラゲラと笑う。

「まるで、こりゃ提灯行列だな」

と、拓一がふり返る。拓一のうしろに、提灯が右に左にゆれながらついて来る。

「熊《くま》出ないべか」

女の子の声がする。

「出っかも知らんぞお。この間、佐川団体でスコップを押しつけたような、でっかい熊の足跡があったっちゅうからな」

誰かが言う。

「ほんとかあ。そんなでっかい熊なんていないべや。十能押しつけたくらいだべや」

唐黍《とうきび》が実る頃には、この沢には熊が現れる。風のない静かな夜だ。一つ沢を曲ると、麦焼きをしている火が見えた。

「きれいだなあ」

「きれいだども、熱いぞう」

誰の声も弾んでいる。

とうとう福子の家の前に来た。呼ぶまでもなく、もう国男が外に出て待っていた。

「福子、みんな来たぞ」

国男が家の中に向って呼ぶと、莚戸《むしろど》をめくって、福子が出て来た。耕作は何となくどきりとした。卒業以来、春から一度も会っていない。その福子が、ぐっと背丈が伸びて、大人っぽい体つきになっている。耕作よりずっと大人に見える。福子はニコッと笑って、列に加わった。白い浴衣《ゆかた》が、福子の白い顔によく映える。提灯に照らし出された福子の横顔を、耕作はちらちらと見る。何カ月も会わないと、話しかけるのも恥ずかしい。

拓一がひょいとふり返って言った。

「福ちゃん、福ちゃんち、麦焼き終ったか」

「ゆうべ、終ったわ」

つややかな声だった。

両側から山がせり出して、次第に道をせばめて来る。山合が五、六十メートルになった。やがて懐《なつか》しい学校の黒い影が見えて来る。みんな足が早くなる。学校の前を通る時、誰かが立ちどまって、お辞儀をした。みんな最敬礼をした。耕作も懐しい気持でお辞儀をした。ここで六年間勉強をしたのだ。自分の今覚えている字は、この学校で習ったのだと思う。

校舎のガラスに、みんなの提灯が映る。どこかで狐《きつね》の声がした。

「狐だっ！」

誰かが、ワッと先生の家に走って行く。ランプの光りが見える。先生の家の前に来ると、

「お前先に入れ」

「お前が入れ」

男の子たちは、お互いの肩を押しつけ合った。中の障子が開いた。

「おお、お前たちか、よく来たな。まあ上れや」

何人かが、パッと家の陰にかくれる。拓一と国男が、

「今晩は」

と、先に玄関に入り、

「みんなも入れ」

と、うしろを向いた。先生はがらりと障子をあけはなして、

「おーい、卒業生たちが来たぞ」

と、台所に声をかける。

みんなが入ってから、福子がひっそりと入り、一同の履物を揃《そろ》えて、茶の間に入った。菊川先生は、

「お、福子も来たか」

と言い、次の間もあけ放った。八畳の茶の間では狭い。

「先生、嫁さんもらったってね」

拓一が言う。

「うん、まあ、な」

先生は首をなでる。

「一、二の三」

国男が約束どおり号令をかけると、みんなが一斉に、

「先生、おめでとう」

と声を揃える。そこへ、台所にいた先生の新妻が顔を出した。頬の赤い、笑顔の可《か》
愛《わい》いひとだ。

「いらっしゃい」

友達のように、親しげに言葉をかけた。みんなホッとして、

「今晩は」

と、これも声を揃える。

「いい嫁さんだな」

権太が言い、みんながワッと笑った。

「そうか、いい嫁さんか」

先生も笑いながら言う。

「うん、先生にもったいない」

耕作の従妹の加奈江がまじめな顔で言う。みんながまた笑った。福子も白い歯を見せて笑っている。その福子を見て、耕作は何となく安心した。

「おい、厚子、お前ほめられたんだから、ごっつぉうしにゃならんぞ」

みんなは、ごそごそと持って来たものを風呂敷《ふろしき》から取り出す。なすびを出す者、味《あじ》瓜《うり》を出す者、胡瓜《きゆうり》を出す者、新薯《しんいも》を出す者、様々だ。

「ハイコレ」

耕作が水鉄砲を出した。みんなが再び笑った。が、菊川先生は、

「こりゃありがたい。耕作の水鉄砲は飛ぶからなあ。うちの嫁さんと遊べるぞ」

と、喜んでくれた。国男は、長いステッキを出した。つたの巻いた跡のあるつりばなの木だ。握るところがちょうどよく曲っている。

「それで、それで嫁さんば、ぶっ叩《たた》けってか」

誰かが言い、みんなは腹を抱えた。国男は真っ赤になって、

「馬鹿《ばか》言え。このステッキ持って、散歩するんだぞ。ほら、あそこに山が見えるだろうって、ステッキで指すのよ。馬鹿だなお前ら」

菊川先生は、早速ステッキを持って、気取った格好で言った。

「なあ、厚子、あそこに熊が見えるだろう」

みんなは笑いつづけだ。

そこへサイダーが出た。めったに飲むことのないものだ。茶碗《ちやわん》やらコップやら、器

はまちまちだ。ビスケットや塩センベイも出た。みんな笑ったあとなので、遠慮なく飲んだり食べたりする。

「あっ、忘れてた。あんまり笑ったから、忘れちゃった」

拓一が言い、

「これ、先生と、嫁さんの下駄《げた》です」

と、風呂敷のまま先生に差し出す。

「ほんとだ、忘れてた」

国男もいう。

「お祝いか、みんなの。こりゃあ驚ろいたなあ」

先生はちょっと困ったように、みんなの顔を見まわした。

「みんなはまだ、親のすねかじりだからなあ」

「先生、心配いらん。一足七十銭の下駄だから」

「七十銭？　三十銭だって上等だぞ」

言いながら先生は、包みをあける。飛びきり上等の桐《きり》の下駄と、女物の表つきの、これまた上等の下駄が出た。先生は唇をぎゅっと結んで、下駄を押しいただく。その目が光っている。先生は畳の上ですぐに下駄をはいて見せた。

「軽いなあ、上等だなあ。ありがとう、みんな」

礼を言われて、みんなはニコニコしている。厚子夫人も、

「ありがとう、うれしいわ」

と、下駄を抱きしめた。

「みんなからお祝いをもらうとは思わなかったな」

先生が言うと、拓一が、

「先生、本当のお祝いはね、先生んちの庭に、みんなで池を掘ろうということなんだ」

「池？」

「うん、掘ってもいいかい、先生」

「これからか」

「いや、そのうち雨降りの日にでも、明るい時に来て掘るよ」

「そうか、池を掘ってくれるのか。ありがたいもんだなあ」

「なんもさ、一番金がかからんもんな」

誰かが言った。

「みんなでつくってくれるのは、何よりありがたいよ」

菊川先生は目をしばたたいた。

「裏の湧《わ》き水から、水引いてさ。噴水もつくるといいよ、先生。形は何がいい？　俺はひょうたんだ」

「俺はまんまるだ」

「俺は四角だな」

「わたし三角がいいよ」

「五角だ、六角だ」

みんなまた笑う。耕作が、

「北海道の形がいいよ」

と、言うと、今まで黙っていた福子が、

「あら、わたしも今そう思っていたところだった」

それが、言いようもなく耕作にはうれしかった。

三

ひと先《ま》ず池の相談が終ると、菊川先生が言った。

「権太、母さん元気になってよかったな」

「うん、よかった」

うれしそうに、権太はニコッとした。笑うと、頰に大きな笑くぼができる。権太の弟の吉太は四年生で、菊川先生に習っている。菊川先生は、いつも家族の様子に心を配ってくれる。市街の学校の益垣先生のように、家族の様子など聞いてもみないのとは、大分ちがう。

「権太の母さんのことは、先生も大分心配したな。おとつい会ったら、もうどっこも悪くない顔で、元気に働らいていたな」

一カ月程前から、すっかり回復したのだ。聞きながら、耕作は、遠い函館で、病気している母の姿を想像した。ひどく淋《さび》しい気持だった。

「石村のおっかさんは、体具合悪いんだってな」

その耕作の気持をわかっているかのように、先生は拓一を見、耕作を見た。

「うん、肋膜《ろくまく》だってさ、先生」

「そうだってなあ。なかなか帰っても来れまいし……しかし、きっとよくなるからな、心配するなよ。あとは、みんな元気だな」

菊川先生は、沢にある家は、一軒残らず事情を知っている。

「こないだ、耕作は、大分活躍してたな」

こないだというのは、研究授業の時のことだ。もう二カ月も前のことだ。耕作は頭をかいた。菊川先生にうしろから肩を突つかれて、急に活潑《かっぱつ》な学習態度になったのだ。

「何でわかってるのに、わからんなどと言った？」

そんなことは、曾《かつ》て耕作にはなかったことだ。

「俺、あの先生嫌いでさ」

「嫌い？　どうしてだ。先生を嫌ったりしちゃだめだぞ」

「だってね、先生。あの頃権ちゃんちの小母《おば》さん、病気だったでしょ。だから権ちゃん、学校には遅れるし、宿題だって、して行けなかったんだよ」

「それで？」

「ところがさ、益垣先生ったら、権ちゃんの事情も聞かないで、頭から怠け者だとか、農家の子は学校の大切さを知らんとか、あんまり怒るからさ……」

菊川先生は、権太の顔をちょっと見てから、耕作に視線を戻し、

「だからわかってても、手をあげなかったのか？」

耕作はうなずいた。

「耕作、お前、誰のために勉強しているんだ？」

「…………」

「益垣先生のために勉強してるのか」

「………………」

「そうじゃないだろう。先生が変る度に、この先生は気に入ったから勉強するだの、あの先生は嫌いだから、勉強しないだのでは、先生にふりまわされることになる」

「………………」

「勉強は義務だ。義務というのはただしい務めということだ。人に役立つためにすべきことなのだ。誰がどうであっても、やるべきことはやらなきゃならん」

耕作はうなずいた。

「耕作、中学に行ったらな、教科毎《ごと》に先生が変るんだぞ。学校の先生だって、人間だからな。欠点もあれば長所もある。気に入らんからって、授業を怠けていたら、たちまち成績なんか下ってしまうぞ。もう高等科だからな、耕作も大人だろう」

ふしぎだ。菊川先生になら、少しぐらい厳しく言われても、気にならない。先生の言うとおりだと思う。

「それからもう一つ、権太が叱《しか》られた時、お前、権太の家の事情言ってやったか」

「いいや」

「なして言ってやらんかった。叱られている本人は弁解がましいことは言いづらいが、お前は叱られている本人じゃないんだからな。先生に事情をはっきり言ってやればよかった。益垣先生は、札幌育ちだからな、農家の事情は詳しくわからん。しかし、事情がわかれば、益垣先生だって、怒りはしなかったろう」

なるほど、と耕作は思った。なぜ自分が権太のことを、堂々と言ってやれなかったのか、憤慨する前に、弁護してやれなかったのか、とはじめて自分を顧みることができた。自分のどこかに、卑怯《ひきよう》なものがひそんでいるような気がした。

「しかしなあ、耕作。先生はうれしかったぞ。研究授業のあと、視学もほかの先生たちも、お前のことをみんなほめていたぞ。先生はうれしくてあの晩寝られんかった」

「凄《すげ》えなあ、耕作」

国男が言い、みんなもうなずいた。

と、黙っていた権太が、顔を上げて、

「先生、だけどさ、市街の学校さ行ったら、みんな農家ば、どん百姓だの、水呑《みずの》み百姓だなんて、どうして馬鹿にするんだべな」

「そんなに馬鹿にするか」

先生は、サイダーを持ちかけた手をとめる。

「馬鹿にするよなあ、耕ちゃん。臭せえ、臭せえ、肥《こえ》臭せえって言うのもいるもんな、な、耕ちゃん」

拓一が、

「ああ、いるいる。だから、そんな奴《やつ》、俺はみんなぶんなぐってやった」

拓一はけんかが強かった。足も早かった。気持が一途《いちず》だから、怒ると絶対に相手をゆるさない。

拓一の言葉に、他の者も言った。

「俺、ここの学校一番ええな。市街の学校さ行ったら、米の飯持って来る奴らが、俺たちの麦飯見て笑うんだぞ。ここの学校なら、麦飯見て笑う奴なんか、一人もいねえ」

「んだんだ。ここの学校だば、みんな麦飯か、稲黍《いなきび》だもん」

「貧乏だから笑うんだべか」

「勉強だば同じだどもな。特別、市街の者ができるとは限らんもんな」

みんなの話を聞いていた菊川先生が言った。

「みんななあ、一日でも、なきゃあ困るものは、何か知ってるか。食べ物だなあ。役所は三日休んでもかまわんが、食べ物は三日なけりゃ困るべ。食べ物は命を養うもんだからな」

みんながこっくりうなずく。

「その大事なものを作っているのが、農家だ。一番大事な仕事をしてるんだ。一番大事な仕事をしていて、貧乏な小作が多い。これはなあ、小作の責任じゃない。世の中みんなの責任だ。お前たち、胸を張れ。日本国中の農家が、つくった物を売らんかったら、困るのは農家を馬鹿《ばか》にしている奴らだ」

みんなは強くうなずいた。

そのあと、一同は先生に習った歌を次から次と歌って、遊んだ。耕作には忘れられない楽しい夜だった。

四

耕作たちの住む沢の部落に、また美しい秋が来た。ナナカマドやウルシ、山ぶどうの葉が、燃えるように赤い。落葉松《からまつ》が黄金色に色づきはじめ、白樺《しらかば》の葉も黄色くなった。山合に見える十勝岳に、今年も真っ白に雪が来て久しい。

今日は豆打ちだ。みんなで向い合って、えん豆を殻竿《からざお》で打つ。莚《むしろ》の上で豆が弾《はじ》ける。さやがはね上る。

「今頃えんどう豆つくったたって、何にもなんねえな」

祖母のキワが言う。

第一次大戦の後、華々しい豆景気があった。が、それも七年の年に終り、富良野の市街では、倒産した雑穀屋が何軒か出た。豆景気で、農村にも賭博《とばく》の悪習が弥漫《びまん》したほどだ。だがもう豆をつくる者は少ない。買い叩《たた》かれるだけだからだ。連作の利《き》かない豆類は、いつの間にか燕麦《えんばく》や小麦などに代った。幸い上富良野の燕麦は、質量共に勝《すぐ》れていて、軍用燕麦として買い上げられていた。上川《かみかわ》支庁管内の軍用燕麦のうち、七割は上富良野から納入されるのだ。

耕作の家も、今は燕麦が主だが、しかし祖父の市三郎は、豆は自家用としても必要な食糧だとして、毎年つくった。豆景気が終ると同時に、豆を見捨てるというようなことは、市三郎の気性として、できなかったのかも知れない。

「キワ、百姓はな、金儲《かねもう》けじゃねえぞ」

これは市三郎の口癖だ。

「金儲けするつもりなら、商売したほうが、手っ取り早かんべ」

そういつも市三郎は言う。耕作は、菊川先生と同じことを祖父も言うと思いながら、殻竿をふりおろす。

早や夕日が傾いて、頭の上にあかね雲が大きく横たわっている。

「明日も天気だな」

拓一が呟《つぶや》く。

「ありがてえこと、秋の天気のいいのは、三日分の価《あたい》がある」

キワが西空を仰ぐ。カラスが今日も西に帰って行く。今日のカラスは羽搏《はばた》きが少ない。羽を広げたまま気流に乗って、すべるように西に翔《と》ぶ。そして時々羽搏きをし、そしてまた気流に乗る。

と、沢の奥から馬車が現れた。

「どこの馬車だ?」

耕作が言うと、みんなは一せいに奥のほうを見た。

「ああ、曾山の馬車だ」

市三郎が言う。

「この天気のええのに……もう畠《はたけ》仕事終ったんかね」

キワが声をひそめる。

「あれも困ったもんだ。酒食らっては博打《ばくち》を打ち、けんかこく」

冬になれば、博打を打つ者が農家の中にもいる。富良野には侠客《きようかく》がいて、カクサ派といわれるその博打うちの流れを汲《く》む者が、上富良野にもいる。深城はそれに対抗する一派でもあった。

「まさか今から博打こきに行くわけでねえべな」

みんな口々に言ったが、拓一だけは黙って、殻竿をふるっている。

今日は富は、早目に切り上げて、夕食の用意に家に帰った。富は、あとひと月もすれば嫁に行くのだ。畠仕事が一応終ったところで、嫁入りすることに決めたのだ。

曾山の馬車が、がたごとと近づいて来た。

「じっちゃまあ、ご精のでることとで」

人のいい笑みを浮かべて、馬車から飛び降りると、曾山巻造は体を二つに折ってお辞儀をする。酒が入らないと、気の毒なほどおどおどとしている。馬車の荷台の上には、小ざっぱりとした縞柄《しまがら》の木綿の着物を着た福子が、弱々しく微笑《ほほえ》んでいた。お下げ髪が二つ、胸に長く垂れているのも愛らしい。

「福ちゃんと市街さ行くだかねえ」

手をとめて、キワが言う。

「ハイばっちゃま、ちょっくら……」

膝《ひざ》に手をおき、頭を下げて、

「じゃ、ごめんなせえ」

と、馬車に乗る。

「福ちゃん、どこさ行く?」

耕作が声をかけた途端、福子ははっと顔をそむけた。

みんなは再び殻竿をふり上げた。馬車は少し早足で去って行く。拓一がふり返って頭をかしげた。キワが、

「あれでも、おやじだなあ。娘ばつれて市街さ行くもの」

「飲まねばいい男だども……」

「ほんとに、酒は気違い水だねえす。あの男のどこから、あんな荒げた声が出ってくるもんだかね」

殻竿が夕日に光る。豆が弾ける。

あかね雲がぶどう色に変った頃、豆打ちは終った。まだ西の空は金色だ。カラスが、五羽八羽と、なおも西に急いでいる。

後始末をしている所に、ひょこひょこと、田谷のおどがやって来た。

「じっちゃま、じっちゃま、大変だってばや」

「何だ?　また誰か怪我人《けがにん》が出たってか」

ゆっくりと市三郎はふり返る。

「何の、何の、怪我人だば珍らしくねえ。ほら、上の曾山のな」

「曾山？　曾山だば、さっき福子ばつれて、馬車に乗ってったぞ」

「それだで、じっちゃま」

口と共に手を動かして、田谷のおどは後始末を手伝いながら言う。

「とうとう、あの曾山のおやじ、娘ば叩き売っちまったっつうこった」

「何!?　何だって！」

拓一の声が、同時に叫んだ祖父の声より大きかった。

「叩き売ったんだってば」

「ど、どこに？」

「それが、ねえじっちゃま、それがおらあ腹が立つだ。これが富良野の小玉屋だとか、旭川の遊郭だっつうんなら、まだわかる。それがだ、こともあろうに、目と鼻の先の、深城の所だってば」

「何？　深城の所に？」

「前々からの酒代と博打の借りが重なってなあ。しかし深城も因業《いんごう》っつうもんだ。そりゃあでっけえ料理屋ひらくに、人手もいるべども……どうせ淫売《いんばい》やるんだろうに、同じ土地の娘っ子を買うなんて」

「ほんとか、おど」

拓一の顔は蒼白《そうはく》だった。

「ほんとだども」

「じゃ、じっちゃん、おらあ行って来る」

声をかける間もなく、拓一がぱっと走り出した。

厩《うまや》から馬を曳《ひ》き出すと、拓一は馬の背に飛び乗り、ひとむちくれた。馬は市街のほうに向って駆け出した。その拓一の必死な姿を、耕作は気を呑まれたように見つめていた。馬は、金色の空の下に、見る見る小さくなって行った。

五

地主から借りて来た八分芯《しん》の石油ランプを、三つもつけた家の中は、電灯をつけたように明るい。

今夜は富の嫁入りなのだ。嫁入りと言っても、髪結いもいない山合の部落だ。叔母のソメノにハイカラ髪に結ってもらい、ようやく一枚つくった花模様の着物に、梅のついた銘仙《めいせん》の羽織を着ているだけだ。それでも、野良着《のらぎ》姿しか見ていない耕作の目には、化粧したその富の顔が、わが姉とは思えぬほどに美しい。花婿《はなむこ》の武井が、今しがた迎えに来て祝い酒を飲んでいるところだ。武井はそれでも、紋付を着、袴《はかま》をはいて来た。仲人《なこうど》は田谷のおどの主人の、柄沢与吉夫婦だ。市三郎とキワも、一張羅の着物を行李《こうり》の底から引きずり出して着たのだが、充分に火のしをかける暇もなく、あちこちしわが残っていた。が、それなりに改った感じが出ているのを、耕作と拓一は、土間の片隅に立って見ている。

耕作と拓一が市街から買って来たコンニャク、豆腐、油揚げの煮つけが、どんぶりに盛られて、ちゃぶ台の上にある。あとはスケソー鱈《だら》の煮つけに、大根の酢の物、豆腐と人参《にんじん》の白あえが並べられている。

「雪が降らんで、いかった」

仲人の柄沢は盃《さかずき》をおき、つるりと禿上《はげあが》った額をなでた。

「んだんだ、富ちゃんの心がけがいかったからな」

と、柄沢の妻は渋茶色の手で富の肩を叩く。

「じゃ、向うで待ってるで、出かけっか」

柄沢に促されて、富はミカン箱に飾られた父の位牌《いはい》に手を合わせた。

耕作はふっと、藁《わら》を切りながらぼそぼそと話し合っていた富と武井の声を思い出した。その富が、今、父の位牌に別れを告げている。耕作は胸が熱くなった。

富は、祖父と祖母の前に手をつき、深々と頭を下げ、

「じっちゃん、ばっちゃん、長いことおせわになって……じっちゃんもばっちゃんも、達者でね」

キワが襦袢《じゅばん》の袖《そで》で目を拭《ふ》いて、幾度もうなずく。市三郎が、

「富、どんな苦しいことがあっても、辛《つら》いことがあっても、一生添い遂げにゃならんぞ。ここはもう、今日からお前の家じゃないからな。勝手に帰って来ちゃならん」

市三郎の語尾がふるえた。が、市三郎は顔を上げ、しっかりと武井の顔に目を据え、

「武井さん、不つつかな富だが、どうかよろしく頼みますよ」

富の頰を、涙がころげ落ちた。武井が、

「わかりました、じっちゃま」

と、はっきりと答えた。その声を聞いて、耕作はほっとした。

みんなは立ち上った。仲人が先に立ち、つづいて武井と富、そして祖父母と、叔父夫婦がその後につづいた。

土間に降りた時、富は耕作と拓一に目をとめ、

「拓ちゃんも耕ちゃんも、じっちゃんばっちゃんをよろしくね。良子、さいなら」

富の鼻の頭が少し赤くなっていた。拓一と耕作がうなずき、外まで見送って出た。

真っ暗な道を、提灯《ちょうちん》が幾つも揺れ動く。武井の家はカジカの沢だ。家を出て四、五丁奥に行くと、左手のカジカの沢に曲る。そこから半道程行くと武井の家がある。

拓一が走り出した。耕作と良子がつづいた。三人は道に駆け上って、遠ざかって行く富の行列を見送った。提灯が六つ七つ闇《やみ》の中に黄色く揺れる。その提灯が、一つ、二つと消えて、とうとう最後の一つも見えなくなって行った。沢に曲って行ったのだ。

「とうとう姉ちゃん行ったな」

耕作が言ったが、拓一は黙っていた。

家に入ると、ランプの明るいのが妙に淋《さび》しい。従妹《いとこ》の加奈江と貞吾が、残った煮〆《にしめ》や白あえをむしゃむしゃと食べている。拓一や耕作も食べはじめた。食べながら、何となく押し黙る。耕作はなぜかふと、深城節子の顔を思い出した。節子の額に石を投げつけた日、

「嫁にもらい手がなくなったらどうする！」

と、節子の父が怒鳴った。その時三年だった耕作は、

「俺がもらってやる」

と言った。このことを耕作は今もはっきりと覚えている。深城は、

「学士にならやるが、水呑《みずの》み百姓のせがれになぞ、やるものか」

と笑ったのだ。

自分も大きくなったら、提灯を持って、あのように誰かを迎えに行くのだと、耕作は思った。

「ねえ、良子ちゃん、お嫁さんてね、角かくしするよねえ」

加奈江が言っている。

「うん、市街の人だらね」

良子は赤飯や煮〆を食べるのに忙しい。

「かわいそうになあ」

黙々と食べていた拓一が、ぼそりと言った。

「かわいそう？ 誰がさ？」

貞吾がキョトンとする。

「母さんがさ。姉ちゃんだってかわいそうだ」

耕作は、それまで母のことを忘れていた。

「なあ、耕作。母さんだって、帰って来たかったべなあ。姉ちゃんの嫁入り見たかったべなあ」

「うん」

それもそうだと思う。朋輩《ほうばい》の家に寝ているという母の姿が目に浮かぶ。目に浮かぶと、急にひどく淋しい心持ちになった。

「俺、正月になったら、見舞いに行って来るかなあ」

拓一が独りごとを言った。耕作はちらっと拓一を見たが、黙って赤飯を食べている。

「函館まで、何ぼ汽車賃かかるべな」

「兄ちゃん、函館まで、何時間かかるのよお」

「そうだなあ、旭川まで出て、乗り換えて、十三時間はかかるべなあ」

「遠いなあ、兄ちゃん」

「んだ、遠い。遠いから病気の母ちゃんは帰って来れないんだ」

しんみりとした時、加奈江が言った。

「嫁入りの晩だもの、歌おうよ」

「うん、何うたう?」

歌の好きな耕作は乗り気になった。

「そうだねえ……青葉茂れるからうたおう。

青葉茂れる　桜井の……」

みんなが声を合わす。

木《こ》の下蔭《したかげ》に　駒《こま》とめて
世の行く末を　つくづくと
みんなの口が同じ形にひらく。

夕空はれて　あきかぜふき
つきかげ落ちて　鈴虫なく
歌は次々に変る。

降るとも見えじ　春の雨
水に輪をかく　波なくば
更《ふ》け行く秋の夜　旅の空の
わびしき思いに　ひとりなやむ

次から次と歌っているうちに、楽しくなった。みんな手を叩《たた》いたり、頭をふったり、皿を箸《はし》で叩いたりしながら歌った。十七の拓一を頭に、子供たちだけの楽しいひと時だった。

と、その時、土間で不意に喚《わめ》く声がした。

「なあにい、嫁入りだあ？　嫁入りに俺ば呼んでもええでねえか、ええ？　俺ば呼んでもよお」

土間との間仕切りの板戸ががらりとあいた。福子の父曾山巻造が、体をゆらゆらさせて立っている。とろんとした目だ。

「誰もいないよ、小父《おじ》さん」

耕作が言った。

「誰もいねえ？　いるでねえか、お前だちが」

「じっちゃんやばっちゃんはいないよ」

はっきりと耕作が言う。貞吾がそっと耕作の着物を引っ張る。

「ふん、生意気だな、この童《わらす》！」

巻造は地下足袋を脱いで上って来た。拓一は腕組みをしたまま、黙ってその巻造を見ている。良子は恐れて次の部屋に逃げた。

「お、酒があるじゃねえか、酒が」

先程、富を迎えに来た仲人や、花婿に出した徳利がちゃぶ台の上にあった。徳利をふってみた巻造は、にやっと笑って、傍《そば》の湯呑に注ぐと、がぶりと飲んだ。

「ええ？　ふるまい酒ってものがあるんだ、ふるまい酒ってものが。何をじろじろ見てやがるんだ」

固唾《かたず》をのんで見つめている加奈江、貞吾、耕作たちを順々に睨《にら》みつけながら、再び巻造は酒をあおった。今までの、楽しかった気分は、いっぺんにぶちこわされた。

「ふん、お前らのおっかあはどうした、おっかあは。娘が嫁入りだってえのに、帰っても来ねえで、それでもおっかあと言えっか、おっかあと」

耕作の眉《まゆ》がぴくりと上った。

「母ちゃんは病気だよ、病気でねてるから来れないんだよ」

「病気い？　病気だか何だか、わかっか。とにかく、娘の嫁入りに顔も出さんなんてえのはな、親じゃねえよ、親じゃ」

それまで黙っていた拓一が、鋭く言い放った。

「じゃ、娘を売るのは、一体何だって言うんだ。立派な親だとでも言うのか。笑わせるよ」

「何だとお！」

片膝《かたひざ》立てた巻造の目が、不気味にすわった。

六

曾山巻造の目が、不気味にすわったかと思った次の瞬間、巻造はいきなりちゃぶ台を両手で引っくり返し、

「やかましいやい！　俺の娘を、俺が煮て食おうと焼いて食おうと、お前ら餓鬼の知ったことかっ！」

加奈江も貞吾も、悲鳴を上げて次の部屋に駆けこんだ。煮〆や白あえが、板の間に散乱した。

「ふん、自分の娘なら、煮て食おうが、焼いて食おうが、かまわねえって？　馬鹿《ばか》を言え。自分の娘だって、叩き殺したら監獄に入れられるんだぞ」

拓一は負けてはいない。

「な、何をっ！」

巻造は傍の火ばさみを持って、ふらふらと立ち上った。

体が大きく揺れたかと思うと、火ばさみが拓一にハッシと投げつけられた。拓一はさっと身をかわした。火ばさみはうしろの荒壁にぶつかって落ちた。つづいて、茶碗《ちゃわん》、皿が飛んでくる。その一つが耕作の肩にあたった。

「アイタッ！」

耕作がうずくまったのを見た拓一は、猛然と巻造に組みついた。巻造は他愛なく、どしんと板の間にころがった。馬のりになった拓一は巻造の頬を力まかせに殴りつけ、

「馬鹿野郎！　馬鹿野郎！　福子ば売って、よくその金で酒ば飲めるな」

つづけざまに、力一杯拓一は殴りつける。拓一の若い目は怒っていた。

「福子はな、福子はな、……かわいそうに、今頃何をやってると思うんだっ」

巻造ははね返そうとするが、小男の巻造は体格のいい拓一の力には及ばない。

「福子は、もう嫁にも行けないかも知れんのだぞ」

殴りつけながら、拓一の声が泣いていた。

福子が売られて行った日、拓一は馬に乗って、あとを追った。追ってどうなるのか、自分にもわからなかった。が、福子が売られると聞いて、拓一はじっとしていることができなかったのだ。父親の博打《ばくち》の抵当《かた》に、娘が売られてよいものか。福子が売られてよいものか。言い難い怒りと、胸をしめつけられるような悲しみで、拓一は馬を鞭《むち》

打《う》ちながら、駆けに駆けた。カラスの帰る金色の夕空が、切ないほどに美しかった。

ようやく拓一が、福子の馬車に追いついた時は、もう深城の家の前だった。馬車から降りようとする福子の前に、拓一はひらりと馬から飛び降りて叫んだ。

「福ちゃん！」

福子は白い顔を拓一に向け、目を大きく見ひらいた。その目が真っ赤に腫《は》れていた。道々泣いて来た目だ。

福子はひとことも口をひらかなかった。「拓ちゃん」とも、「さようなら」とも言わなかった。只《ただ》じっと拓一を見つめた。そして静かに目を外らし、頭を下げて、巻造にせつかれながら、深城の新築したばかりの料亭に入って行った。

あの時、巻造はおどおどとし、拓一にさえぺこぺこと頭を下げて、

「じゃな、どうも」

と、口の中でもごもご言っただけだった。

その時の悲しみが、拓一には日毎《ひごと》に新たになっていたのだ。あの時は、借金の抵当に娘を取られる巻造も哀れに見えた。だからこそ拓一は、二人が入って行った深城の家の前にじっと立ちつくしていたのだった。

だが、今、酔い痴《し》れた巻造が、

「俺の娘を煮て食おうと焼いて食おうと、お前ら餓鬼の知ったことか」

とひらきなおったのを見た途端、拓一の怒りと悲しみは、一緒くたになって噴き出したのだ。

拓一に殴りつけられながら、巻造は足をじたばたさせていたが、不意におとなしくなった。と思うと、寝息を立てて眠りはじめた。

「大丈夫?」

恐る恐る加奈江が次の間から顔を出した。

「こんな奴《やつ》、死んだっていい」

馬乗りになっていた拓一が、そう言ったかと思うと、裸足《はだし》のまま外に飛び出して行った。

拓一は外に出て、思い切り泣いた。母を罵《ののし》られた口惜《くや》しさ、福子の哀れさ、巻造への憎しみ、そして何者へとも知れぬいらだち、それらが拓一の胸を、張り裂けんばかりにしていたのだ。

拓一のあとを追って外に出た耕作は、激しく号泣する拓一の声に、思わず二、三歩後ずさりした。巻造を打ち負かした拓一が、なぜ泣くのか、耕作にはわからなかった。拓一の悲しみを知るには、耕作はまだ年が若かった。

十七歳という拓一の年齢が知る悲哀は、耕作にはまだ遠い世界のことだった。

氷柱

一

正月三日、姉の富の家に遊びに行こうと言い、耕作も良子も、その馬橇《ばそり》に乗って一緒に出かけた。

雪がちらほら降って、今日は山合に見える十勝岳も見えない。

耕作はふっと、去年の正月、突然深城節子に会って逃げ出したことを思い出した。小遣いの三十五銭を落してしまったことが、ずいぶん遠い昔のように思われる。

この一年にはいろいろなことがあった。中学受験に旭川まで行った。その中学に一番で入ったが、姉の富と武井が納屋《なや》で話し合っているのを耳にして、入学を諦《あきら》めた。母が病気になった。福子が深城の料亭に売られて行った。富が嫁に行った。

シャンシャンと、鈴の音も高く橇は走る。その橇にゆられながら、耕作はそんなことを考えている。さっきまで手綱を取って、橇の上に立ち乗りしていた拓一も、今はすわって福子のことを考えている。去年の富の嫁入りの日、福子の父の曾山巻造を思い切り殴った。あのあと、眠っている巻造を馬車に乗せて、曾山の家まで送り届けた。莚戸《むしろど》をまくって出て来た国男は、巻造を馬車から引きずりおろし、その腰を乱暴に蹴《け》った。国男の母のサツも出て来て、

「父っちゃんたら、また飲んだくれて……」

と、情なさそうに見おろした。拓一は国男と二人がかりで、巻造を中に運びこんだ。福子の妹の鈴代が、炉端に寒そうに手をかざしていた。鈴代は生れつき体が弱い。顔色の青い、首の細い子だ。まだストーブもつけずに、囲炉裡《いろり》に薪《まき》をくべて暖を取っている。その煙で、天井も柱も黒光りだ。

目に沁《し》みる煙の中で、拓一は事情をのべ国男の母にあやまった。

「小母《おば》さん、俺、小父さんば殴ったよ」

「ああ、ありがとありがと。もっとみんなで、殴ったり蹴ったりしてくれっといいんだ。な、国男」

国男もうなずいて、

「ほんとだよ、拓ちゃん。おやじはな、酒飲む金と、博打《ばくち》を打つ金はあっても、ストーブをつける金はないいんだからな」

と、憎々しげに巻造を睨《ね》めつけた。

そのことを思い出しながら、拓一は今、たまらなく福子に会いたかった。売られたと言っても、福子はまだ子供だ。が、今年はもう十五になった。女も十五となれば一人前だ。うわさに聞くと、深城の料亭に勤める女たちは、体を売らされているということだ。幾らの借金の抵当にされたのか知らないが、何とか福子を助け出したいと、拓一は思っている。国男と力を合わせれば、何とかならないかと思う。が、暮に来た母からの手紙によると、薬代も馬鹿にならないという。母にも月々送り、自分たちも食べて、どうして福子を助け出せるかと、拓一は暗い気持だった。

「姉ちゃん、驚ろくべね」

一人歌をうたっていた良子が言う。

「驚ろくべな」

耕作も胸が弾む。

富の嫁いだ武井の家が、行く手の左山際《やまぎわ》に小さく見えて来た。真っ白い雪の中に、ぽつんと一軒建っている。

富は、嫁に行って三日目に、武井につれられて里帰りした。が、それ以来一度も家に帰って来ていない。キワが、

「正月になったら、顔出すべ」

と楽しみにしていたが、三日の今日まで、まだ来てはいない。様子を見がてら、拓一が行って見ることにした。嫁入りには間に合わなかった布団《ふとん》を一組馬橇に積んで、今持って行く。序《ついで》に、中白の砂糖を五斤《きん》手土産に預けられた。

幅の狭い山道を、雪を蹴立てて馬は走る。橇が右に左に揺れる。転げ落ちそうになって、その度に耕作と良子が声を上げる。

ほどなく武井の家に着いた。長い氷柱《つらら》が軒先にずらりと並んでいるのを見た耕作は、変な気がした。この氷柱を叩《たた》き落す人が誰もいないのかと、ふしぎに思ったのだ。武井の家には、弟ばかり五人もいる。棒で叩けば落ちる氷を、なぜ落さないのか。耕作にはふしぎだった。

馬をつなぎ、燕麦《えんばく》の入った叺《かます》を馬の前に拓一はおき、板戸をあけた。

「こんにちは」

雪道から中に入ると、土間がひどく暗く見えた。

「誰か来たぞ」

と、言う声が聞え、戸をあけたのは武井の母のシンだった。

「あれ、まあ」

愛想のない顔で拓一たちを眺め、

「富、お前のおんじらだ」

と、中に向って大声で呼んだ。その声がひどくそっけなく思われた。富があわてて出て来た。ふだん着にモンペをはき、頰が少しやつれて見えた。

「まあ、拓ちゃん、耕ちゃん、良っちゃんも……」

懐《なつか》しげに言い、富は泣き出しそうな顔をした。と、そのうしろから武井が顔を出し、

「おお、よく来たよく来た、上れや」

と、やさしく声をかけた。拓一と耕作は顔を見合わせ、ほっとした。

「じゃあ」

拓一は布団を取りに馬橇に戻った。

「寒いぞ、早くしめれや」

中で誰かの声がした。

「馬鹿、待ってれ」

武井が声を荒らげた。

布団を持って、先《ま》ず拓一が入り、砂糖を持った耕作がつづく。

「あけましておめでとうございます」

祖父に教えられたとおり、拓一も耕作も良子も、ていねいに頭を下げた。

「あ、おめでとう」

と言ったのは、武井と父親だけで、シンは、

「何だね、そのでっかい荷物は？」

と、少し迷惑気に言った。

「遅くなったけど、姉ちゃんの布団だって」

「布団？　ふうん？」

シンはそういって富を見て、

「布団だと、布団」

と、突っけんどんに言った。富は小さくなって、

「すみません、遅くなって」

と頭を下げる。

「やあ、ご苦労さんだなあ、拓ちゃん」

と、武井が布団を奥の部屋に上げる。耕作が、

「これ、砂糖だって」

と差し出すと、シンははじめて笑顔になって、

「おんや砂糖、これゃまあ」

と両手を差し出した。武井の弟たちは、二十、十九、十六、十二と、かたまって、着物の前をはだけながら花札をやっていたが、耕作たちを仲間に入れようともせず、自分たちだけで、その遊びに熱中しているようだった。

「富、ぼやぼやせんと、お茶でも出すとええ」

シンが促す。おどおどと富が立ち上ると、

「富、薪がねえど、薪が」

と、追い立てるように言う。

「いい、俺が出してくる」

武井が立とうとすると、

「そだこと女のする仕事だ」

武井は黙って、薪をとりに土間に降りる。

「すみません」

富はお茶の用意にかかる。武井の父が、

「じっちゃんもばっちゃんも元気かね」

と、痩《や》せこけた頬を、耕作たちのほうに向けた。

「はい、おかげさんで」

神妙に拓一は答えた。

「で、拓やんはなんぼになったかね」

「十八です」

シンは今もらった砂糖の包みをひらき、掌《てのひら》に少しおいてなめながら、

「おお十八になれば、一ちょう前だ。もう二十になったみたいだね。耕やんはなんぼかね？」

「十五です」

耕作は何だか答えたくないような気持だった。お辞儀しようにも、するきっかけを見せない兄弟たちの姿を、拓一もちらちらと見ていた。部落はちがっても、満更知らないわけでもない。それがなぜこうもよそよそしいのか。拓一にも理解できないのだ。富が先ず、武井の父と母に茶を出し、拓一の前に茶を置くと、花札をしていた弟の一人が、

「俺たちにもお茶くれよ」

と、ぶっきらぼうに言う。

「みかんがあったべえ」

父親の声に、シンが、

「もうぺろっと食っちまったよ。もうなんにもないべ」

と、すげなく言う。

「いや、まだあった筈《はず》だ」

武井が立って、みかん箱を持って来る。

耕作はじっと、富を見ていた。誰かが何かを言う度に、富はびくっとしたり、ハッとしたり、おどおどしたりしている。

いつかの夜、納屋で話していた時の二人を、耕作は思い出す。あの時の二人の話を聞いていると、結婚すれば必ず幸せになるように思われた。好きな者が一緒になるほど、幸せなことはないように思われた。だがこうして富を目の前に見ていると、兎《うさぎ》のように、只《ただ》びくびくしているだけなのだ。

「餅《もち》でも焼いて食わせんか」

父親が言うと、シンは、

「餅だば、珍らしくないべ。正月だもん」

とにべもない。武井が、

「そうだ、お年玉をやろうか」

と、綿入れの袂《たもと》から財布を出した。木綿の布で作った、よれよれの縞《しま》の財布だ。耕作に十銭、良子に五銭くれた。耕作は何となく惨《みじ》めな心持ちがした。拓一は、

「じゃ、どうもごちそうさんでした」

と立ち上った。来てから、まだ二十分と経《た》っていない。富がほっとした表情を見せた。

「おや、まあ、そうかい。富は元気にやっているからって、じっちゃんばっちゃんに言ってけれな。十五日頃になったら、富を一晩帰すからってな」

シンが俄《にわ》かに愛想よくなった。

富と武井が、表まで送って出た。が、弟たちは花札に夢中になっていて、ふり返りもしない。耕作は、再び軒の氷柱を見た。そしてむっつりと武井に目をやった。拓一は、

「姉ちゃん、頑張ってな、な」

と、富の肩を叩き、馬の手綱をほどいた。富は前垂れで、そっと涙を拭《ふ》いた。

「すまんかったなあ、拓ちゃん、耕ちゃん。うちのおふくろも、体が弱くなってから、口ばかりうるさくなって……」

耕作はむっつりしていたが、拓一は、

「兄さんも遊びに来てね。姉ちゃんを頼むよ」

と、にっこりする。

馬が、再び鈴の音を高く鳴らして走り出した。しばらく行ってふり返ると、富がまだ一人家の前に立っていた。耕作はたまらない気がした。

「いやなおばさんだね」

良子がぼつりと言う。

「なあに、みんなあんなもんだ、嫁に行けば」

拓一がきっぱりと言う。馬は叔父の家のほうに向っている。叔父の家は、武井の家よりもっと奥にあるのだ。

「なあ、耕作。売られた福子もかわいそうだが、嫁に行った姉ちゃんも、かわいそうだな」

「うん」

ふっと耕作は、腰の巾着《きんちゃく》にある白い石を思った。この白い石を持っていれば、必ず幸せが来ると福子は言った。その白い石を自分にくれたために、福子は不幸になったのではないか。この白い石を、福子に戻すべきか、富にやるべきかと、耕作は迷った。

二

雲一つない晴れた冬空だ。今日は三学期の始業式だ。耕作は、隣家の井上権太、佐川部落の松井二郎、そして市街の級友たちと、ひとかたまりになって、校門を出て行く。少し風があって、みんなの頬が赤い。級長の若浜は、耕作と並んで歩いて行く。

耕作が途中入学をした頃、若浜は耕作に意地悪く当った。級長の自分より、はるかに成績のよい耕作に対して、屈辱感と嫉妬《しっと》を感じたからだ。が、今はちがう。屈辱感を感ずるには、耕作との学力の差があり過ぎた。それに、耕作は変に威張らない。次第に若浜は、耕作を敵視することができなくなった。

みんなはわいわい勝手なことを話しながら歩いて行く。耕作は、一里以上も歩いて来て、勉強も習わずに帰って行くのが、何となく物足りない。少し損をしたような気がする。

「さいなら」

一番近いのが、そう言って列から外れる。

「さいなら」

ふり返って耕作が言った時は、もうその級友の体は、半分家の中に入っていた。い

つものことながら、

（近いなあ）

と思う。耕作はこれから、一里以上も歩いて行かねばならない。自分が寒い道を歩いている間に、市街の者はいくらでも勉強ができる。勉強をする時間のあるのが、羨《うらや》ましいのだ。

次の角で、また一人、

「さいなら」

と言った。ひょうきんな松井二郎が、

「さいなら三角、また来て四角」

と言い、あとはみんなで声を合わせて、

四角は豆腐
豆腐は白い
白いは兎
兎は跳ねる
跳ねるは蚤《のみ》……

蚤までくると、みんなはげらげら笑う。二郎は小さなくりっとした目を細めて、隣りの若浜の背中を人さし指で刺す真似《まね》をする。若浜が耕作の背中を刺す。みんな蚤になったつもりで、お互いを刺し合う。そしてまた笑う。

「おれ、今日、豆腐屋に寄るんだ」

耕作は祖母のキワから油揚とコンニャクを買って来るように言われている。

「おれは、煙突の曲り買って行くんだ」

権太も言う。

「したら、おれんちで買って行け。まけとくぞ」

若浜がふり返る。

床屋の前に来た。中から戸をあけて男が一人出て来た。鏡に、耕作たちの腰から下が写って、戸がしめられた。

蹄鉄屋《ていてつや》の前に来た。みんな立ちどまる。馬が四本の柱の間に入れられて、蹄《ひづめ》に釘《くぎ》を打たれている。耕作たちの顔が痛そうに歪《ゆが》む。痛くないと聞いていても、見ていると痛いのだ。蹄鉄屋の前にくると、どうしてもみんなの足がとまる。ふしぎだと耕作は思う。人間が、残酷なことをしているような気がしてならないのだ。

柾屋《まさや》の前を通り、農機具店の前を通る。ここでもとまりたくなるが、今日はとまらない。糀屋《こうじや》がある。風呂屋《ふろや》がある。「志ちや」と書いた小さな看板が小路に突き出ている。それをなぜか松井は、「こちや」と読む。「志」の変体仮名を「古」の変体仮名と間違うのだろう。

馬具屋、雑貨屋、飲食店、旅館の前を過ぎて、菓子屋の前に来た。急に若浜が走り出す。みんなも走り出す。耕作も走る。いつもこの、花井という菓子屋の前を通る時、みんなは走る。この花井菓子屋は、学校で一番若い女の先生の家なのだ。確か十八だと聞いた。この先生と廊下ですれちがうと、赤くなる者もいる。いい匂《にお》いがするという者もいる。耕作は学校で会う時は赤くはならない。が、道で会うと耕作も真っ赤になる。それが自分でもふしぎだ。

花井先生は紫の銘仙を着、蝦茶《えびちゃ》の袴《はかま》を胸高につけて、いつも伏し目になって歩いている。この家の前を、なぜ走り過ぎるのかわからないが、いつの頃からか、みんな走り過ぎることになっている。走り過ぎるだけで、お互いの胸に通うものがある。満足なのだ。先生がいようがいまいが只走る。

それから三軒目が若浜の家の雑貨屋だった。スコップが二、三丁店の軒先に吊《つ》るされている。ここで市街の者たちと別れて、権太と松井と耕作が店に入った。中に、つまごをはいた男の客が、湯タンポを選んでいた。

「曲り、何寸のよ?」

若浜が権太に聞いた。

「三寸五分」

「三寸五分?」

曲り尺を持って来て、若浜がはかる。その時の若浜は、学校で見馴《みな》れた若浜とはまたちょっとちがった、いかにも店の者といった感じがあった。それが妙に耕作の胸に残った。

鉄瓶《てつびん》、金ダライ、ストーブ、煙突、ちり取り、竹箒《たけぼうき》、味噌《みそ》、醤油《しょうゆ》、籠《かご》、石鹼《せっけん》、砂糖、駄菓子、何でもある。約束どおり、若浜は五銭負けてくれた。外に出ると松井が言った。

「権ちゃん、その五銭どうするのよ」

「どうするって、母ちゃんに返すべや」

「なあんだ。おれだら、飴玉《あめだま》買うどもな」

がっかりしたように言う。耕作と権太は、そのしょげかたが大げさなので、思わず笑った。

時計屋もあった。この時計屋は写真屋も兼ねている。その隣りが深城の家だ。がっちりとした二階建で、時々節子が窓からのぞいていることがある。ここを通る時、耕作はちらちらと横目で窓を見る。何となく気にかかる。節子のことも気にかかるが、それ以上に福子のことが気にかかる。

節子の家の隣りが、深城の経営する深雪楼《みゆきろう》で、そこに福子はいる筈なのだ。いる筈なのに、一度も耕作は見かけたことがない。雪かきをしていることもないし、窓からのぞいていることもない。権太も同じ思いなのか、

「福ちゃんいないべか」

といつも言う。が、耕作は福子の名を口に出したことはない。口に出せない自分が、何となく恥ずかしい。耕作はその度に、

「さあ、中にいるべ」

と答えるだけだ。

松井が言った。

「ふかゆき、何て読むのよ？　耕ちゃん」

「ふかゆきでなくてな、みゆきろうって読むんだ」

耕作の胸が、何か妙な心持ちになる。

「何だ、みゆきか。楼って何よ、権ちゃん」

「何だべな耕ちゃん」

権太は首を傾《かし》げる。

「さあ、おれもよく知らんけど、何階もある高い建物のことだっていうぞ」

本当は、耕作は字引をひいて調べているのだ。だが福子のいる深雪楼を、わざわざ字引を引いて調べたというのは恥ずかしいから、そう言った。

耕作は着物のつけひもにぶら下げた巾着に手をやる。油揚とコンニャクを買うための二十銭と、福子からもらった白い小石が入っている。今度福子に会ったら、この白い小石は返そうと思う。

深雪楼は四つ辻《つじ》の角にあって、角にはいつも一、二台の馬橇《ばそり》がつながれている。耕作は深雪楼の、大きなガラス戸のある玄関をふり返りながら、道を渡る。

次が、母の手伝っていた呉服屋で、その次が豆腐屋だった。豆腐屋では、棟つづきに小さな飲食店もしている。

「豆腐、油揚、コンニャク、オカラ」

と、墨で書いた半紙がぺたぺた引戸に貼《は》られている。その引戸をあけると、油揚のいい匂いが鼻をついた。

三

耕作は、豆腐屋の主人が出してくれたがばがばの帆前掛をかけた。途端に、青い角巻を着た大柄な女客が入って来た。

「いらっしゃい」

今、主人に教えられたとおり、耕作はぎごちなく言い、ぺこりと頭を下げた。

「あら、かわいい小僧さんね。新しく来たの」

耕作は頭をかいた。

耕作は先程、コンニャクと油揚を買いにこの店に寄り、小僧が風邪を引いて休んだので、四時間程手伝ってくれないかと頼まれたのだ。

「四時間で三十銭はどうだ」

主人が言った時、耕作は、三十銭ももらえるなら手伝ってもいいと思った。今日は始業式でまだ昼前だ。四時間働らいても、三時にはこの店を出れる。キワに言いつかった品を権太に頼んで、耕作は手伝うことにした。

土間の真ん中にある木の水槽《すいそう》に、耕作は手を突っこんだ。思わず「あっ」と、声を上げそうになった。頭がしびれるほど冷たい。豆腐が水の中で頼りなく動いて、力を入れてつかむと、角が少し崩れた。あわてて力をぬいてすくい上げた。ぬれた手のまま薄皮に包み、上から新聞紙にくるむと、そっと客に渡した。客は雪下駄《ゆきげた》を鳴らして出て行った。

「ありがとうございました」

これも教えられたとおりに、あわてて言った時、客はもう外に出ていた。ぬれた手を拭《ふ》きながら、

(これは大変なことになった)

と、耕作は思った。豆腐屋の水が、こんなに冷たいものとは知らなかった。耕作の家の土間の隅にある大瓶《おおがめ》の水もがんがんに凍る。柄杓《ひしゃく》の柄でばんばん氷を叩《たた》いて水をすくう。だが、豆腐屋のように、二の腕までまくって、手を突っこむということはない。その上、豆腐屋の土間は、所々にこぼれた水が凍っている。去年までつまごだった耕作が、今年の冬になってはじめて買ってもらった澱粉靴《でんぷん》でもすべりそうだ。

(これじゃやっぱり、ここの小父《おじ》さん、水に手を突っこむと目まいがするって、ほんとだな)

耕作は思う。いろはがるたにある「年よりの冷や水」という言葉が、何となく耕作にはわかったような気がした。耕作は洟《はなみず》をすすり上げて、手をこすり合わせた。手伝

ってくれと言われた時、豆腐や油揚を紙に包んで、客に渡せばいいだけのことだと、簡単に思った。祖父の市三郎が、

「人のしていることは、楽に見えるもんだ」

と、よく言っていることが思い出される。

「耕ちゃん、こっちに来て、あたらんかい」

茶の間からガラス戸越しに主人が声をかける。やれありがたやと思った時、また客が来た。

「い、いらっしゃい」

どうもすらすら言えない。何だか気恥ずかしい。七つ八つの女の子が、

「アブラゲちょうだい」

と、戸を閉めずに言う。外から入って来る風が、ひどく寒い。油揚でよかったと思いながら、女の子を送り出すと、女の子はまた戸をしめずに出て行った。耕作は舌打ちをしたくなった。すぐに主人が、また声をかけてくれた。薪《まき》ストーブが燃えている茶の間に入ると、耕作はほっとした。

「どうだ、豆腐の水、冷《ひ》やっこかったろう」

「いいえ」

冷たいと言っては悪いようで、耕作は首をふった。

「そうかい、やっぱり若いもんだ。ところで札幌の母さん元気か？」

「母さんとこ、知ってるんですか」

「そりゃあな……お前の母さんは、そこの㋚に冬うち働らいていたからな」

主人は、前歯の一つ欠けた黄色い歯を見せて笑った。笑いながら、

「何せ、器量よしじゃもん、市街で評判じゃったからな」

と言う。

「母さん、今、函館です」

耕作は、煤《すす》けた壁にかかった幾つかの通い帳や、大福帳を見ながら、何となく淋《さび》しい思いで答えた。

「耕ちゃん知ってるかな、そこの深雪楼のおやじがよ、前のかかあ死なせてよ、その後釜《あとがま》に、あんたの母さんば、ほしいほしいと追っかけてな、母さんはそれがいやで、札幌に逃げたっちゅう評判だったぞ」

「!?」

耕作は目を伏せた。そこまでは知らなかったのだ。

「深雪楼のおやじはな、しばらく未練があったようじゃがな、とうとう白首《ごけ》上りを家

に入れてよ」

「………」

「それまで金一と節子ば、札幌の親戚《しんせき》に何年も預けてあったっけ。ま、今のかかあも悪くはないど。しかしお前の母さんはいい女だったなあ」

ゴールデンバットをくわえて、目を細めながら言う。

「ここの店にも、時々買いに来てくれたがなあ。やさしくてなあ、行儀がよくてなあ。こんなに頭を下げて帰るんじゃ」

畳に鼻がつくまで、主人は頭を下げて見せる。

「ま、深城の奴《やつ》にゃあ、もったいねえ」

耕作は淋しさとうれしさが、ごちゃまぜになった思いで、胸がしめつけられるような気がした。涙がこぼれそうになった。

店にまた客が入って来るのが見えた。耕作はあわてて立ち上り、店に出た。

「いらっしゃい」

言ってから、若い女の客を見た途端、耕作はハッと息をのんだ。福子だった。

「耕ちゃん！」

福子も驚ろいて目を見張る。赤い花模様の着物を着、桃割れを結った福子は、あの、いつもつぎはぎの木綿縞《もめんじま》を着ていたお下げ髪の福子とは思えなかった。

耕作はまじまじと福子をみつめながら、

「おどろいたなあ」

「わたしもおどろいたわ。耕ちゃんここの小僧さんになったの」

「ううん、手伝いだ。今日だけ……」

「今日だけ？　なあんだ、今日だけなの」

がっかりしたように言ったが、

「懐《なつ》かしいわ、日進の沢が」

と、涙ぐんだ。福子の涙を見ると、耕作も泣きたいような気がした。ちょっとの間、二人は黙って土間を見つめていたが、ハッと耕作は気づいて、腰の巾着《きんちゃく》に手をやった。

耕作はあわてて巾着をあけ、白い小石を取り出した。

「これ、福ちゃんに返すよ」

差し出された白い小石を見て、福子の顔が明るくなった。

「どうしたの、耕ちゃん。どうして返すの」

「どうしてって……この白い石を持ってたら、きっといいことが来るって、福ちゃん言っただろう。だからさ」

福子は黙って耕作の差し出す小石を見つめていたが、静かに首を横にふった。

「いいの、耕ちゃん。耕ちゃんにいいことが来れば、わたしはそれでいいの」

「おれにいいことがくれば、どうしていいの福ちゃん。福ちゃんにいいことがくれば、そのほうがいいじゃないか」

「でもいいの。わたしはもういいの。もう……」

福子はうつ向いたまま、じっと赤い雪下駄の爪皮《つまかわ》に目をやった。それがひどく大人っぽく、しかし哀《かな》しげに見えた。耕作は仕方なく白い石を巾着に戻した。耕作は、この白い石が、一層貴重なものに思われた。

と、店の戸ががらりとあいて、

「あら、遅いわね、小菊ちゃん。どうしたの?」

と、節子がうしろ手で戸を閉め、耕作に気づいて、

「あら、石村さんじゃないの。ここで働らくの」

と、毛糸のショールをちょっと口に当てて笑った。耕作は顔を赤らめ頭を横にふった。

「すみません」

福子は、節子に頭を下げ、

「耕ちゃん、お豆腐二丁ちょうだい」

と、小鍋《こなべ》を出した。節子は、

「ああ、そうか。石村さんと小菊ちゃんは、同じ学校だったものね。じゃ、いいわ、ゆっくり話して行きなさいよ。わたしが持ってくわ」

耕作は思わず節子を見た。節子がこんな思いやりのある娘とは思わなかった。福子は、

「いいんです、わたしが持って行きます」

と、おとなしく頭を下げた。耕作は着物の袖《そで》をたくし上げ、息をとめて冷たい水の中に手を入れた。瞬間、福子が気の毒そうに眉根《まゆね》を寄せた。が、水はふしぎと冷たくはなかった。

四

「さいなら、耕ちゃん」

豆腐の入った小鍋を持って、福子は耕作をじっと見つめた。

「さいなら。いつ家に帰るの？」

福子はうつ向いて、

「わからないわ」

と言うと、戸をあけて急いで出て行った。戸をしめる時も、福子は耕作の顔を見なかった。耕作は胸のあたりが重たくなったような思いで、そこに突っ立っていた。冷たい水槽に入れた手が、今になってほてってくる。それが、胸の重苦しさとまじりあって、何か妙な心持ちだ。節子が茶の間の仕切りのガラス戸をあけて、

「小父さん、あたらせてよ」

と上りこみ、

「石村さん、あんたもあたんなさいよ」

と、ややおきゃんに言う。気押《けお》されるように、耕作は節子のあとから茶の間に上った。豆腐屋の主人は目を細めて節子を見、

「この頃ちょっと見ない間に、また別嬪《べっぴん》になったな、節ちゃん」

と、傍《そば》に坐《すわ》った節子を眺める。

「ありがと。小父さんも、ちょっと見ない間に、ずいぶんいい男になったこと」

負けずに言って、節子は声を立てて笑った。

「これだも、節ちゃんには参るって」

二人のやりとりを聞きながら、耕作は何となく眩《まぶ》しい。そのかしこまった耕作の姿

を見て、豆腐屋の主人は、

「節ちゃんと耕ちゃんは、学校一緒だったかね」

と節子を見る。

「ううん、学校はちがうよ」

「だば何で知ってる?」

「石村さんは、有名な秀才だもの。ここらの娘たちはみな知ってるわ」

と、真顔で耕作をちらりと見た。耕作は黙っている。隣りの食堂のほうから、時々お内儀《かみ》の笑う大きな声が聞える。もう十二時近い。そろそろ客が入って来たのだろう。

「ねえ、石村さん、小菊ちゃんと、あんた仲よかったの」

「仲いいってことないけど……おんなじ学校だったから……」

答えながら耕作は、自分は嘘《うそ》を言っていると思った。特別二人だけで親しくしたことはないが、福子と自分は、ほんとうは仲がよかったのだと、今更のように思った。改めて尋ねられなければ、自分でも仲がいいとか悪いとか、考えもしなかったことだ。が、仲がよかったのかと聞かれれば、本気で考えてしまう。

(白い小石をもらったからなあ)

福子のくれた白い小石は、福子の一番大切なものであったにちがいない。そしてそ

れが、耕作の持物の中でも、特別の意味を持った大切なものとなった。が、そんなことは、耕作は言わない。そして心のどこかで、

(福子とおれとは、仲よしじゃない)

と思っている。本当に福子と仲がいいのは、兄の拓一だと耕作は感じている。

いつか妹の良子に、拓一がこけし人形を作ってやった。その顔が福子に似ていた。福子の家の前で、福子の寝ていた雪の上に、拓一が「ああ」と、切なげな呻《うめ》きを上げて、倒れこむように寝たことがあった。福子が深城の家に売られた日、血相変えた拓一が馬に飛び乗って追いかけたこともあった。そのほか、思い出せば幾つでもある。

(本当は兄《あん》ちゃんと福子が仲いいんだ)

ずっと前から、耕作はそう思いこんでいる。そう思うことは淋しいが、しかし満足でもある。このへんの気持が、耕作自身にもはっきりとしない。拓一は耕作にとって、思いやりのある兄だ。その兄が福子を好きなのはいいことだと、ずっと前から耕作は思っている。

「ほんと? 小菊ちゃんと石村さんと、とっても仲よさそうに見えたわ、今さっき」

「ハハァ、節ちゃん、そんでやきもち妬《や》いたんじゃな」

豆腐屋の主人が、黄色い歯を見せてニヤッと笑った。

「うん、少しはね」

節子はすまして言い、また笑った。耕作はその笑い声を聞きながら、

(福子は、小菊って名前になったのか)

と、ぼんやりと福子の顔を思っていた。

「なあ耕ちゃんや。お前、年なんぼじゃ?」

主人がからかうような顔をする。

「十五です」

「十五やそこらで、もてるんじゃな。色男じゃな」

色男という言葉は、耕作も知っている。いやな言葉だ。

「こんな節ちゃんみたいな別嬪に妬かれたら、本望だべ」

「いやね、小父《おじ》さんったら」

ちょっと節子が赤くなる。

「おや、節ちゃんが赤くなった。珍らしいこった」

「わたしだって、赤くぐらいなるわよ」

「んだ。節ちゃんは親に似合わん子じゃもなあ」

「あら、また父さんの悪口?」

節子の声がきっとなる。が、顔は淋《さび》しげに笑って、

「ね、小父さん。父さんって、どうしてあんな強欲に生まれたんかしら。汽車通学してる時も、いつも小さくなってるのよ、わたし。あれは深城の娘だって、大人だって指さすんだもん」

出された干芋をちぎりながら、節子が肩を落す。

「そりゃあ節ちゃん、お前の器量がいいからだ。目立つからじゃ」

そう言ったところに客が来た。オカラを買う客だった。十歳ぐらいの男の子だった。破れた裾《すそ》から綿がはみ出している。

「母さん病気か?」

耕作は、今の節子の言葉を思いながら、男の子に言った。男の子は怒ったように耕作を見、

「母ちゃん、死んだ」

と、半分べそをかいた。ハッとした耕作は、オカラをひとつかみまけてやった。

雪道をとぼとぼと帰って行く男の子を見送ってから、耕作は戸を閉め、函館で病んでいる母の姿を思った。今にも函館にいる母が死にそうな不安に駆られた。あまりに男の子のうしろ姿が淋しげに見えたせいかも知れない。

茶の間に上ると、節子が、

「……母さんさえ死ななかったら」

と言っていた。

(ああそうだなあ)

この節子にも実の母はいないのだと耕作は思う。そう思った途端、ふしぎに節子に対して親しみが湧《わ》いた。

「でもさ、節ちゃんは偉いよ。今のおっかさんは、ごけ上りだ、ごけ上りだって、みんなに言われるども、節ちゃんは仲よくやってるもんな」

「だって、母さんいい人だもの」

「いや、そう言えるから偉いよ。節ちゃんは素直だ」

「でもさ、小父さん。わたし父さんは、本当に嫌い! 大っきらい! 父さんって、金のある人間にはぺこぺこして、金のない人を虫けらみたいに見るの」

「うん、まあな……それはそうだども、節ちゃんの父さんじゃからな」

「だからいやなの。わたしと同じ年ごろの女の人が、うちの店に売られて来るでしょ。うちの父さんは人買いよ。鬼みたい」

と、襟《えり》をかき合わせ、ふいに気を変えたように、

「ねえ、石村さん、わたしね、どうしてあんたのこと好きか、教えてあげようか」

と、黒々とした目を耕作に向けた。耕作はたじろいだ。節子は前髪をちょっと上げて、

「これ、ここ見てよ」

と、耕作に額を突きつけた。そこに、かすかな傷跡があった。耕作は目を伏せた。

節子はその額を豆腐屋の主人にも見せた。

「何だね、その傷跡？」

不審そうに眺める主人に、

「これがね、石村さんがぶつけた石の跡なの」

「なに？　耕ちゃんが？」

「そうなの。わたしが四年生の時よ。父さんや兄さんたちと、石村さんのほうの山に、山ぶどうを取りに行ったの」

「それで？」

「その時、何のことからだったか忘れたけど、うちの父さんが威張ったのよ。威張って石村さんの母さんの悪口言ったのよ」

「ハハン、なるほどね」

豆腐屋の主人は、いかにもわかったという顔をした。

「そしたら石村さんがね、怒って、うちの父さん目がけて、石をぶつけたのよ。父さんったら、わたしがうしろにいるのに、ひょいと体をよけたもんだから、わたしにぶつかったの。子供がいるのを忘れて、自分が逃げるなんて、呆《あき》れるでしょ」

「しかし、それがなんで、耕ちゃんを好きになる理由になるのかねえ。小父さんにはさっぱしわかんねえな」

「だって、うちの父さんに石を投げつけることのできる人って、大人だっていないわよ。うちの父さんに叱《しか》られたら、しょぼんとうなだれてる大人ばっかりよ。わたしまだ四年生だったけど、石を投げつけた子、偉いなあって、時々思ったものよ」

耕作は驚ろいて、節子の顔をまじまじと見た。

(ほんとだろうか。四年生ぐらいで……)

本当にそんな気持になるのだろうかと、耕作は節子の顔を、つくづくと眺めた。節子はもっと驕慢《きょうまん》な娘かと思っていたのだ。

「あ、もう十二時過ぎた。わたし帰るわ」

耕作にまじまじと見られて、節子は片頰に手を当ててはじらった。が、ストーブ台の脇《わき》に二尺指しがあるのを見ると、何を思ったのかそれを持ち、柱の所に行って、

「石村さん、わたしの背丈計ってくれない？」

と言った。耕作は困って主人の顔を見た。が、主人はわざと知らぬ顔でタバコをのんでいる。耕作は仕方なく、おずおずと節子の傍に近づいて行った。つややかな黒い髪をお下げに結っている。節子に近づくと、仄《ほの》かな香りが漂った。クリームの甘い匂《にお》いだ。節子の体にさわるまいとして、気をつけながら耕作はしるしをつけた。五尺あった。

「こんどは石村さんの番よ」

柔い手が耕作の手を取り、耕作は無理矢理柱の前に立たされた。節子の顔がすぐ目の前にある。節子の息が、耕作のあごのあたりにかかる。耕作は息ぐるしくなった。ふくよかな節子の胸が、耕作の胸にふれる。しるしをつけながら、節子は小声でささやいた。

「わたしのお嫁のもらい手がなかったら、もらってやるって言ったの、覚えてる？」

耕作はうなずいた。そのことは何度も祖父や兄たちに言われては笑われるのだ。三年生の自分が言ったからおかしいのだ。

「覚えてたらそれでいいわ。忘れないでね」

節子が柱にしるしをつけた。が、耕作は黙ってそのままそこに立っていた。

「あら、石村さんどいてよ。計るから」

節子が笑った。

「まあ、五尺三分よ。わたしより高いのね。いつのまにわたしより大きくなったの」

節子は、ひどくはしゃいだ声で言った。

五

ややうす暗くなった市街の道を、耕作は走って行く。走る度に、腰の巾着《きんちゃく》に入れてある十銭玉が三つ、白い小石にぶつかってカチャカチャと鳴る。十銭玉と十銭玉のぶつかる音もする。

(豆腐屋も大変だなあ)

走りながら耕作はつくづくと思った。と、街に、パッと電灯が点《とも》った。通りが俄《にわ》かに明るくなる。が、電灯がついたということは、もう日が暮れるということだ。家に着く頃は、真っ暗になっているにちがいない。煉瓦色《れんがいろ》のマントを着た耕作は更に走る。また走る。息が切れる。巾着の中でカチャカチャとなる三十銭の価《あたい》がよくわかった。

街の外れまで走って、耕作はそこで速度をゆるめた。今日の昼過ぎ、節子が帰ってすぐに、豆腐の客と油揚の客が、つづけて二人来た。そのあと主人が、

「耕ちゃん、ちょっと腰をもんでくれんかな」

と、ごろりと横になった。肩や腰なら、いつも祖父の市三郎をもんでいる。もまれながら主人は、

「耕ちゃん、うまいぞ。本職はだしだ」

とほめて、頭から足までもませた。もませながら、

「耕ちゃん、耕ちゃんが十五で、節ちゃんは十六か。一つヘラだな」

と言った。ヘラというのは、隣りの井上権太の父母と同じことだと、耕作は思った。男より女が年上の場合、大人はそれをヘラだと言う。

「一つヘラは、金のわらじをはいても探せというからな。こりゃ、節ちゃんと耕ちゃんは似合いの夫婦《めおと》になるかも知れんぞ」

豆腐屋の主人は、適当なことを言った。

「あの人を嫁さんになんかしないよ」

のどまで出かかったが、耕作は黙っていた。耕作の背丈を計りながら、節子は、もらい手のない時はもらってくれると言ったのを忘れるな、と念を押したのだ。胸の中に霞《かすみ》でもかかったような、妙な心持ちだ。

主人はそんな話をしながら、体をもませているうちに眠ってしまった。耕作は腹が

空《す》いた。

（昼飯を食べさせてくれるんだろうか）

一時を過ぎた頃になって、ようやく台所のほうからお内儀《かみ》が握り飯と漬物を持って来た。

「耕ちゃん、すまないねえ」

主人の腰をもんでいる耕作を見て、お内儀はねぎらってくれた。大きなどんぶりに、お内儀は豆腐の粕汁《かすじる》を、たっぷり入れて持って来てくれた。台所が、隣りの食堂の料理場にもなっている。主人も目をさまして、

「あ、もう一時過ぎたか。腹が減ったろ。まあ、食べれや」

と、先《ま》ず握り飯に手を出した。耕作はごくりと生つばを飲んだ。仕事らしい仕事をしたとも思わないのに、ひどく腹が空いていた。それは目の前に握り飯を見たせいかも知れなかった。黒ゴマをつけただけの握り飯なのだが、とにかく米の飯なのだ。正月か盆か、祭りの時でなければ、白米だけなど、決して食べない。いつも稲黍《いなきび》か、麦だけか、薯《いも》か、それが耕作たちの主食なのだ。

あたたかい、ほどよく塩のついた握り飯が、たとえようもなくうまかった。ゴマ塩しかつけていないのに、何というぅまさなのだろう。ものも言わずに、耕作は二つ立

てつづけに食べた。酒粕の入った味噌汁《みそしる》もうまい。豆腐が、舌の上でつるつると泳ぐようだ。三つ目に手を出そうとして、耕作はためらった。

「どうしたね。もっと食べな」

うなずいたが、良子の顔が目にちらついた。つづいて兄の拓一や、祖父や祖母の顔が目に浮かぶ。このうまい握り飯を、みんなに分けてやりたいと思う。が、それを言い出すこともできない。お内儀は皿の上に六つ持って来てくれたのだ。その一つを主人が食べ、二つを耕作が食べ、まだ三つ残っている。

「もう要らんのかね」

耕作は首を横にふった。

「あの……あんまりうまいから、じっちゃんやばっちゃんに……」

「なあんだ。んだら、もっと小母《おば》さんに握ってもらうから、安心して食べな」

言われて耕作は、握り飯を五つ、ぺろりと平らげた。

そのあとが大変だった。橇《そり》に、豆腐やコンニャクや油揚を載せて、街に売りにやられたのだ。寒風の中の豆腐売りは辛《つら》かった。空に、爪《つめ》を立てたような鋭い芦別岳《あしべつだけ》から吹きおろす風が、耕作の手に見るまにひびをつくった。だが、三時間、ラッパを吹きながら売り歩いて帰って来ると、約束の三十銭と、握り飯が六つ待っていた。

耕作はまた走り出す。祖父母、兄、妹の喜ぶ顔、それにまじって、福子と節子の顔がひょいと浮かぶ。遠くで、汽車の汽笛の音がした。

六

外に出ると、雪原が眩《まば》ゆかった。木立の影が、くっきりと雪の上にくろい。耕作は眩《まぶ》しげに目を細めながら、鶏小屋に行く。

鶏小屋は、納屋《なや》の一劃《いっかく》にある。小屋の前で、鶏が二、三羽、雪の上にこぼれた燕麦《えんばく》を啄《ついば》んでいる。少し離れた所で、雄鶏《おんどり》が片足を足のつけ根まで持ち上げ、一本足でじっと立っている。雄鶏は首を傾けたまま、何かを考えているように動かない。その首が、不意にすっくと立ち、また傾く。まるで、ゼンマイ仕掛けの人形のような、ギクシャクとした動きだ。

(学者みたいだな)

耕作はそう思う。

白い鶏の毛が幾つもへばりついた戸をあけると、鶏小屋特有の臭《にお》いがする。耕作たちは、学校で時々腕をまくって、指に唾《つば》をつけ、

「トリノクソ」

と書き、ごしごしと皮膚をこする。そしてこすったあとに鼻を近づけて匂いを嗅《か》いで遊ぶ。ふしぎに鶏の糞《ふん》の匂いがするのだ。鶏小屋に入る度に、あれはふしぎだ、と耕作は思う。臭いが、何となく懐《なつか》しい匂いだ。

鶏小屋の鶏も、じっと首をかしげているのや、ぬき足、さし足、しのび足のような歩き方で、仔細《しさい》ありげに歩きまわっているのもある。

「今日は幾つあるかな」

なるべくたくさん生んでいてほしいと思いながら、鶏小屋の隅の藁《わら》に手を伸ばす。

「あった！」

生まあたたかい卵が手にふれた。耕作は親鶏に見つからぬように、素早く小さなザルの中に入れる。糞のついた卵がほんのりあかい。二つ、四つ、五つと、五つめをザルに入れた時、

「コッコッコッコッ」

と、鶏が騒いだ。気づかれたのだ。

「すまんなあ。これなあ、うちの母さんに土産に持って行くんだからなあ。こらえてくれよ」

耕作はそう言って、戸を閉めて出た。

明日、拓一と耕作は、函館の母を見舞いに出かけるのだ。四、五日前、母の佐枝から便りが来た。冬に入って風邪を引いたせいか、咳《せき》が出るようになった。客商売の家に厄介になっているので、咳の出る病気は迷惑をかける。困っていたら、同じ町内のキリスト教会の婦人宣教師が、自分の家に来て療養するようにと熱心にすすめてくれた。それで、十日程前からそこに厄介になっている。宣教師はオーストラリア人で、信者の女中がいる。ここでも非常に親切にしてもらっているから、安心してほしい。子供たちを委《まか》せたまま、何の役にも立たず、申し訳なく思っているが、必ず元気になるつもりだから、どうか許してほしい。と書いてあったという。

変体仮名のまじった佐枝の手紙を、祖父は所々声を出して読んでくれた。声に出さぬ所には何と書いてあるのか、本当はそこが耕作の知りたい所だ。が、祖父が読んでで聞かせないものを、無理に読んでもらうわけにもいかない。子供には知られたくないことが、大人の世界にはあるのだろうと、十五の耕作は思うだけだった。

拓一には、祖父がその手紙を見せていた。拓一は短い眉《まゆ》をちょっと八の字によせて、しばらくかかって読んでいたが、

「おれ、一度見舞いに行っか」

と、吐息をつくように言った。

「んだな。あれもお前らの顔も見たいべし……軽い肋膜《ろくまく》だと思ったが、なおるにはまだ間があるようだし」

それで相談は決まった。拓一は今年も冬山造材の原木運搬をしているが、三日程休んで行くことにした。それを聞いた耕作は、

「じっちゃん、おれも行きたいども……」

恐る恐る聞いて見た。祖母が、

「耕作は学校があるべ。そんだことなら、冬休みに行けばいかったのに」

と、市三郎を見る。拓一も、

「お前は勉強があっからな。つれてってやりだいども……」

と言う。耕作はがっかりした。が、その時、黙ってタバコをのんでいた市三郎が、キセルをかんかんとストーブの受皿に叩《たた》きながら、

「耕作、お前も拓一と一緒に行け」

と、がっかりしている耕作を見た。

「ほんとか、学校休んでもいいかい、じっちゃん」

「ああいいとも。学校の勉強より大事なものが、人間にはあっからな」

その時に言った祖父の言葉を思いながら、耕作は生まあったかい卵にそっと手をふ

れた。

納屋を出ると、家の前に馬橇がとまっていた。叔父の馬だとひと目でわかった。鼻《はな》面《づら》が白く、口から泡《あわ》が出ている。癇《かん》の強い馬なのだ。しきりに雪を足掻《あが》きながら、秣《まぐさ》を食っている。

居間に入ると、叔父の修平がむすっとした顔で、番茶を飲んでいた。目は、板壁に貼《は》られた耕作の、去年展覧会に出た十勝岳の絵を見ているが、その実何も見ていない目だ。

「叔父さん、こんにちは」

耕作は行儀よく言い、

「六つしか生んでないから、五つ持って来た」

全部取ってくれば鶏は卵を生まなくなる。手づくりの藁づとに入った納豆を、佐枝への土産に、古新聞にくるんでいたキワが顔を上げ、

「おや、今日の卵はいいこと、五つあれば結構だ。全部で三十は母さんに持ってってやれっからな」

函館に見舞いに行くと決まって、毎日卵をためておいたのだ。隣りの権太の家からも、幾つか分けてもらってある。

「寒卵は薬だからのう」

市三郎も、自分でつくったニンニク味噌を小瓶《こがめ》に入れながら言う。

「この味噌はなあ耕作、カリエスでもなおる味噌だからなあ。前に送ったのがなくなったら、つづけて食うように母ちゃんに言えよ」

そう言った時、修平が、

「ふん、とんだ金のかかる嫁だな」

こつんと音を立てて、湯呑茶碗《ゆのみぢゃわん》をおいた。みんなは急に黙りこんだ。

「しゅうとに子供ば押っつけて、髪結いになりますなんぞと言って、一向金も送って来ねえ。そればかりか、こっちから毎月金やら物やら送ってやる」

「…………」

「大体な、肺病なんつうものは、金食い病だ。貧乏人のかかるような病気じゃねえ。ここにいておとなしく百姓してたら、空気はいいし、病気にもならんかったべに。しゅうとに子供ば押っつけた罰だ」

「…………」

「全く、金ばかりかかって、困ったもんだ、耕作たちのおっかあは」

耕作や良子の顔を見て修平は大きく腕を組んだ。耕作は深城に罵《のの》られた時のような怒りを感じた。が、うつ向いてもみ殻の入った箱に、卵を一つずつ埋めて行く。その指先がふるえている。

ニンニク味噌を入れた小さな瓶を、油紙でしっかりと覆《おお》いながら、市三郎が口をひらいた。

「修平、お前、誰に似てそんな考えになったもんだかな。人間はなあ、金がかかるから価《あたい》がないとか、金を稼《かせ》ぐから価があるとか、言えるもんじゃねえぞ。金を儲《もう》けることが偉いんなら、百姓はみんな駄目な奴《やつ》ということになるべ。金は、人間の偉さを計る尺度じゃねえぞ。そのぐらいの理屈は覚えとけ」

むすっと修平は立ち上った。

「修平、誰も病気にかかりたくて病気になる者はいねえ。いいか、人間を金のあるなしで見分けるな。情のあるなしで見分けれ」

修平はちょっとふり向き、何か言いかけたが、そのままぷいと出て行った。

七

汽車が上富良野駅を出た頃は、汽車も汽車の煙も、雪原にあざやかに影を落すほどの天気だった。耕作は、網棚に押し上げた大きな五つの荷物を見上げる。あの中には、キワが夜業《よなべ》で縫った綿入の半纏《はんてん》もあれば、拓一がついた餅《もち》もある。七年前に別れたきりの、母の面影が目にちらついて、耕作はうれしさで落ちつかない。汽車の中にはダルマストーブが一つあるだけだ。耕作はマントを着たままだが、拓一はマントを脱いで、一張羅の絣《かすり》の着物と羽織を着ている。襟もとから、メリヤスシャツがのぞき、ひらいた裾《すそ》から、同じく新しいメリヤスの股引《ももひき》が見えている。このメリヤスのシャツや股引が、この頃の若い者の自慢のひとつなのだ。

「母ちゃん驚ろくべな」

向い合って坐《すわ》っている拓一がニコニコと身を乗り出す。

「驚ろくべな。だけど、兄《あん》ちゃん、オーストラリア人って、どんな顔してるんだべな」

「そうだなあ」

拓一にも見当がつかない。第一、外国人という者を見たことがない。新聞で見たことがあるぐらいだ。

「多分、髪が赤くてちぢれて、色が白いんだべ。そして眼が青くてよ」

「ふーん」

そんな異人の女と住んでいる母親は、何か別の世界の人になったようで、耕作は心もとない。

「どんな顔しててもいいべ。親切だっていうから、安心ださ」

「どして、オーストラリア人が、日本人の母さんばせわしてるんだべ？」

「おんなじ人間だからだべや」

「だけど、修平叔父さんだら、どんなかわいそうな人でも、引取らんべな」

「ああ、引取らん引取らん。じっちゃん言ってたけどなあ。人間にはアメリカ人だの、イギリス人だの、支那人《シナじん》だの、いろいろあるけど、結局は二通りしかないんだとよ」

「二通り？」

「そうだ。親切な人間と、不親切な人間、人に何かしてやりたい人間と、何かしてもらいたい人間だとよ」

耕作は、自分はそのどっちだろうと思った。兄の拓一は、まちがいなく人に何かしてやりたい人間だ。祖父も祖母もそうだ。

「な、耕作。深城の奴はその不親切な人間の大将だな」

「うん」

「かわいそうに、福子どうしてるべなあ」

拓一は小声になる。その拓一を、耕作は黙って見つめた。汽車はいつしか美瑛《びえい》を過ぎている。確かさっき見えた筈《はず》の十勝岳が、薄雲に覆われている。どこまで行っても、白一色だ。

「兄ちゃん、おれ、こないだ福子に会ったよ」

思い切って耕作は、豆腐屋で会った福子のことを言った。

「何!? 福子に会ったって?」

意気ごんだ拍子に、拓一の膝頭《ひざがしら》が、耕作の膝頭を押しつけた。

「うん、こないだ、豆腐屋で手伝ったべ。あん時、豆腐買いに来たんだ」

「何でそれをすぐに言わんかった?」

「うん、忘れてた」

本当は拓一に言おうと思ったのだが、何となく言いそびれていたのだ。

「それで、福子、どんなになってた?」

拓一が急《せ》きこむように言う。

「うん、赤い着物着てさ、髪結って、きれいになってたよ」

「それはそうだべなあ」

「そしてさ、小菊っていう名前になってた」

「ふーん、小菊か。……かわいそうになあ。して、何か言ってたか」

「何かって?」

「うーん、何かよ」

「そうか、日進部落が懐《なつか》しいって言ってたよ」

「そうか、日進が懐しいって言ってたか。それで……おれのことも何か言ってたか」

一瞬耕作はためらったが、

「元気かいって、聞いてたよ」

と答えた。福子は誰のことも言わなかった。只《ただ》、あの沢が懐しいと言っただけだ。だが、今の拓一に、拓一のことを何も言っていなかったと言えば、大きく落胆させるようで、耕作はそう言った。

「そうか。福子、おれのこと忘れてなかったな」

拓一は満足そうにあごをなでた。

「な、耕作。これは誰にも内緒だけどな……」

「うん」

「お前も、誰にも言ったらいかんぞ」

「うん、言わん」

「おれな、絶対、福子ば嫁にもらってやっからな」

「福子ば？」

「そうだ。かわいそうに、福子はなあ、いい着物着てきれいにしてたって、なあんも幸せじゃないんだぞ。何せ、売られたんだからな。売るとか買うとか、福子ば品物扱いにしてよ」

なるほどと耕作はうなずいた。

「女は売られりゃ、地獄だからな」

「地獄？」

「売られた女は、男の玩具《おもちゃ》なんだ。お前にはまだわからんだろうがな。一度地獄に落された女を、嫁にもらう奴はなかなかいないからなあ」

「どうしてだべ？」

「どうしてってお前、それが世間の冷たさよ。ほかの男の玩具になった者を、なかなか人は嫁にはしない。だからな、兄ちゃんな、ぜんこ貯《た》めて、いつかきっと福子ば嫁にもらってやっからな」

「うん、もらってやれ」

耕作は、少し淋《さび》しいような気がした。

「そのためには、兄ちゃんうんと働らくからな。母さんの病気もなおさねばならん。

お前も師範に上げねばならん。兄ちゃんは忙しいぞ」

拓一は白い歯を見せて、うれしそうに笑った。なるほど、兄の拓一は、祖父の言う、人にして上げたい側の人間なのだと耕作は感心した。耕作はまだ、福子を助けたいとか、母に仕送りしようとか思うよりも、何とかして勉強したいという気持が強い。

「兄ちゃん、偉いな」

けたたましく汽笛が鳴り、汽車は鉄橋にさしかかった。白く広い川原の真ん中を、冬の川が細く黒々と流れていた。

汽車が旭川に着いた時、旭川の街に、雪が斜めに降っていた。旭川に着くと、耕作の胸はかすかに痛んだ。去年、中学を受験したのはこの旭川だ。駅に降りて、七丁程行き、右に三丁入ると、二町四方の大きな旭川中学の敷地があった。その道筋も、昨日のことのように、耕作の頭にはある。確か、二階のない平べったい木造の校舎だった。あの時合格した者は、既に一年の間、あの学校で学んでいるのだ。耕作は下唇を嚙《か》んだ。耕作には、兄の拓一のように、人のことばかりを考えてはいられない。中学に進んだ者たちのことを思うと、

(こうしてはいられない)

と言う気持になる。

拓一と耕作は、駅前のうどん屋に入って、乗り替えの列車を待ちながら、昼飯に鍋《なべ》焼《やき》うどんを食べた。うどん屋ののれんが、手垢《てあか》に汚れ擦り切れていた。それだけ、多くの人が出入りする証拠だ。耕作は大きな街に来たという興奮を覚えた。

函館行きの列車は混《こ》んでいた。と言っても、八分の乗車率だ。赤い手旗をふってい る信号手が、ひどくかっこうよく見えた。汽車はがたんがたんと大きく揺れながら、旭川駅を離れた。雪がますます激しくなって行く。

「さ、函館までは眠っていても着くからな」

拓一はニコニコと機嫌がよい。多分、さっき福子のことを打ち明けて、気が軽くなったのだろう。

「なあ、耕作、母さんおれたちばわからないんでないか」

「まさか」

「だってよ、お前だって十五だ。五尺はあるべ」

ちらっと、背丈を計ってくれた節子のことを思って、耕作は何となく赤くなり、

「あるべ」

と、そっけなく言う。

「おれだって、もう五尺三寸もあるからな。一ちょう前に、冬山造材にも出てるんだ

からなあ。母さんがいなくなった時は、二人共まだ餓鬼で、泣いたもなあ。あん時は悲しかった」

そう言って、拓一が視線を向けた車窓の外は、白い幕を引いたように、激しくふぶいていた。

八

拓一と耕作は、がっかりして上富良野の駅に降りた。せっかく祖母のキワが夜業《よなべ》して縫ってくれた綿入の半纏も、拓一がついた餅も、ためておいた寒卵も、市三郎がつくったニンニク味噌《みそ》も、二人は両手に持って改札口を出た。

もう市街には電気がついていて、行き交う人の顔もさだかではない。

「うわっ、しばれるなあ、今夜は」

拓一は顔をしかめる。息をすると鼻毛が粘つく。二人はとぼとぼと歩き出した。

「残念だったなあ、兄ちゃん」

ネルの襟《えり》まきを口までずり上げて、耕作は言う。

「仕方がないさ、なだれだもん。汽車はいつになったら開通するか、わからんもな」

昨日の午後旭川を出た拓一たちの汽車は、神居古潭《かむいこたん》でとまってしまった。神居古潭の駅のすぐ先にトンネルがある。が、その入口が雪崩《なだれ》でふさがってしまったのだ。この二、三日暖気だったとは言え、一月の雪崩は珍らしかった。

神居古潭は、一方は山、一方は石狩川の激流が岩を嚙《か》む難所だ。神居古潭駅の前に、吊橋《つりばし》が一本あるだけで、その上流下流には、何里も橋がない。汽車は、この切り立つ崖《がけ》の下を、川に沿って曲りくねりながら、のろのろと走るのだ。そんな、汽車のずり落ちそうな神居古潭に、拓一たちの汽車は一晩夜を明かした。襲いかかるような恐ろしい山鳴りを一晩中聞きながら、吹雪の一夜が明けた。幸い、吹雪はおさまったが、トンネルの向うは大雪で、今日は函館線が不通だという。

旭川から別に機関車が来、拓一たちの列車を曳《ひ》いてようやく旭川まで戻ったのは、今日の午後だった。

会えるとばかり思っていた母の佐枝を思いながら、再び耕作は、

「残念だなあ」

と呟《つぶや》く。

「同じことを何べんも言うな」

がっかりしていても、拓一は兄らしい口をきく。二人の持った風呂《ふろ》敷《しき》包みが、指に食い入るように重い。頰に無数の針が刺さるような寒さだ。どの店も、ガラス窓が白

く凍って、中が見えない。

福子のいる深雪楼は、他の店よりひときわ明るかった。トンビを着た男が入って行くのを、二人は立ちどまって見た。戸をあけた向うに、女の着物がちらりと動いたと思う間もなく、戸はしまった。

「こったら寒いのに……」

吐き捨てるように拓一は言った。二人は黙ってまた歩き出す。雪が長靴の下で、澱《でん》粉《ぷん》を踏むように、キュッキュッと小気味よくきしる。行き交う角巻の女の下駄《げた》の音は、一層小気味よい。半丁程行ってから、雪の上に荷物を置いて、耕作は持ちかえた。

「重たいべ、耕作」

「うん重たい」

「来る時はじっちゃんが馬で送ってくれたからなあ。どこかに預けて行くか。あとから兄《あん》ちゃんが取りに来るから」

言われて耕作はほっとした。

「どこさ預けたらいい？　耕作」

一番親しいのは福子だ。が、福子の所に預けることはできない。級長の若浜を思いだしたが、若浜の父親は、どこか権柄《けんぺい》ずくだ。

「そうだ。豆腐屋さ、預かって行くか」

耕作は、人のよさそうな豆腐屋の主人と、その妻を思い浮かべた。

「ああ、こないだ耕作が、握り飯もらったとこだな」

二人は半丁近く戻った。

裸電球の明りが、豆腐の水に映っている店に立つと、片隅のかまどの前で豆を仕込んでいた主人がふり返った。

「おや、誰かと思ったら耕ちゃんか。こないだはすまんかったな」

愛想よく耕作と拓一を順々に見る。

「かえって、お握りなんかもらって、ごっつぉさんでした」

拓一がぴょこりと頭を下げる。

「それで、ばっちゃんの具合はどうかね？」

「ばっちゃん？ ばっちゃんは元気ですよ」

「はてな？ そんな筈《はず》はねえな。確か石村のばっちゃんが悪いから、往診に行ったと、そこの飛沢先生とこのネエヤちゃんが言ってたがな」

「ほんとかい、小父《おじ》さん!?」

拓一が急《せ》きこんだ。

「ほんとだべ。それとも石村ってえ家が、ほかにもあっか」

「あるども、ばっちゃんはいないいな」

拓一と耕作は顔を見合わせた。拓一や耕作の知る限り、わが家に医者が来たという記憶はない。大抵の病気は、祖父の家伝薬で間に合って来た。ほかは越中富山の薬屋が、紙風船などと共に置いて行った薬で事は足りた。

二人は荷物を預かってもらうと、そそくさと豆腐屋を出た。

「ほんとだべか」

母の佐枝のために、一生懸命半纏《はんてん》を縫っていた祖母の姿が耕作の目に浮かぶ。

「ほんとだべ。おい耕作、吹雪で帰って来てよかったかも知れないぞ」

二人の足はぐんぐん早くなる。まつ毛とまつ毛が粘りつく寒さも、今は忘れた。

(医者が来た!)

それは耕作にとって、死の恐怖にも似ていた。

「何の病気だべ？　兄ちゃん」

「んだなあ、年寄りだからなあ。中風か、心臓かだべ」

「中風？」

中風がどんな病気か、耕作は知っている。隣りの権太の祖父が、一昨年まで何年か寝たっきりだった。口もきけず、只部屋《ただ》の片隅に寝ていて、垂れ流しだった。キワがたまにうまい団子や饅頭《まんじゆう》などをつくった時、耕作が見舞に持って行くと、権太の祖父は声を上げて泣いた。

「泣き中風だ」

と、みんなは言っていたが、とうとう一昨年の冬死んでしまった。その時、部落の者が集って、権太の祖父を焼いた。薪《まき》を積んだ上に棺を置き、ガンピの皮で火をつけると、薪は勢よく燃えた。やがて、棺に火が移り、その棺の中から、手がニュッと出て、拓一は生き返ったのかと驚ろいた。そのことは、耕作も何度か聞いて覚えている。火葬場は西二線にあったが、金もなく、寒い冬だったので、野天で焼いたと聞いている。

（ばっちゃんは、隣りのじっちゃんみたいな中風でなければいいが……）

二人は、ハッハッと夜目にも白い息を吐いて、急ぎに急いだ。沢に入ると、両側の山が、折からの月に照らされて青かった。

土俵

一

「では、これから級長選挙をはじめる。いいなみんな」

　高等科二年になって、二日目の第一時間目、益垣先生が八等分した西洋紙を若浜に渡した。若浜はそれを各列に配って行く。渡された子は、紙を順次うしろにまわす。

「若浜、ご苦労」

　みんな何となく若浜のほうを見る。

「級長はだな、先《ま》ず自分のことより、みんなのことを考えて、クラスのために働らける者でなければならん。むろん、成績も品行も、みんなの模範とならなければならんが、成績だけに重きを置くことは、避けたほうがいい」

　先生はちらっと耕作を見た。

　耕作の祖母は、一月の末に中風で倒れた。耕作の恐れていた病気だった。拓一と耕作が母の病気見舞に出かけ、途中吹雪に遭って引返した夜、祖母のキワは昏々《こんこん》として眠っていた。が、幸い翌日意識を取り戻し、今では床の上に起き上って食事も出来るし、口もきける。そろそろと歩いて、便所に行くこともできる。権太の祖父のように、手のかかることはなかったが、体の動きも、言葉づかいもすっかり緩慢になってしまった。

あれ以来、良子が食事の仕度をするようになった。良子は今年数えて十一になったばかりだ。食事の仕度のほかに、洗濯も縫物もある。とても良子一人に委《まか》せてはおけない。耕作も拓一も祖父の市三郎も、みんな出来ることはする。市三郎は味つけが上手だし、拓一は縫物も編物もうまい。耕作は整理整頓《せいとん》が得意だし、食事の後始末をきちんとする。その忙しさを綴《つづ》り方《かた》に書いた。それが綴り方の研究会に出され、地方の新聞にも載った。だからクラスの者はみんな、耕作の生活を知っている。

先生が今、クラスのために働ける人間でなければ駄目だと言ったのは、暗に、耕作を選んでも耕作は不適格者だと言ったのだ。

耕作は配られた紙に、迷わずに「若浜」と書いて二つに折った。ひょいと若浜のほうを見ると、耕作のほうをちらっとふり返って笑った。権太も耕作のほうを見てうなずいた。

「おれ、耕ちゃん選んだぞ」

と、目顔で言っている。

四列のうち、三列が男子で、女子は一列だけだ。その女生徒たちが突つきあいながら、耕作のほうをちらちらと見る。

男子から一人、女子から一人、係が前に出て、すぐに開票が始まった。男生徒が読み上げ、女生徒がその名を黒板に記していく。

「石村君」

先ず耕作の名が読み上げられた。女生徒たちの中に、さざめきが起きた。益垣先生はむっつりと外を見た。消え残った雪が、校庭のあちこちにうす黒い。その上に陽炎《かげろう》がゆらめいている。

「石村君」

係の女生徒は石村と書いた下に、Tの字を記した。つづいて耕作の名が呼ばれ、八番目にようやく若浜の名が出た。先生は若浜を見た。若浜はさっきから下を向いたきりだ。今まで級長であった自分の名前が一度も呼ばれず、耕作の名前だけが呼ばれていたのだ。若浜も耕作に入れた。耕作が途中入学して来た頃は、

(たかが日進部落の者が)

と侮《あなど》っていた。自分より成績のいいことが癪《しゃく》だった。自分は村会議員の息子で、耕

作は水呑《みずのみ》百姓の小せがれだという思いもあった。が、一カ月経ち二カ月経《た》つうちに、耕作の学力の並々ならぬことに、先ずシャッポを脱いだ。それに、耕作は陰日向《かげひなた》なくよく働らくし、成績も鼻にかけない。そんなところから、若浜は次第に耕作に近づいて行った。だから今、配られた用紙に、何のためらいもなく耕作の名を記したのだが、つづけて耕作の名前ばかり呼び上げられると、やはり屈辱的な思いが湧《わ》いてくるのを、どうしようもなかった。

（そりゃあ、おれと石村とくらべたら、誰だって石村に入れるに決まってる）

そうは自分も認めている。そして、耕作が級長になったほうが、若浜としても気が楽な筈だった。級長というのは、名実共に備わらなければならない。群を抜いた耕作をさしおいて、級長になっているのは心苦しかった。だから耕作に票が入るのはいい。が、自分の票が少な過ぎる。この辺が、若浜には何かもやもやと割り切れないのだ。だからじっと、自分の机を見つめている。やっぱり惨《みじ》めだ。

耕作の名がまた呼び上げられた。そのあと耕作の名が四回出て若浜の名が呼ばれた。と、その時、うしろ手を組み、うらうらとした窓外に目をやりながら、票を読み上げるのを聞いていた益垣先生がくるりとうしろを向き、

「ちょっと待ちなさい」

と言い、

「席についてよろしい」

と、読み上げていた男生徒と、記録していた女生徒に、あごで席のほうをしゃくった。生徒たちは不審な目を先生に注ぐ。先生は壇上に上り、仔細《しさい》らしく投票用紙を繰っていたが、最後に大きくうなずくと、

「なるほど、なるほど」

と、独り言を言った。そしておもむろに両手を教卓に置き、

「どうやら、石村の票がかたまって先に出たようだな」

先生は一列の一番うしろの耕作を見、その視線をぐるりとみんなに及ぼして、

「お前たちは、友情というものを持っているか」

と、大きな声で言った。みんなは何となく叱《しか》られたような感じで、うつむいたり、反抗的に先生を睨《にら》んだりして、先生の次の言葉を待っている。

「級長という役目はだな、みんなの模範であると同時に、いって見れば、先生の小使いのような役目だ。先生と一緒に、答案を採点したり、教室に習字や図画を貼《は》ったり、いろいろと居残りの用事が多い。そのぐらいのことはお前たち、高等一年の時の若浜の活躍ぶりを見て、知っているだろう」

みんなはうなずく。

「しかも、高等二年の級長となると、学校の代表ということになる。たとえば、葬式があった時など、生徒代表として参列しなければならない。毎朝、朝礼の時に号令をかけなければならない。クラスのことばかりではないのだから、生活は万事、学校中心にならなければならない。そうだろう」

先生の言葉に一段と力が入る。

「ということはだ。自分の家が忙しい者には、やり遂げることのできない重大な役目だということだ。お前たちは、さっき先生が言った言葉をどう聞いた？　先生はだな、先ず自分のことより、みんなのことを考えてクラスのために働ける者でなければいかん、と言った。みんなはもう忘れたのか」

「忘れたあ」

すっ頓狂な声を出したのは、小永谷だ。研究授業の時に、二頭の馬に三人は乗れないといった時、

「乗せてやればいい」

と言って、先生を動顚《どうてん》させた小永谷である。小永谷の言葉にみんなが笑った。

「忘れたのは、小永谷だけではない。お前たちは、石村の家がどんなに忙しいか、知

っている筈だ。父さんは死んだ。母さんはいない。ばっちゃんは中風だ。だから石村は、野良《のら》仕事のほかに、茶碗《ちゃわん》洗いから掃除まで引受けてやっている。そう石村が書いた綴り方を、先生も読んでやったし、新聞にも出ていた。女の子なんか、涙を流して聞いたじゃないか。この上石村に級長を押しつけて、てんてこ舞いをさせるほど、お前たちは友情がないのか。もう一度胸に手を当てて考えて見ろ。投票のやり直しだ」

みんなは黙って顔を見合わせた。先生の言うことはもっともだ。だが、割り切れない顔をしている者もある。みんなは改めて配られた用紙に、ちょっと戸惑ったように耕作のほうを見たり若浜のほうを見たりしながら書きはじめた。

前と同じようにして、開票がはじまった。若浜が圧倒的な票を獲得して、級長選挙は終った。益垣先生は満足気に一同を見渡し、

「これで、みんなの選挙によって級長は決まった。若浜、ご苦労だな。今年もクラスのため、学校のため、大いに活躍してくれ。石村は副級長として、若浜を助けてほしい」

その時、再び小永谷が言った。

「先生、耕ちゃん、家が忙しいんでしょう。副級長も忙しいんでしょう」

先生はちょっと苦い顔をし、

「副級長は級長ほど忙しくはない」

と、懐中時計を見た。

「あと、時間まで国語読本を読んでおけ」

みんなは机の中から本を出す。耕作も、同じ部落の一級上の者から譲ってもらった読本を出した。内心耕作は不快だった。級長になりたかったのではない。先生が、もっともらしいことを言ったのが不快だったのだ。先生は、自分のことを思ってくれたのではない。何とかして若浜を級長にしたいと思ったに過ぎない。それなのに、口だけはきれいなことを言ったのだ。それが耕作にはよくわかった。自分が級長に当選したならば、辞退しただろう。その時次点の若浜を級長に据えればいいではないか。

（菊川先生とはちがう！）

どこかがちがうと、耕作は昂然《こうぜん》と顔を上げて先生を見た。耕作を見ていた先生の視線が泳いだ。

二

午後の日がじりじりと照りつける中を、人をかきわけるようにして、浴衣《ゆかた》姿の拓一と耕作が歩いて行く。八月一日、今日は上富良野神社の祭礼だ。下富良野や中富良野、そして幾寅《いくとら》など、近村からも人が集まって来て、出店のあたりは大変な賑《にぎ》わいだ。

射的屋の前で、台の上に乗り出すようにして、鉄砲を撃っている男が何人かいた。

それを、人々のうしろから、拓一と耕作は立ちどまって見た。当る者は一人もいない。

「下手だな」

拓一が呟《つぶや》くと、撃っていた一人がふり返り、

「何をっ!?」

と、ぎょろりと目を向けた。耕作は拓一の浴衣の袖《そで》を引っ張って、あわてて逃げた。

拓一がニヤニヤしながら従《つ》いてくる。

「兄《あん》ちゃん。駄目だよ、あんなこと言ったら」

「だって下手じゃねえか」

「だってさ、あれは当らないように、鉄砲の銃身が曲ってるっていうじゃないか」

「そんなら、その分計算して撃てばいいだろう」

「なるほどなあ」

こういうことは、拓一は巧みだ。学校の成績は耕作のほうが上だが、拓一のすることなすことを見ていると、耕作は自分のほうが頭が悪いような気がしてくる。

綿飴屋《わたあめや》の男がいる。去年も見た顔だ。しわの中に目が埋りそうな、ニコニコした六

十余りの男だ。片足でペダルを踏むと、綿飴の機械がまわる。子供たちが真剣な顔をして見ている。男は、汚点《しみ》のある手に割箸《わりばし》を持ち、ふわふわとした綿飴を巧みに巻いて行く。買った子は、綿飴に顔をふれないように、恐る恐る舌を突き出してなめる。その隣りにアイスクリーム屋がある。三角のコーンに、手際《てぎわ》よくアイスクリームが盛られ、これもまた群らがる大人や子供たちに、次々に売られていく。見ていて、耕作は楽しかった。

「兄ちゃん、のどかわいたな」

「うん、氷水でも飲むか」

二人はよしず張りの氷水屋に入った。店の中も人が一杯で、二人は坐《すわ》る場所を探した。と、片隅に立ち上った紺の浴衣の若い女がいた。

「石村さん、こっちへいらっしゃい」

耕作は真っ赤になった。思いがけなく女教師の花井先生だった。真っ赤になった耕作は、ぺこりとお辞儀をした。へどもどしている耕作の背を押すようにして、拓一は花井先生に近づいて行く。と、腰かけた先生の隣りを見て、耕作は二度びっくりした。深城節子が先生と揃《そろ》いの浴衣を着て、にっこり笑って耕作を見つめていたのだ。

拓一と耕作は、少しかしこまって二人の向いに坐った。

「氷水二丁！」

よく徹《とお》る声で、節子が二人の分を注文してくれた。ちぢみのシャツを着た若い男が、

「ヘイ、氷水二丁」

と、大声で答える。

「兄ちゃん、花井先生だ」

耕作は口の中でもそもそと言った。

「そうですか、ぼく、耕作の兄です」

拓一はニコッと笑った。拓一は誰にでもすぐ打ちとける。

「ふうん、この人お兄さん？」

節子は不遠慮に拓一を見た。きらっと光る目だ。以前に、山にぶどうを取りに行った時、節子は拓一に会っていた筈《はず》だ。だが節子は、拓一よりも、自分に石をぶつけた耕作のほうが印象が深かった。拓一は節子を見て、ちょっと咎《とが》めるまなざしになった。節子が深城の娘だということを、むろん拓一は知っている。この娘の家に、福子が売られて行ったのだという思いがある。十八の拓一には、その思いがすぐに顔に出た。

節子は屈托《くったく》のない笑顔を見せて、

「やっぱり石村さんに似てるわね。ね、澄ちゃん」

と花井先生を見た。耕作はびっくりした。花井先生は花井先生だと思っていた。「澄ちゃん」などと、気安く呼ぶ人間がいようとは、夢にも思わなかった。が、考えて見ると、節子と花井先生は、同じ町内に住んでいる。年も十六と十八で、二つしかちがわない。節子が澄ちゃんと呼んだところで、驚くにはあたらないのだ。しかし耕作には、

（不届きな）

という感じがした。

「そうねえ、よく見たら似てるけど」

紺の浴衣に、胸高にしめた赤いメリンスの帯が、先生をふつうの娘に見せていた。それがどうも、耕作には妙な感じだ。

（やっぱり袴《はかま》のほうがいい）

赤い帯の上にこんもりとふくらんでいる胸から、耕作は目を外らす。

「お兄さんの名前、何ていうの？」

節子は拓一をまっすぐに見た。

「拓一」

ぶっきら棒に答えてから、思いなおしたように拓一は言った。

「拓殖の拓に、一等賞の一です」

花井先生と節子はくすくすと笑った。

「おかしい名前ですか」

「いいえ、とてもいい名前よ。でも一等賞の一がおもしろいの」

「じゃ、一番の一だ」

拓一の言葉に、二人はまたくすくすと笑った。

「よく笑うなあ、女は」

どきりとして、耕作は拓一を見た。花井先生をつかまえて、「女は」などというのは、乱暴だと思ったのだ。だが拓一は平気で、運ばれて来た氷水を、大きな掌で固めながら、

「先生は年いくつ?」

「十八よ」

先生はちょっと赤くなった。

「何だ、俺と同じ年か」

拓一が先生をまじまじと見つめると、節子が、

「わたしは十六よ」

とすまして言った。今度は拓一が笑った。

「あら、おかしい？」

「おかしいよ。聞かれもしないのに年を言うからさ」

拓一は、節子に親しげな笑顔を向けた。

「ねえ、これからどこへ行くの、拓一さん」

「角力《すもう》だ」

「角力？　も少ししたら、踊りの山車《だし》が来るのよ。それからでもいいでしょう」

「踊りより、角力のほうがいい。な、耕作」

「そうお？　でもね石村さん」

節子は耕作を見て、

「小菊ちゃんも踊るのよ」

と言った。拓一の目がちかりと光った。

三

道の両側は、人垣でびっしりだ。日射《ひざ》しがやけに暑い。今、踊りの山車が来るのだ。拓一が傍《そば》に緊張した表情で、腕組みをしたまま突っ立っている。この頃耕作はぐんと背が伸びて五尺一寸になった。拓一は更に三寸も高い。二人は、もう誰の目にも立派な若者に見える。その隣りに、節子と花井先生が、ひそひそと話ししながら立っている。行列の先頭に、村の名士が白装束に青い上下《かみしも》をつけ、馬に乗って来る。

「あの、一番前の人、生田神主さんよ」

節子が耕作を突ついた。耕作はちょっと節子から離れた。突つかれた耕作は、体の真ん中を電流が走るような、奇妙な心地がした。

「あ、金子さんだ」

「金子庫三さんだ」

あたりの人々がささやく。

「おお、吉田貞二郎さんだ。立派な口ひげだ」

ひときわ威厳のある男をさして、傍の中年の男が叫ぶ。

「中西さんも行くぞ」

次々と、馬に乗った男たちを、顔見知りの者たちが喜んで指さす。眺めながら、耕作はふっと、家にいる祖父のことを思った。この冬中風になった祖母のキワが、片足を引きずるようにして、のろのろと歩く姿が思い出されて、変に淋《さび》しい。自分たちだけが祭りに来て、何か悪いような気がする。倒れて以来、祖母は唇がゆるんで、絶えず糸切り歯が見えている。祖父と祖母は家の中で、ひっそりと向い合っていることだろう。何かみやげを買って行ってやらねばと、耕作は巾着《きんちゃく》を握る。今日はこの中に五十銭ある。

と、再び耕作は脇腹《わきばら》を突つかれた。

「石村さん、すてきよ、見てごらん」

手古舞《てこまい》姿の芸者たちが二列になって目の前を行く。

芸者たちは片肌を脱ぎ、赤い襦袢《じゅばん》をのぞかせ、背に花傘を背負って歩いて行く。小鼻に汗を滲《にじ》ませ、化粧の崩れている者もある。それでも見物の男たちから、

「大野屋の勘弥だ」

「登喜和のお伝だ」

「ひさご亭の小万だ」

などという声が飛ぶ度に、しなをつくってにっこり笑う。見ていて耕作は、何か女たちが痛々しく思われた。

(芸者って、何をするんだろう)

拓一を見ると、拓一はまばたきもせずに、じっと天の一劃《いっかく》を睨《にら》んでいる。

(兄ちゃん、どこを見ているんだろ?)

耕作は驚いた。

「きれいねえ」

傍で節子が耕作の耳に口を寄せる。耕作の体にまた電流が走る。が節子は、かまわずにぴったりと耕作に寄り添ってくる。避けようにも、もう周囲は人でびっちりだ。耕作は大息をついた。みんながうっとりと見とれているうちに、手古舞の行列は終り、お盆や三宝を持った若者たちが、賽銭《さいせん》や米を集めてまわる。中には、一斗袋を若者の肩にどっしりと載せる者もいた。

三味線の音が賑《にぎ》やかに聞えて来た。

「小菊ちゃんの山車よ」

節子の声に、耕作は伸び上る。と、花井先生も伸び上った。笛と太鼓と三味線が入りまじって、馬の曳《ひ》く山車が近づいて来る。荷台の上に、四方を紅白の布でまいた柱が立ち、その裾《すそ》に、同じく紅白の幔幕《まんまく》がぐるりと張りめぐらされ、ひょっとこの面をかぶった男と、お多福の面をかぶった女が踊っている。尻端折《しりはしょ》りをしたひょっとこと、裾をからげたお多福が、向い合って腰をゆすると、見物客がどっと笑った。耕作は何となくいやな気がした。

汗を拭《ふ》き拭き二人がひっこみ、馬車が目の前にとまった。替わって立ち上ったのは、空色に白い波の模様の着物を着た福子だった。

「お、小菊だ。小菊頑張れ」

福子は淋しい微笑を頰に浮かべ、三味線に合わせて踊り出す。耕作は目を見張った。福子が小学校の学芸会で踊ったのを見たことはある。確かに踊りの才があるのか、誰よりも手つきよく踊ったものだ。が、深雪楼に売られ一年と経《た》たぬうちに、もうこんなに人前で踊れるほどにうまくなるとは、耕作は思っても見なかった。福子が人前で踊る……どうしてそんなことを想像できただろう。だが今福子は確かに人前で踊っている。豆絞りの手拭《てぬぐ》いを両手で形よく持ち、その一方を足先でおさえ、櫓《ろ》を漕《こ》ぐような仕ぐさで踊っている。

「曾山の娘だじゃ」

うしろのほうでささやく男の声がする。

「いい妓《こ》だな」

「いいともさ。お前も一晩遊んで見ろ」

そんな声もする。何となく耕作は、誇らしいような気がした。この多勢の群衆が、福子の踊りに恍惚《こうこつ》としているのだ。

「うまいもんじゃぁなあ」

「きれいな子じゃなあ」

福子は、白い首をなよなよと曲げながら、淋し気に笑って踊っている。傍の節子が、

「小菊ちゃーん、うまいわよう！」

大きな声で叫んだ。福子は節子を見て微笑したが、その傍の耕作と拓一を見て、ハッと驚いたふうだった。

山車が動き出した。ひょいと見ると、さっき踊ったひょっとこは深城だった。深城は自分の店の宣伝に、山車を一台仕立てて、自らひょっとこ役を買って出たのだった。馬の首に小旗がはためき、「奉納深雪楼」と書いてある。深城は山車の上から、誰彼へとなく愛想よく頭を下げながら、再びひょっとこの面をつけた。

「兄《あん》ちゃん、福ちゃんうまかったな」

言いながら拓一を見た耕作はハッとした。拓一の頬は、涙にぬれ、唇はひくひくとふるえていた。

ふり返った節子と、花井先生も、拓一の涙を見た。が、拓一は、去って行く山車をじっと見つめたままだ。

人垣が崩れた。

街外れの神社のほうに向って、むっつりと歩いて行く拓一に、耕作はうつ向いて従《つ》

いて行く。福子の踊りを見て、うまいと思い、きれいだと思い、誇らしいと自分は思った。が、兄は泣いていたのだ。

(兄ちゃんは偉いな)

耕作はしみじみと思った。涙を流すのが本当なのだ。そう思いながら、耕作はしょんぼりと従いて行く。ふとうしろをふり返ると、節子と花井先生が従いて来る。二人はひそひそと何か話している。この二人は兄の拓一の涙を何と見たのだろう。耕作は気にかかった。

いつもは草ぼうぼうの神社一帯も、今日はきれいに刈られて、幟《のぼり》がだらりと、しおれた草のように立っている。

黙りこくったままの拓一と共に、小さな社《やしろ》の前で拝んでから、人の群がっている土俵のほうに耕作は歩いて行く。四本柱の立った土俵のまわりに莚《むしろ》が敷かれ、そこにぞくぞくと人が詰めかけている。坐《すわ》れない者はうしろにぐるりと立っている。大分前からやっていたらしい子供たちの角力が、今終ったところだった。今日の呼び物は五人ぬきだ。二十円の賞金がかかっているからだ。

「兄ちゃん出ないか」

黙りこくっている拓一の機嫌をとるように耕作がいう。拓一は首を横にふって、

「取らん。今日は強いのばっかり集まってっからな」

まだ声が暗い。近郊から力自慢の者が集まるのは例年のことなのだ。村内の角力というより、近郊町村の対抗角力のようなものだ。

最初は先《ま》ず三番勝負だ。胸毛の黒い小肥《こぶと》りの男と、背のひょろ高い男が取り組んだ。呆《あ》っ気《け》ないほどすぐ勝負がつき、引倒しで胸毛の男が負けた。

「見かけによらんな」

みんな大喜びだ。

三番勝負や部落対抗角力などがしばらくつづき、最後にとうとう呼び物の飛びつき五人ぬきになった。富良野から出て来た男が二人ぬき、三人目に上手投げで負かされた。勝った男もまた二人目に負け、次に出たのが強かった。早くも五人ぬくかと見えたが、その男も四人目で負けた。こんなことをくり返して、いっかな勝負は決まらない。見物席に熱気がこもる。

四時をまわった頃、のっそりと土俵に上った三十過ぎの男がいた。と、大きな拍手が起きた。男は赤銅色《しゃくどういろ》の体をしていた。眉《まゆ》の濃い苦み走った男だ。男は一人目を苦もなく土俵の外に押し出した。傲岸《ごうがん》な笑みを浮かべて、悠々と四股《しこ》を踏んだ。

「やっぱり強いぞ」

歎息《たんそく》の声が洩《も》れる。と、叔父の石村修平が、拓一を見つけて、人をかきわけて来た。

「拓、お前出れ。お前どうして出ねえ？　中富良野の奴《やつ》に勝たすな。二十円だぞ二十円。褌《まわし》なら持って来てるぞ」

「俺は出ねえ」

そっけなく拓一は言う。拓一は小さい時から角力《すもう》が強い。冬は原木を扱っているから力も強い。体格も体力も勝れているのだ。が、拓一は角力は取る気がしなかった。拓一は腹の中がたぎっていた。衆目にさらされて踊った福子が哀れで、大形《おおぎょう》にひょっとこを踊った深城が憎かった。

苦み走った男は、二人目を吊《つ》り出しで、相手を子供のように土俵の外に出し、三人目はやや互角だったが、下手投げで見事に決めた。立てつづけに四人目も勝って、最後となった。誰も土俵に上る者がいない。

「もう勝負は決まったな」

誰かが大声で叫ぶと、男は小馬鹿《こばか》にしたように観客を見た。傍で節子が言った。

「やっぱり強いわね。あの人、小菊ちゃんの所によく通って来る人よ」

さっと拓一の顔色が変った。拓一は立ち上って、着物をぬいだ。

「俺が出る」

みんながどっと手を叩《たた》いた。修平も喜んで、

「拓一、褌だ褌だ」

と、手早く褌をつけてやった。

四

じりじりと照りつけていた日が、西空の薄雲の中に入った。

修平に褌をつけてもらっている拓一を見て、観衆が笑った。四人を抜いた男も、土俵の真ん中に四股を踏みながら、鼻先で笑った。飛びつき五人抜きは、勝ち力士に息つく暇を与えずに飛びつかなければならないのだ。

「いいか、拓一。いつものようにやりゃあいいんだ、いつものようにな」

拓一より修平のほうが興奮している。修平も角力は強い。今日は自分も出ようと思って来たのだが、膝《ひざ》関節が痛くなった。春に田植の手伝いをして体を冷やしたのが、今になって出て来たのかも知れない。仕方なく見物していたが、観衆の中に拓一の姿を見かけると、何としてでも拓一に角力を取らせたくなったのだ。拓一の二枚腰といえば、日進の部落では有名だ。

「拓一ーっ！　がんばれーっ！」

同じ部落の者から声がかかる。

「拓ちゃーん！　しっかりやれーっ！」

富の夫の武井の声だ。

「荒木川ーっ」

「若造に負けんなよーっ」

相手側の声援も多い。

褌をつけられながら、拓一は食いつきそうな目で、荒木川を睨んでいた。拓一の胸に、先程の節子の言葉がぐさりと刺さっている。

「あの人、よく小菊ちゃんの所へ通ってくる人よ」

人をかきわけて土俵に上った拓一は、牛のように頭を下げて相手の胸に飛びこんだ。胸にぴたりと頭をつけて、素早く右上手をさす。荒木川は、拓一の意外な素早さにちょっとあわてたが、力を頼んで拓一をふり放そうとする。ふり放しておいて突っ張ろうとするのだ。

「石村ーっ！」

「荒木川ーっ」

観衆の声が飛ぶ。

拓一は食い下って離れず、じりじりと寄り立てて行く。寄り立てながら、更に左下手も取った拓一は、相手に態勢を整える隙《すき》を与えず、土俵際《ぎわ》に寄り立て、荒木川をそのまま寄り倒してしまった。

観衆がどよめく。拓一の気魄《きはく》が相手を倒したのだ。と、拓一が立ち上るや否《いな》や、一人が土俵に飛びこんで来た。先程三人まで抜いた強い男だ。

男ははやって突き立てる。が、拓一は巧みに体をひらいてはたきこんだ。見事に決まって、相手は不様に土俵の真ん中につんのめった。観衆がどっと笑った。

つづいて三人目を、二、三回揉《も》み合って拓一は下手投に屠《ほふ》った。四人目に飛びこんだ男は上背もあり、かなり手強《てごわ》い相手だった。が、相手が上手投に出ようとして、腰の浮いた瞬間を捉《とら》えた拓一は、弾みをつけて相手を吊り上げ、そのまま一気に土俵の外に吊り出した。

次の瞬間、荒木川がいきなり横合から飛びついて来た。拓一の眉がぴりりと上った。

「汚ねえぞーっ!」

「石村がんばれーっ!」

「荒木川ーっ!」

再び声が乱れ飛ぶ。

「兄ちゃん、負けるな！」

固く拳《こぶし》を握っていた耕作が叫んだ。街の角力に出たことのない拓一が、なぜ出たのか、耕作にはわかっている。節子が、荒木川は福子の所によく来る客だと言ったからなのだ。

(兄ちゃん、やっぱり福子に本気なんだな)

耕作は甘酸《あまず》っぱい思いで、胸がしめつけられそうな気がした。自分も急に福子が好きになったような気がした。が、拓一は命がけで好きなのだ。それは、強い荒木川を見事に負かした一番でよくわかる。先程荒木川を攻めた拓一には殺気が漂っていた。

しかし、今度は四人を抜いたあとだ。

(勝てるかな、兄ちゃん)

何かに祈りたい思いだ。

荒木川に横合から飛びつかれて、拓一はさすがにたたらを踏んだ。が、辛くも踏みとどまった拓一は、向きを変えると猛然と突っ張って出た。

「うーむ」

耕作の傍で叔父の修平がうなった。耕作も体を固くする。五十過ぎの行司が、土俵の上を素早く駆け廻る。

やゃしばし突っ張り合ったあと、荒木川が左上手を取った。と、ほとんど同時に、拓一も左上手をさし、がっぷり右四つになった。荒木川の頰に傲岸な微笑が浮かんだ。右四つは荒木川の得意だ。一番目、不得手の右上手をさされてずるずると土俵を割った荒木川は、拓一の得意を左四つと見たのだ。だが、拓一には、右四つも左四つも同じことだった。しかし、拓一はつづけざまに四人を抜いたあとだ。拓一の背に玉のような汗が噴き出ている。

四つに組んだまま、しばらく二人は動かない。

「大角力だ」

「こりゃあおもすろいぜ」

「今度こそ荒木川の勝だ」

「拓一ーっ！」

「石村さん、がんばってえーっ！」

節子が叫んだ。その節子の体が、耕作の肩にぴたりとついている。浴衣《ゆかた》一枚を通して、その熱い体が耕作に伝わる。耕作が体をよじる。が、観衆はびっしりだ。動きようがない。

土俵の二人は、まだがっぷり四つに組んだまま、動かない。互いに相手の呼吸をうかがっている。

「二十円だぞーっ！」

誰かが叫んだ。

途端にじりっと荒木川が一歩を進めた。拓一の左足が一歩退《さが》った。再び荒木川がじりっと寄る。拓一がまた退がる。

「拓一、あとがないぞーっ！」

「そこだ、荒木川っ！」

一息入れた荒木川が猛然と寄って出た。見る見る拓一の足が土俵際に近づく。

「がんばれーっ！」

「負けるなーっ！」

みんな夢中だ。

（だめだ！）

耕作は思わず目をつぶった。

目をひらいた時、拓一が右に廻りこんで、逆に荒木川を攻める態勢になっていた。

「兄《あん》ちゃーん！」

「石村さーん！」

叫ぶ耕作と節子の肩先がぶつかる。

拓一は一段と腰を落して寄り立てる。拓一も荒木川も凄《すご》い汗だ。と、右に体をひらいて、荒木川が強引な投げを見せた。一瞬拓一の体が大きく揺らいだが、拓一は二枚腰でよく残し、二人の体が土俵中央で離れた。

右四つを失った荒木川に、焦《あせ》りの色が浮かんだ。荒木川は一挙に勝負を決めようとして、再び猛然と突っ張りに出た。張り手まがいの突っ張りだ。拓一の上体が浮いた。荒木川が右をさした。拓一もすかさず右を取った。荒木川が遮二《しゃに》無二《むに》寄って出ようとした。その瞬間を拓一は捉えた。荒木川の右足が大きく宙に踊った。観衆が総立ちになった。行司の声も聞えない。見事な拓一の上手投に、荒木川は土俵の真ん中に叩きつけられていた。

「うわー」

「うわー」

「やったぞ、拓一ーっ！」

修平の声が一段と高い。

「兄ちゃーん！」

耕作の声が泣いていた。

五

折角のお盆休みも、朝から雨だ。午後になっても一向雨足は衰えない。耕作は窓に立って土にしぶく雨を見ている。泥色の水が泡《あわ》を浮かべて、勢よく庭を流れて行く。

(母さん何してるべ)

雨を見ると、なぜかいつも母が思い出される。萱葺《かやぶき》屋根なので、雨の音は余り聞えない。激しい雨なのに、何かしんとした感じだ。母が世話になっているという教会のことを耕作は思う。教会ってどんな所だろうと思う。教会という所を耕作はまだ見たことがない。何かで、尖《とが》った屋根に十字架のついた写真を見たことがある。教会は知らないが、キリストを信じている人なら知っている。二年程前まで、隣り村の美瑛《びえい》の村医だった沼崎重平先生だ。どんな吹雪の日でも、往診を頼まれれば、馬橇《ばそり》に湯タンポを二つ入れて出かけると聞いた。どんなに貧しい農家にも、村長にも、同じ態度で接するとも聞いた。耕作も一度だけ顔を見たことがある。あの沢の学校まで、わざわざ健康の話をしに来てくれたのだ。ニコニコした見るからに優しい顔だった。

母の世話をしてくれているという女の宣教師もあんな顔だろうかと思う。親戚《しんせき》でもない母を引取ってくれるほどだから、優しいに決まっている。母の手紙によると、スープという肉汁や、牛の乳でつくったバターやチーズというものを、いつでも母に食べさせてくれるそうだ。土を抉《えぐ》るばかりに激しく降る雨に目を注《と》めながら、耕作はそんなことをぼんやりと考えている。鳳仙花《ほうせんか》が雨に叩かれ、散った花びらが葵《あおい》の根元にまつわっている。コスモスの花が土に倒れ伏しているのも哀れだ。向いの山も、雨にけぶって見えない。

(大水が出なきゃあいいな)

思いながら、ひょいとうしろをふり返ると、朝から奥の部屋で寝ていた祖母のキワが、足をするようにして、のろのろと居間に入って来るところだった。

「ばっちゃん、どこへ行く?」

耕作はすぐにキワの傍に寄った。

「うん、便所さだ」

「便所? ばっちゃん、こんな雨じゃ無理だよ。バケツ持って来るから、それにすれ」

「んだ、バケツにするとええ」

古い新聞を読み返していた祖父の市三郎も、老眼鏡をずりおろしてキワを見た。炉端で判を彫っていた拓一が、いきなり立ち上ると、外に飛び出して行き、厩《うまや》からバケツを持って来た。

いっぺんに頭からぬれてしまっている。

「凄《すげ》え雨だなあ。家にいたら雨の音が聞えんもんな」

手拭《てぬぐ》いで頭を拭《ふ》きながら、拓一が笑う。

「んだ、仏法と草屋の雨は出《い》でて聞け、ってな」

市三郎が言う。耕作が、

「じっちゃん、それ何のことだ？」

「うん、仏法というのは仏さんの教えだ。仏さんの教えと、草ぶきの家に降る雨は、家を出て聞くと、よく聞えるっちゅうことだ」

「ああ、出家したほうが教えがよくわかるっていうことかい」

耕作がやっと納得した顔になる。

「うん、そういうことだ。だがな、じっちゃんはそうは思わん。草屋の雨は確かに家を出たほうがよく聞えるが、教えってもんは、心で聞くもんだからな。出家でも在家でも、心がなきゃあ、一生生臭《なまぐさ》だな」

「ふーん」

土間の隅で、弱々しい尿の音を立てていたキワが戻って来た。いち早く耕作が手を

引いて、キワを土間から上げてやりながら、

「まだふらふらすっか、ばっちゃん」

と声をかける。

「天気のせいだべ。すぐなおる」

言いながらキワは、のろのろとまた足をすって奥の間に入った。それを見ながら、耕作はふっと、祖父に聞きたいことを思い出した。いつも聞こう聞こうと思いながら、聞きそびれていることなのだ。

「な、じっちゃん、この石村の家、何かに祟《たた》られているべか」

つりばなの木で、判を彫っていた拓一も、小切れでお手玉を作っていた良子も、耕作を見る。

「祟り？」

市三郎が新聞を横に置いて、眼鏡を外した。

「おれ、時々言われるからさ」

耕作は声をひそめて奥の間を伺いながら、

「父さんは山で死んだべ。母さんは病気になったべ。ばっちゃんは中風当ったべ。きっと何かの祟りだって、よく言われるんだ」

「わたしもそう言われるんだから」

良子も言葉を挟《はさ》む。

「そだことねえ。そだこと言う奴《やつ》は、物事をよく弁《わきま》えねえ奴だ。じっちゃんは国にいた時、論語だの聖書だの読んだもんだがな。聖書には『正しき者には苦難がある』って、ちゃんと書いてあったぞ」

「ふーん、何で正しい者が苦難に会うんだべ」

耕作の言葉に、拓一もうなずいて、

「そうだな全く。正しい者にはいい報いが来るのが本当だべにな」

「本当だよねえ、うちなんか、みんなそんなに悪いことなんかしてないよねえ」

良子も口を尖らす。市三郎はキセルにタバコを詰めながら、

「そいつはなあ、人間の理屈で考えてもわかんねえことだ。何せなあ、キリストは神の子だっていうべ。神の子といやあ、こりゃあ何の罪もねえ正しいお方だ。それが十字架にかかって殺されっちまった」

「ふーん、どうしてだべ?」

拓一はまた判を彫りながら言う。武井から頼まれた判を彫っているのだ。器用な拓一は、判屋に負けないほどに判を彫るので、時々人から頼まれる。

「そりゃあお前、衆生済度《しゅじょうさいど》のためだ。何の罪もない神の子が、人間共の身代りになったんだ」

「悪い奴ば十字架にかければいいべにな」

拓一が言う。

「悪い奴が死刑になるんなら、当り前のこった。それじゃ何の価《あたい》もないこった。だども、何の罪もない者が死んだら、こりゃあ誰だって胸が打たれるべ」

かんかんと、キセルの灰を落しながら市三郎が言う。

「そうだな、じっちゃん」

いち早く耕作がうなずいた。

「じっちゃん、つまりこうだべ。学校で誰かがガラス割ったとするべ。先生が、誰が割ったって怒鳴った時、割りもしない者が、おれですって言えば、先生がそいつを怒るべ。そしたら、本当に悪いことをした奴は、先生に叱《しか》られんですむもんな。そして、心の中で、すまんことをしたなあって、思うもな」

耕作は時々、他の者に代って詫《わ》びることがある。だから、祖父の言葉がすぐにわかった。それは、家の中でもよくあることだ。子供たちの不始末を、よく祖母が、

「あ、それはばっちゃんが悪かった。ばっちゃんのしたことだ」

と祖父に詫びることがある。そしてそれは、母の佐枝もよくしていたことだと、耕作は思い出す。悪くない者が、自分が悪いと言って詫びる。それがキリストの十字架ということなんだなと、のみこみのいい耕作にはすぐにわかった。

「したらじっちゃん、おれんち、祟られてるわけじゃないな」

「祟られてなんかいねえ。第一祟りなんかねえ。聖書に書いてある限りではな。神罰があるだの、仏罰があるだのって、人間の弱みにつけこむような教えは、本当の教えじゃあんめえ」

「だけど、どうして辛《つら》いことや苦しいことが、あるんかなあ」

拓一は福子のことを思いながら言う。

「辛いこと、苦しいことを通して、神さまが何かを教えてくれてるのかも知れんな。つまり、試練だな」

「悪いことしても罰《ばち》が当らんのなら、楽だねえ、じっちゃん」

針を動かしながら言う良子に、市三郎が、

「あのな良子。だからって悪いことをしていいってことではないぞ。自業自得《じごうじとく》っつうことがあっからな。それにな、悪いことして罰が当らんのが、一番の罰かも知れんな。そんなことが確か聖書にあったっけなあ」

「じっちゃん、その聖書って、どこにある?」

「それがなあ、内地から来る時、青森でな、ちょっと間に風呂敷《ふろしき》包みを盗まれてな。そん中に入ってたんだ」

「いい本盗まれて残念だなあ」

「ん、だがな、じっちゃんはいい本盗まれて喜んでるさ。盗んだ奴が読んでくれればいいと思ってな」

「ふーん、喜んでる?」

耕作も拓一も感心したように祖父を見た。

「じっちゃん、キリスト信者か」

「福島で、伊達《だて》の教会に通ったもんだが、まだそこまで行かんべな」

市三郎は眼尻《めじり》にしわを寄せて笑った。雨が小降りになって来た。

六

湯の中に、肩まですっぽり入って、耕作は思いっきり息を吸う。一日燕麦《えんばく》刈りをした疲れが、一度に出て行くようだ。

(桂《かつら》の香りはいいなあ)

薄暗いカンテラの灯に湯気がまつわる。戸口の向うに、月の光に照らされた山がくろぐろと浮き出て見える。所々木の葉がぬれたように光っている。

この風呂に入るのは、今夜で二度目だ。

「兄《あん》ちゃん。おれんちの風呂は日進一だべな」

厚さ一寸の湯槽《ゆぶね》の縁《へり》に手をやりながら、耕作は満足気に言う。

「それほどでもないべ」

ごしごし足を洗いながら、拓一はぼそりと答える。

裏藪《うらやぶ》の桂を一本拓一が伐《き》り倒し、それを田谷のおどに頼んで、暇々に木挽《こび》きしてもらった。器用な拓一がそれに鉋《かんな》をかけて作った風呂だ。古い風呂はよく水が洩《も》った。祖父が開拓をはじめた時以来の風呂で、外には苔《こけ》が生え、内側もぬるぬるしていた。それが、新しいこの風呂はどこにさわってもつるつるなのだ。

「ばっちゃんば、せめていい風呂に入れてやりたいな」

拓一は春からそう言っていたのだ。耕作はしかし、自分の家の風呂は、永久にぬるぬるして、水の洩る風呂だと思っていた。まさかこんなに早く、拓一が風呂を作るとは思っていなかった。風呂小屋も、以前は少し家から離れていた。それを拓一は、体の不自由になった祖母のために、家のすぐ前に小屋を建てた。キワは喜んで、

「これはいいこと――、内風呂みたいだ。宿屋の風呂にも劣らね」

と、幾度も幾度も言った。良子も、今度は戸がついていて、中から鍵《かぎ》がかけられると喜んでいる。が、みんなの喜ぶ割に、拓一は得意そうな顔はしなかった。

今も拓一は、むっつりと体をこすっている。

(また福子のこと考えてるな、兄ちゃん)

耕作はそう見当つけて、余り気にはしない。耕作はこの間、盆休みに叔父の家に行った時のことを思い出している。ふかした強飯《こわめし》を、良子と二人で届けに行く途中のことだった。前のほうを頭も足もかくれるほどに草を背負った人がいた。ゆっくりゆっくり辛そうに歩いている。人が歩いているというより、草の山が歩いているようだった。

「重いべねえ」

良子も言った。耕作は走り出した。駆けて行って、代りに背負ってやろうかと思ったのだ。追いついて見ると、それは意外にも富だった。富は、目に涙をいっぱいためていた。何を悲しみながら歩いていたのかと思うと、耕作は姉が哀れで、胸のふさがる思いがした。

「姉ちゃん、おれ背負《しょ》ってやる」

言ったが富は、首を横にふって、

「もううちが見えてっから」

と言った。耕作は、盆休みなのに、どうして姉の富にこんなに草刈りをさせたのかと、怒りをこらえながら、姉の家に強飯を持って来なかったことをうしろめたく思った。いつか、重箱に一つ赤飯を持って行った時、富の家のシンは言ったのだ。

「うちは人数が一杯だから、これじゃ一口ずつだなあ」

だから今日持って来なかったのだ。が、富を見ると、せめて一口強飯を富に食べさせたくなった。耕作は急いで道端に風呂敷を広げ、澄んだ小川で手を洗うと桜色の強飯を握って蕗《ふき》の葉にのせ、富に差し出した。富はその強飯を持ったまま、不意にしゃくりあげた。

その時のことを耕作は思い出す。姉だけを働らきに出させて、みんなで花札を引いていたのではないかと思うのだ。

充分にあたたまって、耕作は湯槽を出た。今まで踏んでいた板が浮き上る。その板を踏み沈めて、今度は拓一が入る。踏板の下は厚い鉄板だ。その下に火が燃えているのだから、踏板がなければ足が火傷《やけど》する。

「なあ、兄ちゃん、こないだじっちゃん、正しい者には苦難が多いって言ったべ」

「うん、言ったな」

あごまで湯につけている拓一の顔をカンテラが照らす。

「貧乏や病気や、それから災難なんか、罰じゃないのかなあ」

一旦《いったん》はわかったような気がしたのだが、富の涙を思い出すと、またわからなくなる。富と節子は、同じ女に生まれながら、幸せが大分ちがうような気がする。

「じっちゃんは、神罰とか仏罰とか、そんなものはこの世にはないと言ったな」

拓一は自分の言葉を一つ一つ確めるように言い、

「だけど、本当の神罰とか仏罰とかは、もっと別のことなんだべな。災難とか貧乏とか病気じゃなくて……」

拓一は福子の顔を思い浮かべている。あの福子の売られたのは、断じて仏罰でも神罰でもない。人間の考えることと神仏の考えることとでは、もっと大きな差があるような気がする。祖父がよく言う「次元がちがう」と言う言葉を拓一は思い出す。

「そうだな、兄ちゃん」

耕作は手拭《てぬぐい》を棒にねじり、その両端を持って、背中を斜めにこする。薪《まき》がパチパチと弾《はじ》ける。新しく作った洗い場も足の下に快い。

「母ちゃんだって、罰でも祟りでもないもんな」

母に背中を洗ってもらったことを、耕作ははっきりと覚えている。母は耕作の肩をおさえ、隅から隅まで、力をこめて洗ってくれた。あとで湯に入ると、ひりひり痛いこともあった。その母の手がありありと思い出される。あの時母は、裸だったろうか、着物を着ていたろうか。ふっと妙なことを思って、耕作は赤くなった。

「母ちゃん早く何とかならんかな」

半身を風呂から出して、湯槽によりかかったまま、拓一が呟《つぶや》く。月が廻って、開け放った戸口から光が差しこんでいる。どこかで、狐《きつね》が「ぎゃーん、ぎゃーん」と鳴いた。

「明日から学校だな」

夏休みは今日で終りだ。夏休みの間は、毎日野良《のら》仕事を手伝った。祖母を助けて、家の中の仕事もした。この間の大雨の日には寝ていた祖母も、この頃はまたのろのろと飯《めし》炊きをしている。

「ばっちゃん一人で大丈夫かな」

自分が学校に行ったあとのことを思って耕作は呟く。その耕作に拓一が、

「ばっちゃんより耕作、お前師範の勉強はどうした?」

「うん」

「うんでないぞ。来年は師範に行かなきゃ駄目だぞ」

「うん」

生返事をしながら、耕作は湯槽からお湯を汲《く》んで石鹼《せっけん》を洗い流す。川の水を汲んでたてた湯は、硫黄《いおう》臭い。硫黄山から流れて来る川は、澄んではいるが魚も棲《す》まない。だが体はあたたまる。温泉みたいな匂《にお》いがすると、よく祖母は言う。

「あんな、兄ちゃん」

つい二、三日前、市街に買物に行った時のことを、耕作は言おうか言うまいかと、拓一の顔をちらりと見る。拓一は、ざばっと大きく音を立てて湯槽を出た。今度は耕作が入る。踏板をずぶずぶと沈めながら、またしても新しい湯槽の快い触感が伝わる。

「何だ、耕作?」

「うーん、兄ちゃん怒るなよ」

「怒るか怒らんか、言ってみなければわからん」

「こないだ、じっちゃんの使いで、おれ市街に行ったべ」

「うん」

拓一の声が弾む。市街と言えば、すぐに福子の話かと思うのだ。

「あん時、おれ、校長先生に会ったんだ」

「ふーん」

福子のことではなかったのかと思いながらも、校長に会ってどうしたのかと、拓一は兄らしく耳を傾ける。耕作は雑貨荒物屋の若浜の店に行って、祖父に言われた草刈鎌《がま》を一丁買った。そこへ奥から、思いがけなく校長が出て来て、

「おお、ちょうどいいところで会ったな」

と、耕作を連れ出したのだ。校長は自分の家に耕作を誘った。

「ちょっと話があるんだ」

校宅の縁側に腰をかけて、校長は言った。庭にダリヤの花がたくさん咲き乱れ、トンボが飛び交《か》っていた。

「石村、お前、高等科卒業したら、ここの学校の先生にならんか」

校長先生の奥さんの出してくれた栗饅頭《くりまんじゆう》にばかり気を取られていた耕作は、驚いて返事もできなかった。

「こないだ、日進の菊川先生がやって来てな。そん時、いろいろお前の話も出たんじゃ」

ものを言うと、鼻の下のちょびひげが上ったり下ったりする。

「菊川先生は、お前のことをよう知っとるな。ばっちゃんも病気だし、じっちゃんも

齢《とし》だし、師範にやりたくても、先《ま》ず無理だべと言ってたな」

　耕作はうなずいた。それは、キワが中風で倒れた時から、耕作も覚悟していたことだ。

「去年の研究授業でな、視学も石村のことは相当気に入ったらしいぞ。こないだも、お前が学校へ行けないんなら、代用教員に雇ったらどうじゃと、視学おんみずから言っていたぞ」

　校長の口ひげがひくひくと動いた。あの視学なら耕作も覚えている。研究授業のあと、耕作に言った。

「人間の一番の勉強は、困難を乗り越えることだ」

　視学はそう言ったのだ。祖父に似た感じだったと耕作は記憶している。

「菊川先生もな、出来たらお前ば、小学校の教師にしてやりたいと言ってたぞ。師範で学ぶのも、実地で教えながら学ぶのも、学ぶことは一つだからな」

　あの話のあとで食べた栗饅頭はうまかった。胸が一杯になっていたのに、どうしてあんなにうまかったのか。

　栗饅頭のことはぬいて、耕作はその時のことを拓一に話した。

「ふーん、学校の先生か」

拓一は腕組みをした。また狐が鳴いた。

「おれなあ、兄《あん》ちゃん。菊川先生もそう考えてるんだら、おれ、師範に行くのやめて、先生になるかと思ってよ」

「師範を諦《あきら》めるのか」

拓一も、祖母の病気や、年々齢を取って行く祖父のことを思うと、どうしても師範学校に行けとは言えなかった。そのうちに、自分は兵隊に取られるだろう。そうなれば家は小作をする能力も失ってしまう。

「なあ、兄ちゃん。師範は先生になるためのもんだべ。師範に行かなくても先生できるんなら、それでもいいもんな」

「…………」

耕作がかわいそうで、拓一は返事ができない。

「結局はさ、兄ちゃん、学校に行くのは、人の役に立つためのもんだべ。おれな学校の先生しながら勉強するよ。菊川先生のように、教えながら資格を取るよ」

「しかしな、耕作。師範出の先生と、出ない先生じゃ、世の中の扱いがちがうぞ。月給は安いし、席次は低いし、なかなか校長にはなれんぞ」

「そんなこと、わかってる」

少し熱くなった湯にバケツの水を入れながら、

「なあ兄ちゃん。おれな、先生になるのは月給たくさんもらうためじゃないよ。いい先生になるためなんだ。おれ、師範出の先生より、いい先生になる自信ある。菊川先生と益垣先生をくらべてたら、それがよくわかるもな。益垣先生は師範出だべ。だけど菊川先生には及ばんからな」

「だが、学校出てんと、世間は馬鹿《ばか》にするぞ」

「馬鹿にされたっていいよ。馬鹿にするほうがまちがってるんだから」

「なかなか校長になれんぞ」

洗うことも忘れて、拓一はじっと腕を組んだままだ。

「おれな兄ちゃん、大きな学校の校長先生になるより、よぼよぼのじいさんになるまで、生徒を受け持っていたいもな。生徒を教えてこそ先生だべ。校長先生には、なりたい奴《やつ》がなったらいいべ」

「お前はまだ子供だからな。一生本気でそう思っていられたら幸せだけどな」

「とにかくおれ、一番いい先生だと言われる先生になるんだ。それにさ、旭川の師範に入ったら、寄宿だべ。家の仕事何も手伝えんもな。家にいたら朝晩野良仕事を手伝えるけどさ。じっちゃんばっちゃんの傍《そば》にいてやるだけでもいいべ」

拓一はうつむいたまま黙っていたが、

「兄ちゃんはな、お前だけは何としてでも学校にやりたかったんだぞ」

泣いているような声だった。

二人は黙った。薪の燃える音がする。川のせせらぎが聞えて来る。静かな夜だ。

やがてぽつりと拓一が言った。

「お前だって、本当は、何ぼ学校さ行きたいかわからんべになあ」

耕作は泣きたいのを我慢して、

「そんなことない」

と、風呂《ふろ》の中にずっぷりとつかった。そして元気に、

「それよりな、兄ちゃん。兄ちゃん兵隊に行くまでに、福子ば何とかしてやらんきゃ駄目だよ」

夏祭りには、拓一は福子のために、五人抜きの角力《すもう》に出て勝ったのだ。福子と結婚したいと、拓一は耕作に打ちあけたのだ。そのためには金を貯《た》めると拓一は言っていた。自分の出世のために師範学校に行くよりは、少しでも働らいて、福子を深城の家から救い出すほうが、ずっと大切なことだと耕作は思っている。第一菊川先生のように、生徒たちに尊敬され、慕われる先生になれば、それが人生の成功者だと耕作はこ

の頃強く思っている。祖父も言ったことがあった。

「成功者というのはな、自分がなりたいと思った者になれたら、それが成功者だ。百姓になりたいと思って百姓になれたら、それは成功者だ。商人になりたいと思って商人になれたら、それが成功者だ。金を儲《もう》けなければ成功者でないと思うのは、それは大まちがいだ。金を儲けるよりも、有名になるよりも、誠心誠意人のために生きる者になれたら、それは成功というものだ。どんなに貧しい百姓でも、どんなに小さな商人でも立派な成功者だ」

だから耕作は、菊川先生のような先生になれればいいと思う。学校だけが勉強する所ではない。

「福子か、福子もかわいそうだなあ」

毎夜福子のことを想《おも》う度、拓一の胸はかき裂かれる思いなのだ。今夜も福子は、どんな男の胸に抱かれているのか。拓一はやり切れなくなる。

「だから、兄ちゃん、福子のためにも金貯めるべな」

「うん。しかし、それより先ず、母ちゃんに金送らねばならんし……」

「だって母ちゃん、教会に世話になってるんだべ」

「だからこそ母ちゃんは、金が要るさ。母ちゃんもかわいそうだな。小っちゃい時にふた親死んでいるから、母ちゃんは愚痴言う所もないんだぞ」

言って拓一は、再び風呂の中に入った。前より少し大きく作ったから、二人が一緒に入っても大丈夫だ。拓一と耕作の若い体が湯槽《ゆぶね》の中で触れ合う。

耕作は、富と母の顔をだぶらせながら、

「兄ちゃん、おれ、やっぱり先生になる」

と、きっぱり言った。それは、自分自身に宣言する言葉でもあった。

「そうか。お前なら、どこにいても、人より優れた者になるべな」

拓一もうなずいて言う。

馬が厩《うまや》で、足搔《あが》く音がした。

足長蜘蛛《あしながぐも》

一

三つ鍬《ぐわ》をざくりと盛り上った畝《うね》におろす。そして手前に引きよせる。枯れた茎が土にまみれ、柔らかい土の中から、馬鈴薯《ばれいしょ》がごろごろと顔を出す。大きい薯《いも》、小さい薯が、耕作の足元にちらばる。足長蜘蛛が何匹も驚ろきあわてて逃げていく。どこにこんなに隠れていたかと思うほど蜘蛛がいる。

（もうじき昼飯だ）

思いながら耕作は、こわばった背を伸ばして、額の汗を拭《ふ》く。

今日は叔父の修平の山畠《やまはた》に、拓一も良子も薯掘りに来ている。この間叔父一家に手伝ってもらった手間返しだ。

秋の陽が雲に入ったり、出たりしている。汗を拭きながら、耕作はあたりの山々を見まわす。耕作が今いる山と同じ程の小高い山が、幾百となく、いらかのように果てしなくつづいている。

山々の斜面に真っ赤に燃える紅葉は、山ぶどうか、うるしか、ナナカマドだ。いや、桜の葉もある。どの山も、赤に黄に彩《いろど》られながら、しかし山の上はみな畠《はたけ》だ。ある山は黒土だ。ある山は茶色だ。そして、ある山はまだ緑だ。作っているもので色も様子もちがう。が、どの山の上にも、人や馬が働らいているのが見える。広い畠に、人影が小さく動いている。東には白雲をかぶった十勝連峰が、所々中腹に雲をなびかせて、間近に秋陽に輝いている。西のほうには、芦別岳《あしべつだけ》の鋭い山稜《さんりよう》もくっきりと白い。

（みんな働らいているなあ）

今日の日曜は朝の六時から働きづめだ。日が短いから、誰も彼も休まずに働らく。再び鍬をふりおろす。また引きよせる。肌の白い薯がわらわらと現れる。足長蜘蛛が逃げる。またふりおろす。それを素早くくり返す。鍬が薯に突き刺さらないように気をつけても、時々薯を引っかける。背中の苦しさをこらえて、耕作は下唇を嚙《か》みながら、薯を掘って行く。

「昼飯にするべえ」

修平の声がした。大きな地声だ。待っていた声だ。が、耕作は、ひと鍬ふた鍬、更に掘り返す。日のあるうちに少しでも掘ったほうがいい。更にまた鍬をふり上げる。

「おーい、耕作、飯だとよう」

拓一が張りのある声で呼ぶ。

「今行くう」

鍬をその場において、耕作は叔父たちのいるほうに寄って行く。手の土を払って、藪際《やぶぎわ》の草の上にみんなは腰をおろしている。叔父の修平、従弟妹《いとこ》の貞吾、加奈江、そして拓一、良子が、ソメノの差し出すざるの握り飯にもう手を出している。耕作も坐《すわ》って一口頰張ると腹がぐーっと鳴った。麦飯は麦飯だが、耕作が毎日食べている麦飯より、米が多い。今日は手間返しをしてもらうので、叔母も少し気張ったのだろう。

「うまいなあ」

誰より先に、拓一は二つ目に手を出す。塩をつけただけの握り飯だが、この上なくうまい。茶を飲み、南瓜《かぼちゃ》の煮付や胡瓜《きゅうり》の漬物を頰張り、また握り飯を食う。耕作より一つ年下の貞吾は、あんまり急いでのどにつかえたのか、胸を叩《たた》いている。

「あわてて食うもんじゃねえ。握り飯はどこにも逃げて行かん」

修平が笑った。良子が貞吾の背中をなでてやる。握り飯を食っていると、さっきまでの背中の痛さを忘れるようだ。

「天気がよくてよかったこと」

ソメノが、みんなの茶碗《ちゃわん》に茶を注ぎ足しながら言う。

「母ちゃん、今年も、ごしょいもは豊作だね、燕麦《えんばく》もよかったし」

加奈江が言う。

「何ぼできたって、できりゃできただけ、地主にごっそり払わんきゃなんないべ」

ようやく胸のつかえの下りた貞吾が言う。

「ほんとだなあ」

二つ目の握り飯を食べ終えた拓一が、茶を飲みながら少し暗い声になった。

「だが、畑作だば、まだ田んぼよりいい。米だば半分は持って行かれっからなあ」

修平も言う。誰の顔も陽焼けで茶褐色だ。耕作はふっと、祖父の言った言葉を思い出した。

「百姓は金を儲《もう》けるためにやるもんじゃねえ」

確かに金儲けが目的なら、もっと別の道がある。しかし、背中がみりみりするほど朝から晩まで働らいて、どうして農家はみんな貧乏なんだろう。特に小作農家は、一生働らきづめに働らいたところで、まちがっても倉は建たない。耕作は何となく疑問を感じた。

「なあ叔父さん。街のもんが、こんなに朝から晩までびっちり働らいたら、ずいぶんかまど楽になるべな」

「そうだべな」

「百姓ばっかり苦労してるみたいな気がするな」

拓一も言う。

「ほんとだよな、兄《あん》ちゃん。街のもんだば、一家の主人だけが月給取るため働らくべ。農家は子供から、じさま、ばさままで働らいて、それでどうして楽にならんのかなあ」

「小作料が高いからよ。これがせめて一割って言うんなら、話はわかる」

拓一は、三つ目の握り飯を手に持ったまま言う。

「そうだよなあ兄ちゃん。したら、二割から四割余裕ができっからなあ」

「そうだ。おれこないだ、菊川先生に聞いたがな。東京で男爵《だんしゃく》とか子爵とか言って威張ってる奴らがよ、道庁の役人に顔をきかせてな、鼻薬かがせて、広い土地ば、只《ただ》みたいに手に入れたもんだってな」

「ふーん、ほんとかい拓ちゃん」

貞吾が目を丸くする。

「ほんとだとよ。しかも、肥《こ》えた土地ばっかりな。それを小作にやらせて、ふところ手で儲けてんのよ。そして東京で、でっかい家に入って、のらりくらりして、楽に生きているんだ。そんなのないよなあ」

「そうかい、兄ちゃん、ひどいなあ」

耕作も怒った声になる。

「こう考えて来ると、どうも世の中まちがってるよな。金持はますます生活が楽になってよ。俺たち百姓は苦しくなる一方だ。いつまでたっても畳の敷いた部屋にも入れん。米いっそのおマンマにもありつけん」

修平はいつのまにか苦虫を噛みつぶした顔で、お茶をがぶがぶ飲みながら、拓一たちの話を聞いている。耕作が言う。

「兄ちゃん、島津農場の地主は男爵だってな。貴族だってな。人間に、貴いだの貴くないだのあるんだべか」

「あるわけないさ。貴族だからって、目が十もあるわけじゃなし、足が十本あるわけじゃなし。一人が何千町歩もせしめるなんて、まっとうな人間にはできないことだよ」

「何千町歩? 聞いただけで気が遠くなりそうだな。おれたち日進の者は、みな五町か七町だもんな」

「んだ。それも、一つもおのれの土地ではない」

二

黙って聞いていた修平が、太い眉《まゆ》をぐいと上げたかと思うと、突然、

「黙れ、黙らんか馬鹿奴《ばかめ》ら!」

と、大声で怒鳴った。顔が真っ赤だ。みんなキョトンとして修平を見た。

「お前ら何吐《ぬ》かす! 飛んでもねえこと言ってけつかって。社会主義者みたいこと言いやがんな!」

修平は拓一を睨《ね》めつけ、ついで耕作を睨めつけ、肩で息をした。

「何ばそんなに怒ってる？　叔父さん」

拓一がけげんそうに言った。

「何ば怒ってる？　お前ら、何ば怒られたかわかんねえのか」

みんな黙った。わからないと言えば、修平は更に大きな声を出すにちがいない。

「お前らの言ってることが駐在に聞えて見ろ。すぐにうしろに手がまわるんだぞ」

（どうしてだろ？）

耕作にはわからない。拓一も貞吾も、そして自分も、警察に引っ張られるような悪いことは言わなかったような気がする。只、小作料が高いと言ったのだ。狡賢《ずるがし》こく立ちまわった一部の者だけが土地をたくさん持って、得をするのはおかしいと言ったのだ。一家そろって一生懸命働らいている自分たち百姓が貧しくて、金持が働らかずに楽をしているのはおかしいと言ったのだ。人間に貴族だの平民だのがあるのはおかしいと言ったのだ。みんなそのとおりではないかと、耕作は修平の顔を見る。

「いいか、お前らの今の考えは、社会主義の考えだ。社会主義が増えれば、日本の国が引っくり返る。いいか、日本の国を引っくり返す考えだぞ」

ますます修平は威猛高《いたけだか》になる。

(国って何だべな?)

耕作はふっとそう思う。ちょっと突つけば、ばたんと引っくり返るような、そんな塔のようなものでないことは確かだ。

「叔父さん、国って何さ?」

思い切って耕作は聞いた。

「何い? 国って国だべよ。お前高等二年にもなって、国もわからんのか」

「国ってな、叔父さん。土地があって、そこに人がいて、それだけだべ」

耕作はそう思う。土地がなければ国はない。土地だけあっても、人がいなければそれは国ではない。しかし、只人が烏合《うごう》しているだけでも、国とは言えない。人が只集まっているだけなら、いくら土地があっても国ではない。そこに政治をする者がいる。法律がある。しかし、要は一つの土地に集まった人々がみんな幸せになることを目的とすべきだ。それが国の根本精神でなければならない。その国が引っくり返るとは、国の一体何が引っくり返るのか。政治の仕方か。政治の仕方が悪ければ、変ったっていいではないか。

「耕作、国とはお上だ、お上のことだ」

「お上? お上って何だべ?」

「しつこい奴《やつ》だな、耕作は。うるせえ。まんま食ったら、くっちゃべってねえで早く働らけ」

ぷいと修平が立って行った。気に食わぬことがあるとすぐに怒鳴る。そしてすぐぷいと席を立つ。これが修平の癖だ。

「何怒ってるんだべ」

加奈江が言った。

「わからんから聞いてるのにな」

貞吾も執《と》り成すように言う。

「なあに、お父っちゃんも、何もわからんのだ」

叔母のソメノは手についた米粒をなめながら言う。なめた指だけ、泥が取れてきれいになる。

「どうも、変なもんだな。自分たちの生活を改善しようと思えば、駐在に引っ張られる。なるほど、お上って奴は、貧乏人なんぞ、何ぼ苦しんだって、屁《へ》とも思わないわけだ」

拓一はそう言って、

「さ、始めるべ。また叔父さんの雷が落ちっからな。叔父さんば怒らせたって、おれたちの生活がよくなるわけでもない」

　耕作は黙って立って行って、藪の傍で立ち小便をした。山の下に、学校に行く沢が見える。清水の沢の道も見える。その道が学校のほうから来る道と目の下で一つになる。そして白っぽい道が右のほうに伸びている。その道を男の子が一人、歩いて行くのが見える。のどかな眺めだ。が、耕作は、

（眺めだけがのどかだ）

と思う。農家の子供は、学校に行かないうちから、草取りだって、苗運びだって手伝う。

　耕作はさっきの薯畠《いもばたけ》に戻って、三つ鍬《ぐわ》を取る。ぱっと鍬を入れる。さっと鍬を引く。薯がころがる。

（国ば引っくり返す考え……？）

　そこのところがどうもわからない。日本には農民も漁民もたくさんいる。安月給の労働者もたくさんいる。そういう人たちが、もう少しましな生活ができないかと考えることが、どうして国を引っくり返すことになるのか。どうもわからないのだ。みんなが幸せになれば、それは国が栄えるということではないのか。仁徳《にんとく》天皇は、小高い所から町を見、どの家からも煙が立っているのを見て、

「朕《ちん》既に富めり、民のかまどは賑《にぎ》わいにけり」

と言ったと、学校で習った。学校で教えるほどのことだから、正しいことだろう。仁徳天皇が喜んだと同じことを、おれたちは考えている。

(修平叔父さんは変ってるからな)

耕作はまだ腹が立っている。腹が立つと、なぜか仕事が捗《はかど》る。長い畝《うね》をたちまち掘り起して、次の畝に移る。

(仁徳天皇なら、やっぱしおれたちの気持わかるべな)

それにしても、こういうことを口に出すと、なぜ警察が曳《ひ》いて行くのか。それも耕作にはわからない。

(別段、ロシヤの革命みたいに金持はぶち殺せなどと言ったわけじゃない)

第一、耕作は殺伐なことが嫌いだ。蛇を見ても、殺す気になれない。そんな耕作だから、どんなことがあっても、人を殺すというのはまちがっていると思う。手段を選ばぬという言葉があるが、正しい目的には正しい手段というものがある筈《はず》だ。もし人を殺すとすれば、それは目的がまちがっていると少年の耕作は思う。が、こう考えること自体悪いことなのだろうか。人の考えを、警察が取り締るというのも、耕作にはふしぎな気がする。人間には口がある。口で話し合えばいい。修平叔父のように、大声を出して怒鳴るのもまちがっていると、つい修平のほうに耕作の不満は行く。

（おれたち、怠けていて貧乏なら仕方がないけどよ）

足元に次々ところがり出る薯を見ながら、耕作は器用に鍬を使って行く。

（学校に行く前も、帰って来てからも働らくんだからな）

元気な十五歳の自分が、背が痛くなるまで働らいて、それでも貧乏していていいと言うのか。それでも黙っていろと修平叔父は言うのか。

この間、益垣先生が言った。

「農家は無知蒙昧《もうまい》だ」

と。もし農家が金持であったら、益垣先生はあんなことを言ったろうかと思う。誰の心の中にも、貧乏人を馬鹿にする気持がある。一体それはなぜだろう。

（じっちゃんは偉いども、この世の仕組みのことをどう思ってるんだべなあ）

今夜にでも聞いて見たいと思う。農家は金儲けが目的ではない、という祖父の言葉には、耕作も賛成だ。が、貧乏するのも目的ではない筈だ。

（それにしても、おれも子供だったなあ）

自分の家の貧乏に、今日の今日まで、それほどの不思議さもなく生きて来たものだと思う。それが今日、ふっと気づいたのだ。

昨夜拓一が、竹筒の貯金箱をあけて、金を数えていた。あれは、福子を買い戻すための貯金だろう。夏祭りに見た福子の姿を思い浮かべながら、耕作ははっと鍬を引く手を止めた。

あの福子の山車《だし》の前に、たくさんの手古舞姿の芸者がいた。富良野の芸者は忠臣蔵の四十七士の扮装《ふんそう》をさせて、四十七人並べてもまだ残るほど、たくさんの芸者がいると聞いた。あの芸者たちも、みんな売られた女たちなのだ。日本中に、売られた女の人がどれほどたくさんいるかわからない。

(そうか、福子一人じゃないんだ)

再び忙《せわ》しく鍬をふる。どこかで鋭いカケスの声がする。

(おとなたちは一体、何考えてるんだべ)

再び耕作は、激しい憤《いきどお》りを覚えた。馬や牛じゃあるまいし、人間が売られたり買われたりしている。どうしておとながそんなことを考え出したのだ。しかもその売られた女を、金を持った男たちがなぐさみものにする。耕作も、男と女のこと、芸者遊びのことを、今年になってから、はっきりと知るようになった。時折家に来る田谷のおどや、学校で友だちが言う言葉の端々などで、自然にわかって来たのだ。それに、耕作の体もおとなになって来た。

（人間が人間を売ったり買ったりしていいのか）

おとなたちの作っている社会が、耕作には言い様もなくむごいものに思われた。芸者や酌婦は、大抵は貧しい家庭の者と聞く。

（だけど、どんなに貧しくても、自分の子を売る親がいるなんて……）

不意に親の愛というものが、耕作にはわからなくなった。何もかもわからないものだらけだ。そう思って上げた目に、十勝岳の噴煙は、日に輝いて真っすぐに立ち昇っていた。

三

「今日はお前んちの風呂《ふろ》をごっつぉうになって行くかな。新しくて気持ええからな」

修平叔父はそう言って、拓一や耕作たちと一緒に山の上の薯畑から下りて来た。下り口から耕作たちの家は近い。修平は馬にまたがり、前に良子を乗せている。もう日は落ちて、刻一刻あたりが薄暗くなっていく。

「あ、一番星見つけた」

馬の上の良子が叫んだ。夕月が、その一番星のすぐ傍《そば》に白い。

家に着いた耕作は、かついで来た三つ鍬を納屋《なや》にしまいながら、

「青、今帰ったぞ」

と、隣りの厩《うまや》に声をかける。

「フーッ、フーッ」

苦しそうな鼻息が聞えた。異様な気配だ。

「青、どうした？」

耕作はうす暗い厩の中をのぞいた。と、青が片隅に横になっている。ばかりか、うしろ足で腹を掻《か》いている。青のこんな姿は一度も見たことがない。ハッとした耕作は、

「青！　どうした？」

と、大声で叫んだ。青は苦しいのか、板を蹴《け》った。耕作は叫びながら家に走った。

「じっちゃん！　青が変だ」

「何？　青が？」

まだ外にいた修平がきっとなった。

「青がどうしたとう？」

家の中からも声があって、祖父が出て来た。

「うん、青が苦しがってる。ころがってる」

言いながら、耕作はまた厩に走る。市三郎も修平も拓一も走った。

「耕作、安全灯持って来い！」

走りながら、市三郎が言う。耕作は安全灯に灯をつけて走った。良子も耕作の後につづいた。青はうしろ足を曲げて、しきりに腹をこすっている。

「腹痛《はらいた》だな！」

修平が言った。市三郎がうなずいて、

「腹だ。拓一、市街まで一っ走りして、獣医さんば呼んで来い」

沈痛な声だった。

「俺の馬さ乗って行け」

修平の言葉に、

「うん、借りて行く」

緊張した声で拓一は言い、

「腹痛だって、獣医さんに言えばいいか」

「うん、腹がふくれてる。うしろ足で腹ば搔いてるってな」

「うん、わかった」

ひらりと修平の馬にまたがった拓一がひと鞭《むち》くれる。馬が走り出す。

「青、苦しいか？」

市三郎が声をかけながら厩に入る。

「お父っつぁんの家伝薬じゃ、馬にはきかんか」

修平の言葉に、市三郎は答えなかった。いつもはおとなしい青が、苦しんで足掻《あが》く。

「どうしてこんなになったんだ?」

修平が咎《とが》める声になる。

「そんなことより、馬を起してやらにゃならん。修平手伝え。そうだ、耕作、莚《むしろ》を持って来い。莚とロープだ」

耕作は気が転倒して、祖父が何を言ったのか聞きとれなかった。

「何をぼんやりしてるっ!」

怒鳴った修平が、さっさと納屋に入ると、すぐに莚とロープを持って来た。

「青、起きれ」

耕作は手綱を取って、青を引っ張った。いつもの青なら、起きろという声だけで起きるのだ。が、青は悲しそうに耕作を見ただけだった。

「青、起きれないのか」

もう一度手綱を引っ張る。青は手綱を引っ張られて立ち上ろうとした。が、そのまま横倒れに倒れて、またうしろ足で腹をこすった。

「なんぼか苦しいんだべな」

　市三郎が言う。その間にも、修平が厩の梁《はり》に上ってロープを下げた。

「じっちゃんと耕作じゃ、兵隊が足りんな。耕作、隣りの井上のおやじを呼んで来い」

「うん」

　耕作は仔馬《こうま》の鹿毛《かげ》を引き出した。

「すぐ来てくれってな。序《ついで》に田谷のおどにも頼んで来い」

　苦しんでいる青を見ながら、耕作はうなずいた。明け二歳の鹿毛は、まだ親馬ほどにしっかりした体にはなっていないが、もう畠仕事には出ている。明け二歳といっても、もう生れて一年半だ。母馬の青よりきかない鹿毛は、あまり人に乗られるのを好まない。だが、馬ながらも、異常な事態を知ったかのように、素直に耕作を乗せると、すぐに走り出した。

（青は大丈夫だろうか）

　耕作は青には何でも言えた。

「母さんいつ帰って来るべ」

　秣《まぐさ》をやりながら、毎朝のように耕作は青に言った。

「今年は帰って来るべか」

その度に、青は大きくうなずいてくれた。母のことなど、誰の前でも話せない。祖父母の前で言っては、祖父母がかわいそうだ。拓一に言っても、拓一の気を暗くする。友だちに言うのは恥ずかしい。時々道で菊川先生に会うと、

「おっかさんの体いいんか。早く帰って来るといいなあ」

芯《しん》から心配した声で先生は言ってくれる。が、修平叔父はちがう。

「お前のおっかあ、何やってるんだ。子供ば置いて、のんきに病気などしくさって」

まちがっても修平になど言えない。が、青にだけは何でも言える。青はやさしく目を細めて、じっと耕作の言葉を聞いてくれるのだ。学校で先生に叱《しか》られたことでも、忙しくて勉強する時間がないことでも、時々うなずきながら聞いてくれた。だから、青は死んではならないのだ。

権太の家にはすぐに着いた。七、八丁ぐらいしか離れていないからだ。

「何い？　青が病気だって？」

飯を食いかけていた権太の父は、がらりと箸《はし》をおいて立ち上って来た。

「権太、お前も来い」

権太も飯を途中にして、すぐに立って来た。

「おれ、これから田谷のおどの所に行ってくる」

耕作はすぐにまた馬に乗った。

(あれだから、権太のおやじは偉いもんな)

自分もああするだろうか、と耕作は思う。

「今、飯食ったらすぐ行く」

自分ならそう言いそうな気がする。権太の父は、人ごとでない顔をしていた。農家にとって、馬は大事な同労者だ。家族の一人のようなものだ。馬を失うことは大変なことなのだ。それを、他人《ひと》ごとでなく感ずる権太の父を、耕作は偉いと思った。

(青、頑張れよ!)

いつもおとなしく厩に立っているあの青が、人も近づけないほど苦しがっているのだ。馬は我慢強いものだ。少々のことは、馬はいつでも我慢している。それがあんなに苦しんでいるのだ。

「おすわり」

と言えば、おとなしく坐《すわ》って、まだ小さかった自分を、青は背中に乗せて歩いてくれた。母親と遠く離れている耕作にとって、そうした青のやさしさは、心に沁《し》みこんでいる。

耕作はいつしか涙ぐんでいた。もうすっかり暗くなった道に、鹿毛の走る蹄《ひづめ》の音だけが高かった。

四

耕作が田谷のおどと共に家に戻った時、青は腹に莚をまかれ、天井からロープで吊《つ》られて立っていた。四つ足がようやく床についている。見たところは、元気な時と同じような立ち姿だが、腹がぼんぼんにふくれ、鼻息が荒い。修平叔父と権太の父が、一生懸命莚の上から青の腹をなでていた。耕作もそばに寄って、馬の汗を拭《ふ》いてやった。

「苦しいか、青」

「苦しいべな」

耕作と権太はこもごもに言う。厩を安全灯がほの暗く照らしている。

「獣医さん、遅いなあ」

馬が、首を下に下にと下げる。それが耕作にはひどく不安だ。

祖母のキワも心配そうに厩をのぞいて、

「すまんね、皆さん、代る代る飯食べてけれや」

と言った。

「飯は獣医が来てからだ」

そっ気なく修平が言う。

「ばっちゃん、心配なこったね」

田谷のおどが言い、

「ばっちゃん、心配して、体にさわるなよ」

と権太の父が言う。

仔馬の鹿毛が、仕切りの柵《さく》越しに、折々不安げに母馬を見る。青はますます苦しそうで、さっきより一層鼻息が荒くなった。

「苦しいか、青」

再び耕作は声をかけた。

その時蹄の乱れる音がした。みんなほっとふり返って、

「あ、来た来た」

「やっと、ござらっしゃった」

と、口々に言う。獣医はひと目見るなり、

「えらく腹が張ってるなあ。これじゃ苦しいだろうなあ」

と、屈《かが》んで鞄《かばん》の中から、ごそごそ薬を探し出す。みんなもその鞄をのぞきこむ。

「そんなに寄って来ちゃ、鞄の中がよく見えん」

言われてみんなは、獣医の傍から離れた。

「この薬を先ず飲《ま》ませてと……」

獣医は先ず四合瓶《びん》の水に薬を入れ、ひとしきりふると、青の鼻面《はなづら》を持ち上げ、口をあけて注《つ》ぎこむ。そのあとすぐに獣医は馬の腹を触診した。その手元をみんなはじっと見つめた。太い逞《たくま》しい腕だ。

「手遅れだなあ」

獣医がみんなをふり返る。眼鏡が安全灯の光にきらりと光る。

「手遅れ？　そんな酷《むご》いこと……」

権太の父親が情なさそうに言った。

「何を食わせたんかなあ、じっちゃん」

「何をって、別に変ったものは食わせんがなあ」

さすがの市三郎も肩を落した。

「そんなことはないなあ。こりゃ、唐黍《とうきび》か大豆でも食った腹だな。外に放さんかったかなあ、誰か」

獣医の言葉に、市三郎はハッとしたように答えた。

「あ、そう言えば昼前、珍しく厩《うまや》から出ていたっけが……あん時はまだ出たばかりだと思ったがもう食っていたのかな」

修平が苦々しげに、

「それだ、それだ。そん時、干し唐黍か、におの大豆でも食ったにちがいねえ」

拓一が、

「そうか、今日はみんな、山に薯《いも》掘りに行ってたからなあ。いつもならすぐに気がつくのになあ」

と歎《なげ》く。薬がきいたのか、体力が落ちたのか、馬の鼻息が少しく弱くなった。田谷のおどは、一生懸命腹をさすりながら、

「何だってお前、悪いもの食ったんだ。ごっぺ返したなあ」

と言う。修平が耕作を見て、

「誰だ一体、厩のかんぬきを忘れた間抜けは?」

耕作はハッとした。今朝早く馬を外に出し、厩を掃除してから馬を入れたのは自分だ。かんぬきをしたつもりだが、すぐに外れるようにかけたのか。修平叔父の畠《はたけ》に行くので急いでいたから、あるいは忘れたのかも知れない。耕作は頭から血が引くのを

覚えた。その時拓一がぼそりと言った。

「おれだ。おれが忘れたんだ」

思わず耕作は拓一を見た。拓一はおだやかな顔で、じっと馬を見つめている。

「この間抜けが!」

修平が怒鳴った。祖父の市三郎が、

「かんぬきを忘れることは誰にでもある。それより、青ば看《み》てやってくれ」

「んだ、んだ。おれだばしょっちゅうかんぬき忘れてる」

田谷のおども言う。

「運が悪かったんだ、青は」

権太の父が慰める。

「かんぬきさえ忘れなきゃ、馬一頭殺さんですんだのに」

修平はしつこく責める。

「とにかく、むずかしいあんばいだなあ」

しばらく様子を見ていた獣医は、やがて大きな体をゆっくりと馬から離して、立ち上った。

「助からんかなあ、獣医さん」

拓一はすがるように言う。

「万に一つだなあ」

「万に一つなら助かるかい」

「まあなあ、もう二時間もしたら、また薬を飲ましてやって見てくれ」

獣医が厩を出た。

「ありがとさんでした」

「気いつけてや」

みんな目で獣医を送る。祖父だけが外まで見送りに出た。

耕作は喚《わめ》きたい思いだった。

(おれだ！　おれがかんぬきを忘れたんだ)

もし忘れなければ、青は外に出て行く筈《はず》がない。大豆畠には大豆のにおが幾つもある。納屋《なや》の壁には、皮を剝《む》いた唐黍がずらりと干されてある。どっちも馬の好きなものだ。

(どうして忘れたんだ、おれは！)

「じゃ、飯にするか」

修平が立ち上った。

「おらあ、すまして来たからええ」

田谷のおどが言った。

みんな代る代る夕飯を食べることにした。が、耕作は飯どころではない。必死になって青の腹をなでた。

(青、ごめんな、ごめんな)

ロープで吊されて、ようやく立っているだけの青から、次第に力がぬけて行くのが耕作にはわかった。

その夜、青は十一時過ぎに死んだ。ロープが外され、青は横にされた。大きな目が悲しげに見ひらいている。長いまつ毛は、再びまたたくことはなかった。みんなはしばらく黙って青を見ていたが、市三郎ががっくりと膝《ひざ》をついて、

「青、長い間ご苦労だった」

と、頭を下げた。その下げた頭が、なかなか上らない。市三郎の膝に、大粒の涙がぼとりぼとりと落ちた。たまらなくなって耕作は、

「青！　青！」

と、青の首にしがみついた。

「おれが悪かった、青。ごめんな、青」

耕作は肩をふるわせて、泣いた。まだ温い青の首にしがみついていると、何だか再び青が生き返って来るような気がした。だが、幾度も幾度もうなずいてくれた青の首はもう動かない。

「何だ、かんぬき忘れたのは、お前かこの馬鹿《ばか》たれ！」

修平はじろりと耕作を見たが、

「お父っつぁん、死んだものはしようがねえ。青の肉みんなで分けっか」

「馬鹿こくな！　今死んだばかりだっつうのに」

市三郎は修平を叱《しか》りつけた。

「だけど、食ってやったほうが、役に立ってよかべえ。青にしたって……」

修平は不満気に口を尖《とが》らす。

「食わせん。青は誰にも食わせん」

きっとなって耕作は修平を睨《にら》みつけた。

「わかった、わかった」

修平は泣きはらした耕作の目を見ると、さすがそう言って苦笑いした。耕作は、今にも青がばらばらに切られてしまいそうで、その場から離れることができなかった。

あれから一週間経《た》った。家の裏の川の縁に、「愛馬青竜号の墓」と書いた塔婆《とうば》が建てられている。拓一が削った木に、耕作が真心こめて書いたのだ。耕作の右肩上りの字がやや曲っていた。

拓一と耕作は、青の墓の前に立っている。

「兄《あん》ちゃん」

「うん、何だ?」

「ううん、何でもない」

耕作は、拓一が自分の失敗をかばって、かんぬきを忘れたと言ってくれたことを言いたいのだが、今日も言えなかった。

「耕作、青の元気ないななきが聞えるようだな」

「うん」

耕作は、大きくなったら、兄に恩返しをしなければならないと思いながらうなずいた。

五

「耕ちゃん、学校さ行くべ」

道のほうで、権太の明るい声がした。従弟《いとこ》の貞吾の声もする。

「今行くぅ」

鶏小屋で耕作は答える。耕作は生あったかい卵に、針金の先でこつこつと穴をあけていたところだ。小さな穴に口をつけ卵をすする。何とも言えないいい味が、口一杯にひろがった。のどをつるりと黄身が落ちて行く。この時が一番うまい。時々耕作は、学校に行く前に生卵をのむことがある。但《ただ》し祖母のキワが、

「今日は卵すすって行け」

と言う日だけだ。

鶏小屋から飛び出して、耕作は厩の鹿毛《かげ》に、

「行って来るぞ」

と声をかける。青が生きていた時は、青は大きくうなずいたが、仔馬《こうま》の鹿毛は、黙って秣《まぐさ》を食っている。青のいた厩はがらんとしていて、見る度に淋《さび》しい。

「ばっちゃん、行ってくるよ」

洗濯物を抱えて外に出て来た祖母に言う。

「気いつけて行け。風呂敷《ふろしき》包み、ちゃんと届けるんだぞい」

ゆっくりした語調で言いながら、祖母のキワは腰を伸ばして耕作を見送る。

「ばっちゃーん」

貞吾が道の上から手を振る。

どこもかしこも、真っ白な霜の朝だ。走る耕作の頬に、触れる空気が冷たい。灌漑《かんがい》溝《こう》に渡した橋の板がこれまた真っ白く朝日に光っている。橋板に耕作の下駄《げた》の跡がくっきりとついた。

「お早う」

「お早う」

三人は歩き出す。道の所々に氷が張っている。貞吾も権太も、おもしろがって、水たまりの氷をばりんばりんと踏んで行く。踏む時に中の水が静かに動く。空気も動く。

それがおもしろい。

「へえー、厚いぞ」

下駄で踏み割った氷を、貞吾が手につかんだ。

「ガラスより厚いなあ」

権太も氷を拾う。

「どこまで持って行けっか、競争するか」

耕作も拾った。冷たい氷の感触がちょっと応《こた》える。三人共急ぎ足になる。

しばらく行って、貞吾の手から氷が落ちた。

「うーっ、冷たかった」

貞吾が手をこする。耕作も手の先が痛くなっている。が、権太には負けられないと思う。いつもなら負けてもいい。だが今日は負けられない気がする。それはなぜか。左手に持っている風呂敷包みのせいだ。

「おれ、負けた」

やがて権太が、道路の真ん中に氷を放り出した。飛び散った氷がきらめく。

「ああ助かった」

手の感覚がもう少しでなくなるところだった。そう思いながら耕作も氷を捨てた。

「指の先凍傷になるぞ」

貞吾が言った。

「ほんとだ」

(凍傷になったって、かまうもんか)

そう思うのも、この風呂敷包みのせいだ。

道端の草も、熊笹《くまざさ》も、よもぎの枯れた葉も、みんな砂糖にまぶしたように真っ白だ。それが朝日を受けてちかちかと光っている。道の小石も饅頭《まんじゅう》のように、一つ一つみんな白い。これからは、こんな朝がしばらくつづく。そして午後になっても、陽当りの悪い所では、いつまでも草も石も真っ白なのだ。水たまりに張った氷だって融《と》けない。三人の吐く息も真っ白だ。

「したらさ、誰の息が一番向うまで行くか、くらべっこすっか」

　権太が言った。

「よおし」

　三人は並んで立ちどまった。「一、二の、三」で吐き出す。真っ白い息がみんなの口から真っすぐに出る。権太が一番、二番が貞吾だった。

「なあんだ耕ちゃん、意外と息が短いじゃないか」

「うん」

　それも、この風呂敷包みのせいだと耕作は思う。耕作は、今朝は気が重いのだ。昨夜のことだった。祖父の市三郎が、三重団体の農家に頼まれて、卵の油をつくっていた。卵の油は心臓の薬だ。一ぺんに卵を十個、鉄の小鍋《こなべ》に入れる。それを火にかけて、掻《か》きまぜる。卵が次第に黒くなる。ネチャネチャと真っ黒になってもまだまぜる。すると、油が沁《し》み出て来る。その油を木綿で濾《こ》して湯呑茶碗《ゆのみぢやわん》に取る。

　こんなことぐらい、誰でもできる。が、人々の中には、

「石村のじっちゃまの取った油が一番効く」

と信じこんでいる者がいて、市三郎に頼むのだ。とにかく市三郎が取ると、他の人より油を多く取ることは事実だ。家ん中が油臭くなる。いや、油臭いというより、耕作には鶏の糞《ふん》のような匂《にお》いに思われる。昨夜も、家の中一杯にその匂いがこもっていた。そこへ福子の母親が入って来た。福子の母は風呂敷包みを持っていて、おずおずと耕作に言った。

「耕ちゃん、まことにすまんがね、これば、明日学校に行く時、福子に届けてくださらんかね。寒くなっから、下着を届けたいと思ってね」

耕作が返事をする前に、市三郎が大きくうなずいて言った。

「ああ、いいとも、いいとも。どうせ学校さ行く序《ついで》だ」

福子の母は喜んで、

「ああ、ありがたい。うちののんだくれに持って行けと言っても、この頃また借金がかさんだのか、行きたがらんし、国男は恥ずかしいって言うし……これで助かった」

と淋しく笑い、

「なあ、耕ちゃん、福子どんなふうに暮らしているか、辛《つら》いことないか、聞いて来てくださらんかねえ」

市三郎は、

「ああ、いいとも、いいとも。何も心配せんでな、な、おサッつぁん」

福子の母は、何度も頭を下げた。その福子の母を、拓一が送って行った。

拓一が帰って来た時、耕作は拓一を次の間に引っ張って行って、

「兄ちゃん、あれ、福子におれが届けるか」

と聞いて見た。

「届けれ」

拓一は屈託のある声で言った。

「でも、兄ちゃんが届けたくないか」

「おれか……おれ明日も野良《のら》仕事が忙しいからな」

拓一の声が優しくなった。

「じゃ兄ちゃん、何か言うことないか」

拓一は福子のために、竹筒に金を貯《た》めている。

「元気でいれって言ってけれ」

「なあんだ、それだけか。手紙でも書かんのか」

「手紙?」

驚いたように拓一は耕作を見、

「お前、男が女に手紙を書くなんて、そんなの不良だべや」

と言った。みんなそう思っている。しかし耕作は、拓一が福子に手紙を書いたところで、それが不良のすることだとは思わない。

「なあんだ、書かないのか」

「書かねえよ、おらあ。黙って福子ば想《おも》ってるだけでいいんだ。男は、何でも口からへらへら出すもんでないんだ」

そうかなあと、耕作は思った。拓一は福子を嫁にもらいたいと言った。が、それは耕作にだけ言ったことで、誰にも言ってはいない。折角拓一に風呂敷包みを届けさせようと思っても、拓一はその気にならない。どころか、手紙を書こうともしない。そんな拓一のあり方が、耕作にはあまりに愚直に思われる。だが、

(兄ちゃん偉いなあ)

と、感心したいような気持にもなった。

が、今朝になって、目を覚ました時、俄《にわ》かに風呂敷包みが重荷になった。深城の店がどんな店かとわかった今は、そう無邪気に訪ねて行く気にはなれない。第一、あの深雪楼の大きなガラス戸をあけて、入って行く勇気はない。広い玄関に立って、

「こんにちはー」

などと叫ぶのも間抜けのような気がする。すぐに福子でも出てくればまだしも、見知らぬ女が出て来て、じろじろ見られでもしたら、どうしようと思う。

「福ちゃん、いますか？」

などと聞くのも小恥《こっぱ》ずかしい。

霜の道を歩きながら、耕作はますます気重になっていく。道をよぎってカラスが歩いている。三人が近づいてもカラスは平気だ。つやつやと光る真っ黒な羽が、朝日に光ってたとえようもなく美しい。「カラスのぬれ羽色」という言葉を耕作は思い浮かべた。その言葉がまた福子を連想させた。耕作は何となく自分が子供から大人に変りつつあるような、奇妙な感慨を覚えた。

六

授業中も、耕作は風呂敷包みのことが気にかかった。机の中に教科書を入れると、風呂敷包みは入らない。鞄《かばん》は椅子《いす》にかけてある。仕方がないから、風呂敷包みは廊下の帽子掛にかけた。が、誰かが通りがかりにひょいと持って行きはしないかと、心配にもなる。いつか帽子掛にかけておいたマントがなくなった子がいた。おまけに今日は益垣先生の機嫌が悪い。いつもなら、一時間目が悪くても、二時間目頃になると大体元に戻るのだ。だが今日は、簡単に機嫌が戻りそうもない。些細《ささい》なことに一々咎《とが》め立てをする。

窓の外で何かどすんという音がした。みんなが一斉に外を見ると、たちまち先生は教卓をぴしりと鞭《むち》で打った。

「どこを見ているか、どこを！」

教科書に読めない字があって、読みまちがえた生徒がいた。

「何だお前、日向《ひゅうが》も読めないのか、日向も！　それでも貴様高等二年か」

二時間目も三時間目も、益垣先生はいらいらと怒りっぱなしだった。三時間目が終った時、ひょうきん者の松井二郎が大声で言った。

「先生、おかみさんに、よっぽどがっつり油しぼられて来たんだな」

みんなは笑ったが、すぐにまた誰もが憂鬱《ゆううつ》な顔になった。

案の定四時間目も先生の機嫌はなおらなかった。四時間目の鐘が鳴ったが、先生はいつもより遅れて教室に入って来た。

級長の若浜が、

「礼！」

と号令をかけた。みんなはいつもより緊張して頭を下げ、先生を見た。と、みんなの頭が上るか上らないうちに、先生は耕作を睨《にら》みつけた。

「石村！」

空気がびりりとひびくような声だった。

「ハイ」

耕作は澄んだ声で、落ちついて返事をした。

「貴様あ、受持の教師を何と心得ておる⁉」

先生の唇がひくひくとふるえた。

「?………」

余りに藪《やぶ》から棒だった。

「何と心得ているかと聞いているんだ‼」

「………」

「答えられんだろう。貴様、最初っから先生をなめている」

耕作はぽかんとした。みんなちらちらと耕作のほうをふり返る。権太も若浜も、松井も、不安そうに耕作を見ている。叱《しか》られるようなことをした覚えはないから、耕作は真っすぐに顔を上げて先生を見た。

「何で叱られてるか、わかるだろう」

「わかりません」

明晰《めいせき》な答えが切口上に聞えた。先生の濃い眉《まゆ》がぴりりと上った。

「そうか。じゃ言うがな、お前、夏休みに校長先生の家に相談に行ったというじゃないか。ここの学校の先生になりたいと、頼みに行ったというじゃないか」

校長先生に誘われて、その校宅の縁側に腰をかけたことはある。校長先生から、教師にならないかと誘われたことも覚えている。しかし、耕作から頼んだ覚えはない。

「校長先生は言っていられたぞ。お前と菊川先生が相談した結果、こう決まったとな。お前は受持の教師を差しおいて、前の先生と相談したり、校長先生と直接相談したりする奴《やつ》なんだな」

みんな息をのんで聞いている。

「ちがいます。ぼくが夏休みに、若浜君の家に鎌《かま》を買いに行った時、校長先生に誘われたんです。そして、先生にならんかと言われたんです。それだけです」

「何い？　でたらめを言うな、でたらめを！」

「本当です。な、若浜君」

若浜がうなずいて、

「校長先生があん時、石村を誘って行ったのを覚えてます」

先生はちょっと困った顔をした。

「とにかく、校長に相談したことだけは確かだろう」

「全然ちがいます。校長先生が菊川先生と会って、ぼくのこと先生にならないかって、話が出たことは聞きました」

言いながら耕作は困ったと思った。みんなの前で、いきさつを詳しく言うと、益垣先生の引っこみがつかなくなる。一人だけ呼んで聞いてくれればよかったのにと思う。そのぐらいのことは高等二年の耕作も考える。

「石村、お前はどうして、校長先生から聞いた話を、このわしにしてくれなかったのかね。わしは今頃になって、そんなうわさをほかから聞かされたんだぞ」

「………」

「受持のわしが何も知らずに、ほかの先生が知っている。そんな恥ずかしい目に、お前は会わせたんだぞ」

耕作は納得できなかった。校長先生が益垣先生に伝えると、耕作のほうでは思っていた。第一、益垣先生は、耕作の進路について、今まで一言も尋ねたことがない。何となく耕作の胸の中がもやもやとした。相談しないで悪かったと、あやまればいいのかも知れない。が、頭から叱られたことに、耕作は反発を感じた。耕作は黙りこんだ。四時間目が終った昼休み、耕作は弁当も食べずに一人で校庭の片隅に行った。そこには葉の散りかけた桜の木が五、六本立っている。片陰の草に霜がまだこびりついていた。それに向って、耕作は思いきり小石を蹴飛《けと》ばした。小石が当って、草の霜が小さく飛び散る。また小石を蹴る。また霜が散る。言い様のない口惜《くや》しさが、またもや石を蹴らせる。が、三度蹴った時、ふっと耕作はむなしくなった。

(どうでもいいや)

胸の中で呟《つぶや》く。自分がこの学校の教師になれば、同じ職員室であの益垣先生と顔を合わすことになる。そう思うと何かたまらない気がした。が、しばらく経《た》つと、利《き》かん気の耕作は、

(益垣先生には負けないぞ)

といった気持になった。

(叱られたぐらいがなんだ)

叱った先生のほうが間違っているのだと、耕作は思った。確かに自分は、校長から言われたことを益垣先生に話してはいない。しかしそうした大事な話は、大人同士で話し合うべきだと耕作は思った。とにかく、益垣先生に負けない先生になるのだ。そ

う思うと、耕作の胸はすっきりした。

校庭で鬼ごっこをしている者や、縄跳びをしている女の子の傍を通って、耕作は教室に帰った。高等科の生徒は大抵外に出ないで教室で話し合っている。大きな図体で走りまわることを、高等二年にもなると控えるのだ。それに話し合うほうがおもしろいのだ。

耕作が廊下を歩いて行くと、七、八人固まって何かわいわい騒いでいる。耕作は急いで近づいて見た。

「腰巻だぞ、こりゃあ」

松井が、赤い腰巻を自分の腰に巻いて見せている。みんながどっと笑った。見ると、それは耕作が預って来た風呂敷《ふろしき》包みから取り出したものだった。

「誰だ!?　人の風呂敷包みを無断であけたのは?」

みんながギクリとするほど、怒りに満ちた耕作の声であった。

七

放課後、先生が教室を出て行くや否《いな》や、耕作は真っ先に学校を飛び出した。そのあとを松井二郎が追いかけてくる。

「耕ちゃん、ごめんな。な、ごめんな」

耕作はふり返りもせずにぐんぐん歩いて行く。松井は常日頃ひょうきん者だ。人を笑わせて喜んでいるお人よしだ。だから、福子の赤い腰巻を自分の体にまきつけて、みんなを笑わしたのも何の悪意もないことだ。それは耕作にもわかっている。わかっているが、口をききたくないのだ。

許せないのとはちがう。松井を許してはいる。が、たまらないのだ。福子の肌につけるものを、みんなで見て笑ったことがたまらないのだ。なぜたまらないのか、耕作にも説明がつかない。胸がきゅんと痛くなるほど、福子がかわいそうなのだ。

「な、耕ちゃんったら、ごめんったら」

松井の声がだんだん弱りきった声になる。それでも耕作はふり向かない。福子の肌着をみんなが笑いの種にしたことは、福子をなぐさみものにしたのと、同じに思われる。むろん松井にそんな思いはないことはわかっている。第一、誰一人誰の下着かわかっていないのだから。が、耕作は、福子に代って自分が憤《いきどお》ってやらなければ、あまりにも福子が惨《みじ》めなように思われる。

(その上……)

耕作は思い出して、耳たぶまでカッと熱くなる。

「誰だ！　人の風呂敷を無断であけたのは」

廊下でふざけている友だちを怒鳴った時、みんなはしんとした。その時だった。一人が、

「あ、花井先生だ！」

と言った。みんながふり返った。先生はもう、すぐうしろまで来ていた。先生は紫の袴《はかま》をはいて、少し高い草履をはいている。いつも先生は音もなく歩く。みんなは真っ赤になって教室に逃げこんだ。誰も彼も、花井先生は苦手なのだ。花井先生を見ると胸がどきどきするのだ。顔が赤くなるのだ。廊下には、赤い腰巻をつけた松井と耕作だけが残った。

「まあ！」

花井先生も真っ赤になった。松井はあわてて、腰巻を投げ捨てて教室にかけこんだ。花井先生は驚ろいて立っていたが、やがて屈《かが》みこんで、そこに散らされた腰巻や肌襦《はだじゅ》袢《ばん》を一枚一枚ていねいにたたんだ。耕作は激しい屈辱感を覚えながら、じっとその場に立ちつくしていた。

「これ、石村さんの？」

花井先生は、はにかみながら聞いた。

「深雪楼《みゆきろう》の、あの踊りをおどった……」

「ああ、小菊さんの……頼まれたのね、お家の人から」

「ハイ、でも、今朝、戸がしまってたから……」

「わたしが届けてあげましょうか」

「いいです。ぼくが頼まれたんだから」

なぜかあの時、そう答えてしまった。福子の下着を、誰にも渡したくなかったのだ。あのままでは渡せない気持だった。

「石村さん、わたしね、あなたにお詫《わ》びしなくちゃ」

「お詫び？」

「そう。あやまらなくちゃ……。あとでね」

先生は終始はにかんだ口調でそう言い、きちんと結んだ風呂敷包みを耕作に手渡した。その一部始終を、みんな教室の窓から顔をのぞかせて見ていたのだ。だが耕作の顔は怒っていたので、誰もはやす者はなかった。

そのことを思い出しながら、突然耕作はふり返った。ついて来た松井が、びくりとして一歩引き退《さが》った。

「もうしないな」

「うん、もうしない」

「じゃ、わかったよ。もう怒っていないよ」

耕作は笑顔を見せた。

「ああよかった」

松井は耕作の笑顔を見て、一時に体から力のぬけたような格好をして見せた。

「二郎ちゃん、先に帰れ」

「一緒に帰るべ、まだ怒ってるのか」

「これを届ける所があるんだ。頼まれて来たんだ」

「ふーん、でも、待ってるよ」

いつだって、店に寄ったりする時、お互いに待っているのだ。

「いいよ、今日はいいよ。長くなるから」

「ふーん。でも、ほんとうに怒ってないの?」

「怒っていないったら。安心すれ」

耕作は松井二郎の肩に、やさしく手を置いた。

「うん、安心した。したらおれ、権太と一緒に帰る」

二郎が手をふって、また学校のほうへ戻って行った。

耕作は一目散に走り出した。筆入の音がガチャガチャと肩からかけた鞄《かばん》の中で鳴る。深雪楼に入る姿を、誰にも見られたくない。だから走る。走りながら、花井先生に預ければよかったと思う。どうして断わったのかと、悔いながら走る。柾屋《まさや》の前を過ぎ、人の二、三人いる農具屋の前を走る。糀屋《こうじや》、風呂屋、雑貨屋、旅館の前も、一気に過ぎた。花井先生の家の、菓子屋の前も走った。光ったスコップが軒先に吊《つる》されている若浜の家の前も、横目で走った。写真屋の前まで来て並足になった。写真屋は深城の家の隣りなのだ。節子たちの住む二階建の住宅につづいて深雪楼がある。

深雪楼の大きな玄関の戸はしまっていた。白いくもりガラスに「深雪楼」と金文字で書いてある。この金文字は、近頃書いたものだ。どうにも戸をあける勇気がなくて、耕作は深雪楼の前を通り過ぎた。そしてまた戻る。また通り過ぎる。また戻る。四十がらみの印半纏《しるしばんてん》を着た男が、うさん臭げに耕作を見、手鼻をかんですれちがった。

（早く入らなきゃ、松井たちが来る）

耕作の気が焦《あせ》る。が、深雪楼は何と入りにくい家だろう。朝、学校に行く時は、カーテンが玄関にかかっていた。だから今朝は寄れなかったのだが、今はなお入れない。深雪楼が、福子たち女に何をさせている家か、わかっているので入れないのだ。

（兄《あん》ちゃんに持って来てもらおうか）

耕作はそう思った。

「恥ずかしくて中に入れんかった」

拓一にならば、素直にそう言えそうな気がする。拓一は、本当に福子に会いたいのだ。会う口実があれば、夜、馬を走らせてやってくるにちがいない。もう一度深雪楼を見、耕作は寄ることを断念した。

と、その時、うしろで声がした。

「石村さん」

節子だった。節子がのどに白いホータイを巻いて立っていた。

八

「遠慮しないでよ。あぐらをかくといいわ」

節子は、ちりめんの厚い座布団《ざぶとん》を耕作にすすめた。が、座布団が汚れそうで、とても坐《すわ》る気にはなれない。耕作は固くなって部屋を見まわした。床の間さえあるきれいな八畳間だ。赤い文机《ふづくえ》が窓際《まどぎわ》にある。床の間には花が飾られ、大きな博多人形がやさしいまなざしを上に向けていた。螢籠《ほたるかご》を持った中年の女だ。耕作はふっと、母の佐枝を思った。文机の傍に薪《まき》ストーブが燃えている。壁際に小さな本棚があり、そのガラスの扉には、薄青い絹のカーテンが貼《は》られていた。

(こんな立派な部屋に、一人でいるのか)

節子は、今しがた外にうろうろしていた耕作を、何気なく窓から見つけたのだ。

「小菊ちゃんに用事なんでしょう。わたし呼んで上げるから、わたしの部屋に入んなさいよ」

ちょっと高飛車に節子が言った。が、その声音に、耕作は親切な気持を感じ取った。

「何も遠慮することないわ。あなた小菊ちゃんと話したいでしょ」

会いたいとは思ったが、話したいとまでは思っていない。が、昨夜この風呂敷包みを持って来た福子の母は、

「なあ、耕ちゃん。福子どんなふうに暮らしているか、辛《つら》いことないか、聞いて来てくださらんかねえ」

と言ったのだ。

「父さんも留守だし、ね、少しわたしの部屋で遊んでいらっしゃいよ。わたし二、三日前から風邪を引いて退屈なんだから」

節子にそう言われて、無理矢理誘われたのだ。ぐずぐずすれば、権太や松井たちがやって来る。思い切って耕作は、節子の部屋に入った。

固くなっている耕作の前に、色白の、柔和な女が入って来た。お盆にお茶とお菓子をのせている。着物を長目に着、縞《しま》の羽織をはおった背の高い女だ。

「母よ、石村さん」

あわてて耕作は頭を下げた。

「小母《おば》さん、こんにちは」

「まあ、何とお行儀のいい、まじめそうなお坊っちゃん」

耕作は耳を疑った。

(お坊っちゃん!)

人からお坊っちゃんなどと、冗談にも言われたことがない。

「よう節ちゃんから、おうわさはうかがっていますよ」

関西なまりだが、子供にこんな丁寧な言葉を使う人も初めてだ。

「このあたり一番の秀才だと、節ちゃんから……」

「お母さん、石村さん恥ずかしがっているじゃないの」

節子は笑いながら言った。

「まあ、これはすまんこと……」

「いえ、あの……」

「そうそう、小菊ちゃんと学校が一緒だったそうで。今すぐ小菊ちゃんがこっちに伺いますよって、もちっとお待ちくださいませね」

深々と頭を下げて、節子の継母は出て行った。

（あれが白首《ごけ》上りの？）

男共はみんな、ごけごけと馬鹿《ばか》にする。しかし、心のやさしい立派な人だと耕作は感心した。

「いいお母さんでしょ」

ちょっと自慢げに節子は言い、

「この辺のお菓子だけど、おいしいわよ。その栗饅頭《くりまんじゆう》も桃山も」

耕作はごくりと生唾《なまつば》をのんだ。栗饅頭は二、三度食べたことがある。しかし桃山というのは、まだ食べたことがない。黄色に少し焦茶色《こげちゃいろ》の焼きが入って、見るからにうまそうなお菓子だ。

「ひとつおあがんなさいよ」

ついと進み出て、節子は栗饅頭を耕作の手の上に置いた。桃山のほうを食べたかったと思った時は、つづいて桃山も手にのせられていた。ちょっと触れた節子の手が、少し熱いような気がした。

「いただきます」

耕作は桃山を一口口に入れた。外側からいきなり柔らかいあんで、それが口に入れると崩れるように舌の上に融《と》けた。

「うわあ、うまい」

思わず耕作は大きな声を出した。節子はにっこりとして、

「おいしくてよかったわ」

「ぼく、生まれてはじめてです、こんなお菓子」

「ま、ほんと」

「ほんとです」

節子は黙って耕作を見た。その目が痛ましげにかげった。

「ぼくらの沢じゃ、こんなお菓子なんてめったに食べない。たまに塩せんべいを食べるか、飴玉《あめだま》をしゃぶるくらいで、小豆に黒砂糖でもかければ上等なほうです」

節子は黙って、何かを考えていたようだったが、

「石村さん、あなた師範に行くの止《や》めたんだって？」

「やめました」

「そして、学校の先生になるんですって？　花井さんの澄ちゃんから聞いたわ」

「そうですか」

耕作は手の上の栗饅頭のほうが気にかかる。つづけて食べては、余りに行儀が悪いような、困った気持だ。

「わたし、石村さんに、師範学校に行ってほしかったわ」

「しかたありません。家の事情が事情だから」

「しかたないのかしら。何とか方法がないのかしら」

「じっちゃんもだんだん弱くなるし、兄ちゃん一人頑張っても、限度があるから……」

耕作は遂《つい》に栗饅頭を食べた。栗饅頭の皮はつるりとして少し固い。それがまた、何とも言えない舌ざわりだ。

「そうねえ。昨夜、花井さんの澄ちゃんが来て言ってたわ。昨日ねえ、益垣先生に、石村さんの学資、わたしが出してやりたいって言ったんですと。そしたらね、あの益垣先生って、少しおかしいんじゃない？」

「はあ？」

今日藪《やぶ》から棒に叱《しか》られたことを耕作は思い出した。

「あの益垣先生はね、澄ちゃんに、花井先生は石村に気があるんですかって、言ったんですと。そして、根掘り葉掘り、いろいろなことを聞いてね。澄ちゃん言ってたわ、奥さんがいるのに、いやらしい人だって」

「………」

耕作はお茶を飲んだ。

「益垣先生は、二学期の始めに、校長先生から、石村さんが学校の先生になること、ちゃんと聞いていたらしいわね。その時から、石村と机を並べるのはどうもとか、言ってたらしいわよ。でも……澄ちゃんと石村さんに妬《や》くなんて、ねえ」

すると、今日自分が叱られたのは、どうやら全く別の理由かららしい。

(そうか。ちゃんと、もう二学期のはじめに、校長先生が話してあったのか。それを益垣先生は、おれに知らんふりをしていたのか)

耕作は釈然としなかった。何だか大人の世界に無理矢理引きずりこまれるような、妙な気持だった。

廊下に人の気配がした。

「あの……小菊ですけれど」

おずおずとした、福子の声だった。

「お入んなさい」

と節子は立ち上り、

「小菊ちゃん、石村さんよ。わたしちょっと座を外すから、ゆっくりお話するといいわ」

と、もう廊下に出た。

「いや、二人っきりでなくても……」

「いいわよ。幼な馴《な》じみなんだもの」

節子は片眼をつぶって耕作を見、襖《ふすま》をしめて出て行った。

耕作の前に坐った福子は、ちょっと目を伏せて膝頭《ひざがしら》を見つめていたが、ちらっと耕作を見て、

「耕ちゃん、大きくなったわね」

と言った。豆腐屋で会って以来、話すのははじめてだ。

「これ、小母さんに頼まれたんだ。寒くなるからって」

今日学校で、みんなこの包みをあけたことを知ったら、福子はどんな気持がするだろう。耕作はうしろめたい思いで、風呂《ふろ》敷《しき》包みを押しやった。

「まあ、母さんったら、こんなもの耕ちゃんに頼んでごめんね」

「いや、学校のついでだから」

「母さんたち、元気かしら。兄ちゃんも、鈴代も」

「うん、うちは変りないってさ。辛いことないかって、小母さん言ってたよ」

一段と垢《あか》ぬけしたようだと、耕作は眩《まぶ》しげに福子を見た。

「……辛くたって、辛いって言えないわ」

淋《さび》しげに笑って、福子は膝の上に行儀よく重ねた手をさする。耕作は、何と言ってよいかわからなくなった。いきなり、菓子皿の桃山を取ると、

「福ちゃん、これ食べな」

と、福子の手にのせた。そうするよりしようがなかったのだ。

「ありがとう、耕ちゃん。おじいちゃんやおばあちゃん元気？　拓ちゃんも変りない？」

「うん、みんな元気だ。……あんな福ちゃん、兄ちゃんなあ、今竹筒に一生懸命金貯《た》めてる。福ちゃんばここから助け出すんだって」

言いながら耕作は、不意に胸がつまって泣き出したくなった。

九

涙ぐんだ耕作を福子はじっと見つめた。外のどこかで、小さな子供たちの笑う声がする。一年生ぐらいの子供たちの声だ。

「そうなの？　拓ちゃん、わたしのためにお金を貯めてるの。知らなかったわ」

「だって、兄《あん》ちゃんそんなこと、誰にも言わんもの」

誰にも言わないことを、福子に言ってしまってよかったのかと、耕作はちょっと心が咎《とが》めた。福子は指で膝の上をなでていたが、

「菊川先生の赤ちゃん、丈夫なの？」

と、別のことを言った。それが耕作には物足りなかった。もっと拓一の気持を喜んで欲しかった。もっと拓一のことを尋ねても欲しかった。

「ああ、丈夫だよ。先生にそっくりだってさ」

「そうお。先生の家のお池、あのままかしら」

「ああ、まわりに花なんかたくさん植えて、立派な池になったよ」

あの時は福子もみんなと一緒に遊びに行ったのだ。提灯《ちょうちん》をつけて、みんなで先生の結婚祝に行った夏の夜を思い出す。

「ねえ、耕ちゃん、一年生の時のこと、覚えてる？」

「どんなこと？」

「学芸会でさ、わたしが舌切雀《すずめ》になって、耕ちゃんがおじいさんになったでしょ」

「うん、覚えてる覚えてる」

雀になった福子が、上手に踊りをおどったことを、耕作もよく覚えている。

「あの時、おじいさんは、雀の宿まで探しに来てくれたわね。雀のお宿はどこじゃいなって、うたいながら」

そうだ、そのことも覚えている。「雀のお宿はどこじゃいな。じいやが訪ねて来ましたぞ」と幾度もうたいながら、耕作は舞台の上をひとまわりした。「どこじゃいな」と言う度に、何となく涙が出そうで、声がうるんだ。そしてそれを菊川先生がほめてくれたのも覚えている。

「今ね、耕ちゃんが来てくれたって聞いた時、わたしね、どうしてだか、あの舌切雀の劇を思い出したの」

「ふーん」

耕作は変に悲しくなった。福子は舌を切られた雀なのか。

「うれしかったわ、耕ちゃん」

「…………」

「ね、耕ちゃん。わたしね、時々死にたいって思うの」

「死にたいって？　そんな」

耕作は驚いて福子の白い顔を見た。

「夜眠る時ね、あしたの朝はもう、どうか目が覚めませんようにって、わたしお祈りして寝るのよ」

「どうして、福ちゃん。そんなこと言っちゃ駄目だよ」

言いながら、耕作は不意に無力を感じた。死にたいという福子にどんなことを言っていいか、耕作はわからないのだ。こんな時に適切な言葉というものがある筈《はず》だ。慰めになり、励ましになる言葉がある筈だ。そうは思うが、十五歳の耕作は何も言えなかった。

「死んじゃ駄目だよ、死んじゃ」

「大丈夫よ。死にたくても、わたし死ねない体なんだもの。父ちゃんが、ここの旦那《だんな》にたくさんお金を借りてるんだもの」

静かな声だった。

「ねえ、耕ちゃん、わたしねえ、毎日いやな目にあってるのよ。こんな商売を長くつづけていたら、いつかきっと悪い病気にかかるんだって」

「悪い病気？」

「そう。そしてね、体が腐って、頭もおかしくなって、死んで行くんだって」

「ほんとかい、福ちゃん」

体が腐るという言葉が福子の口から出ると、ひどく現実感があった。耕作は汚点《しみ》ひるのか。

とつない福子の頬を見、そのふっくらとした手を見た。この顔や、この手が本当に腐

「ほんとうよ、耕ちゃん。でもね、わたし、体が腐っても、どこが腐っても、心だけは腐らせたくないの。心だけは……」

耕作は、ひどく悲しい物語りを聞いたような、淋しさを感じた。福子は自分と同じ齢《とし》なのだ。自分はまだ、一度も死にたいなどと思ったことはない。いつも未来に希望を持っている。今は、学校を卒業してよい先生になりたいというのが耕作の希望だ。先生をしながら、専検を取りたいと思っている。そのうちに母も帰って来る筈だ。毎日の生活は、野良《のら》仕事に追われ、勉強する時間は少ないが、しかしそんなことで、耕作は死にたいなどと思ったことはない。若くして死んだ父の分まで生きたいとさえ思っている。だから、福子が死にたいと言うのを聞くと、よほどの辛《つら》さなのだろうと、心の底から思う。

「福ちゃん、ご飯はたくさん食べてるの？」

「食べてるわ。お魚だって、卵だって、元気のつくものはたくさん食べさせてくれるわ」

「じゃ……ひもじいわけじゃないんだね」

「まあ耕ちゃんったら」

福子が笑った。ひどく大人っぽい笑いだった。耕作はちょっとどぎまぎした。

「あの……体が腐るって言ったよね、福ちゃん。……したら、福ちゃん、父さんば憎らしいべ」

「憎らしい？」

福子は頭を横にふって、

「だって、自分の親だもの。仕方がないわ」

と、うつむいた。耕作はどきりとした。親だって先生だって、悪い奴《やつ》は悪いと耕作は思う。憎い奴は憎い筈だと思うのだ。それが福子にはない。何か理屈に合わない気がする。意気地ないようにも思う。が一方、そう言い切れない何かを感じた。耕作の胸をどきりとさせるような何かである。それを何と言うべきか、耕作にはわからない。が、自分の手の届かない境地のような、そんな気がする。

「憎いわ」

と、福子が父親を憎めば、耕作は安心するのだ。だがそれだけだ。それにはどきりとする何かがない。

「福ちゃん、偉いな」

福子はちらっと耕作を見て言った。

「何にも偉くないわ。……わたしねえ、時々学校の夢を見るの。みんなと勉強している夢ね」

「ふーん」

福子と同じ齢の女の子が、耕作の学年にもいる。

「わたしね、耕ちゃん。お習字習いたいわ」

福子は膝の上に、人さし指で字を書きながら言った。耕作はその言葉に、何と返事をしてよいのか、わからなかった。

「じゃ、さいなら」

言うことがなくて、耕作はそう言った。

「あら帰るの」

「うん、帰る」

「じっちゃんやばっちゃんによろしくね。良子ちゃんにもね」

「うん」

どうして拓一の名を言わないのかと思いながら、耕作はうなずく。

「耕ちゃん」

立ち上った耕作を、福子は見た。

「なあに?」

「わたしの上げた白い石、まだ持ってる?」

耕作は黙って、腰の巾着《きんちゃく》をあけた。巾着には白い石だけが入っている。

「これ、持っているよ。いつでも」

白い石を耕作は福子にさし出した。

「あら、ほんと。うれしいわ」

福子はにこりと笑った。その時だけ、福子はうれしそうに笑った。

「返すよ、福ちゃん」

福子の手に、耕作は白い石を握らせた。福子の手がひんやりと冷たかった。

「いいの、耕ちゃんが持っていて。耕ちゃんが持っていたらうれしいの」

福子のひんやりした手が押し返した。思わず握りしめたいような、かなしい手であった。

十

「ピーヒョロロ」

くもった空に鋭い鳶《とび》の声がする。鳶は時々、空気をつんざくような鋭い声で鳴く。いつもの、あののどかな鳴き声とは全くちがう。

拓一と耕作は、寒い秋風の中で、豆殻を畠《はたけ》に散らしている。山と積んだ豆殻に、熊《くま》手《で》を引っかけて、広い畠に満べんなく散らして行く。これが秋も終りの仕事の一つなのだ。豆殻は、大事な畠の肥料となって、土地を肥《こ》やす。

耕作は昨日会った福子のことを、拓一に話したいと思う。昨夜、みんなの前では詳しく話す気がしなかった。帰りぎわに言った節子の言葉も知らせたかった。

「小菊ちゃんに会いたい時、いつでもおいで。わたしの部屋で会わせて上げる」

その時、耕作は言ったのだ。

「兄ちゃんが来てもいいかい？」

「拓一さん？　いいわよ。小菊ちゃんと只《ただ》お話するだけならね」

その言葉を、今また思い返して、

「只お話するだけならね」

と言った意味を耕作は考える。福子と会うのに、話する以外の何があるのか。福子は、拓一や耕作の幼な馴《な》じみだ。何となく耕作は腹が立つ。

(福子は福子だぞ。小菊じゃないぞ)

体が腐って死ぬかも知れないと言った福子を思いながら、昨日の霜に湿った豆殻を熊手に引っかけて、畠の上に散らす。何か無茶苦茶に畠に散らしたいような気がする。

(昨夜も、福子はお客を取ったんだろうか)

耕作には信じられないような気がする。男が女を抱く姿というのが、どんなものなのか。福子が死にたいと思う時は、そんな客の相手をしている時ではないのか。

(毎晩、嵐《あらし》になればいいのにな)

嵐の夜は、通う客もいないにちがいない。十五歳の耕作は、十五歳の少年らしいことを考える。

同じ畠の向うに、豆殻を散らしていた拓一が大きな声で呼んだ。

「耕作――。一服するべー」

「うーん」

熊手をおいて、耕作は拓一のほうに歩いて行った。

「寒いな、少し」

「焚火《たきび》すっか」

「うん、焚火で薯《いも》焼くか」

藪《やぶ》の小枝を二人は一抱えずつ持って来て火をつける。ぱちぱちと小枝の弾《は》ぜる音がして、炎が澄んだ色を見せる。二人はどっかと土に腰をおろした。

「耕作、昨日の霜で、山ぶどうもうまくなったぞ」

「ほんとだな。明日の日曜日に取りに行くか」

二人は山ぶどうの葉の一きわ黒ずんだ裏山を見上げる。ナナカマドの葉はまだ赤いが、桜の葉は大方散った。落葉松《からまつ》の黄葉はこれからが長い。

「なあ、兄《あん》ちゃん。福子なあ、兄ちゃん元気かって、聞いてたよ」

耕作は小枝で焚火を突つく。火の粉が上る。拓一は馬鈴薯《ばれいしょ》を焚火に埋めながら、

「そうか、元気だったか」

と、声を弾ませる。

「うん、元気だと言えば元気だけど……死にたいっても言ってたよ」

「何!?　死にたいって？」

「うん」

耕作は昨夜祖父たちには言わなかったことを言った。

「そうか。そうだろうなあ。福子はまだ、今度の正月が来て十六だもなあ」

ほっと太い吐息を洩《も》らした。

「でも、借金があるから死ねないって、言ってたよ。自分の親に迷惑かけちゃならないって」

「あんな親なんて、親なんかじゃないよ」

「だけど兄ちゃん、福子はね親だから憎くないって言ってたよ」

　昨日聞いたままに、耕作は言う。

「そんなことじゃ駄目なんだ。親がいい気にばかりなって。娘の気持なんか、何もわかんないんだよ」

　口惜《くや》しそうに拓一が、地下足袋の泥を爪《つめ》でこそげる。

「でもなあ兄ちゃん。福子は偉いよな。憎いと思わないのはやっぱり偉いもな」

「いや、俺は偉くないと思う。憎まんから親がいい気になるだけだ。第一、親の言うことを聞いて、黙って売られて行くなんてな。牛や馬じゃあるまいし。さっさと家出すればよかったんだ」

　拓一は益々《ますます》怒ったように、地下足袋の泥をがりがりと爪でこそげ落す。拓一の言うこともわかる。しかし、福子の心も耕作には尊いと思う。ひどい親を恨まないというのも、そうそう出来ることではない。親のために体が腐る病気になるかも知れないのに、それでもどうして恨まないのか。歯がゆいようだが、そんな心になれるのは、やっぱり耕作には何か適《かな》わないという気がするのだ。

「なあ兄ちゃん、おれなあ……」

言いかけて耕作は黙った。

「何だ、言いかけて」

「兄ちゃん、怒るかも知れないもなあ」

「何だ?」

「怒るなよ。おれ、兄ちゃんが福子のために金貯《た》めてるって言ったんだ」

「言ったのか! お前、そんなこと」

「うん。悪かったかな」

「そんなこと言う奴いるか」

「……だって」

耕作にしてみれば、黙々と福子のために金を貯めている拓一の姿を、知らせずにはいられなかったのだ。

「耕作、そんなこと言ったらなあ。福子はなあ、おれにすまないと思うべ。すまないと思わすようなことは言うもんじゃないぞ。第一、いくら貯めたって、たかが知れてるからなあ。いつまでたっても、福子を買い戻すことなんか、できないかも知れないんだ」

「………」

「それで、福子、何て言ってた？」

「うん、すまないって言ってた」

耕作は、いつか豆腐屋で福子に会った後のように嘘《うそ》を言った。何とか拓一を喜ばせたかったのだ。福子は只、

「拓ちゃん、わたしのためにお金貯めてるの。知らなかったわ」

と、言っただけだったのだ。そして福子はすぐに、菊川先生の赤ちゃんは丈夫かと聞いたのだ。だが耕作は、福子は何も言わなかっただけで、言いたいことがたくさんあったのだと思う。

「どうして拓ちゃんは、わたしのためにお金を貯めてるのかしら」

そうも言いたかった筈《はず》だ。

「そんなにまでしてくれて、ほんとうにすまないわ」

そうも言いたかった筈だ。

「拓ちゃんに、よろしくね。感謝してるって、言ってちょうだいね」

きっと、そうも言いたかったのだ。だが福子は言わなかった。

（それはなぜか）
言葉に出せば、きっと泣き出したにちがいないからだ。耕作はそう思う。そうでなければ、おかしいのだ。自分のために金を貯めている話を聞いて、何も感じない福子ではない。

これは昨日の帰り道、ずっと考えて来て達した結論なのだ。だから、「すまなかった」と福子が言ったと告げても、嘘にはならない。むしろ、本当の福子の心を正しく告げたことになる。耕作はそう思った。

福子と耕作は同級生だ。心易《こころやす》い間柄だ。だが、拓一は三つ年上だ。拓一はもう大人の仲間入りをしている。福子はその拓一に、気易くは何も言えないのだ。

（きっと福子だって、兄ちゃんを好きなのだ）

何も言えない福子を、耕作はそうも思って見る。そう決めてしまうと、何か心淋《さび》しいが、潔《いさぎよ》い思いにもなる。

「耕作、薯が焼けたぞ」

しばらく黙っていた拓一が、火の中から薯を掘り出しながら言った。

「ああ、うまそうだ」

耕作は木の枝で、その薯を手前に引き寄せた。

「な、兄ちゃん、深城の節子がね、福子に会いたかったら、いつでも会わしてやるって、言ってたよ。だから、兄ちゃんにも遊びに来いってさ」

拓一はちらっと耕作を見たが、黙って熱い薯に息を吹きかけた。

桜吹雪

一

さわやかな五月の朝だ。

昨夜宿直だった耕作は、職員室の窓をあけた。微風が心地よく頬をなでる。耕作がこの小学校に代用教員として勤務してから、三度目の春が来た。耕作は中庭越しに屋内運動場に目をやる。今日は屋内運動場で徴兵検査がある。拓一も国男も来る筈だ。

満開の桜が五、六本、中庭に咲いている。エゾムラサキツツジも満開だ。耕作は、一杯に朝の気を吸いこんでから呟《つぶや》いた。

(兄貴は、何時《なんじ》頃検査を受けに来るのかな)

一昨夜、国男と拓一が、祖父の市三郎と話をしていたことを、耕作は心重く思い浮かべた。

「拓ちゃんも俺も、先《ま》ず甲種合格だべな」

国男がぼそぼそと言った。二人共お互いに髪を刈り合ったあとで、くりくり坊主《ぼうず》になっていた。その坊主頭が二人をむしろ大人に見せていた。特に拓一は精悍《せいかん》にさえ見えた。

「そりゃそうだべ。俺たちが甲種合格でなけりゃ、誰が甲種合格になるや」

拓一はストーブに薪《まき》を放りこんで言った。桜が咲いても、山間《やまあい》の夜はまだ火が欲しい。

「甲種合格はいいけどよ、兵隊に取られると家が困っからなあ」

肩幅の広い、がっしりとした体つきの国男が、ぼそぼそと言うのが妙に憐《あわ》れだ。

「んだなあ。お前んとこのおやじは、このところめっきり弱ったもなあ。おまけに鈴代も弱いしなあ」

市三郎は人に頼まれたニンニク酒の味を見ながら言う。

「うん、もううちのおやじは、使いものにならんのだ。あんまり飲んだからなあ」

この頃、国男の父の曾山巻造は目まいがして、起き上れぬ朝もあると言う。畠《はたけ》仕事

にも出ず、ぶらぶらしている巻造を、

「中風の前兆じゃないべか」

と、部落の人たちはささやき合っている。国男と母親のサツが野良《のら》仕事をしているのだ。

「国やんが兵隊に取られっと、おサッつぁん一人で畠やるわけかね。大変だこと」

キワも、味噌樽《みそだる》をかき廻しながら言っていた。国男は淋しそうに笑って、

「それで困ってんだけどよ。困るのは拓ちゃんの所だって同じだべ」

そう言う国男に、市三郎が、

「なあに、わしがいるわ。まだ六十六だからな。若えもんには負けんよ。朝と晩だけでも耕作は手伝ってくれるし」

「兵隊に取られた家に、金があたればいいけどな」

「そんなこと、天下引っくり返ったって、ない話だもな」

その話を、耕作は昨夜も一人当直室の布団《ふとん》の中で考えていた。息子が徴兵されたばかりに、次の日から食べて行けない家庭が、日本にはどれだけあるかわからない。今日徴兵検査に集まる若者たちも、様々な危惧《きぐ》を持って集まるにちがいない。

と、うしろで声がした。

「お早うございます。今日もいいお天気ね、石村先生」

ふり返ると、花井先生が風呂敷《ふろしき》包みを抱えて入って来たところだった。

「やあ、花井先生、早いですね」

耕作は自分の机に向った。黒の詰襟《つめえり》が耕作を学生のような感じにしている。耕作が代用教員に入った年校長は言った。

「その頭じゃ、高等科の生徒とまちがわれる」

それで耕作は、以来髪を伸ばしている。が、ポマードなど滅多につけたことがないから、いつも髪が額にはらりと垂れている。

花井先生と耕作は、この四月から、同じ三年生を受持つようになった。このクラスは益垣先生が一年二年と受持ったクラスだ。花井先生は、去年婿《むこ》を取った。婿は役場の兵事係だ。花井先生は結婚してかえって若くなったと、みんなに言われている。ハキハキものを言うようになったのだ。以前のように、真っ赤になったり、もじもじしたりすることは滅多になくなった。

「石村先生、これお上りになって」

花井先生は小さな重箱を出した。

「やあどうも。いつもすみません」

耕作の当直の翌日は、花井先生がいつも、朝飯と昼飯を作って来てくれるのだ。それが白い飯なのだ。麦は一粒も入っていない。お菜《かず》も、耕作の家とちがって、いつも魚や肉なのだ。

「じゃ、遠慮なく……」

他の教師たちが出勤する前に、耕作はもらった弁当を宿直室で食べるのだ。重箱を持って立ち上った時、花井先生が言った。

「石村先生、節子さんのことお聞きになった？」

「節子さんのこと？」

「今度こそ、お嫁にやられるみたいよ。昨夜ね、節子さんが泣いて家に来ていたわ」

耕作は黙って重箱を見た。節子は今年数えて十九になる。たいていの娘たちは十八のうちに結婚をする。十九になれば女の厄年だと言って結婚を避けるが、遅くとも二十の春までには、みんなばたばたと嫁に行くのだ。今までも、節子には何度も縁談があった。大きな農場主、金廻りのいい材木屋、大きな料亭などの息子たちであった。その度に花井先生が耕作に知らせてくれたから、耕作も覚えている。小町娘と言われるほどの節子の器量だ。特に去年あたりから、ぐんと女らしくなった。それは耕作にもよくわかった。表情に陰影が出て来た。おきゃんな性格は以前と同じだが、街角で耕作とばったり会った時など、ちょっと顔を伏せて、娘らしいはじらいを見せるようになった。元々目鼻立ちが整っている上に、娘盛りになったのだから、いやでも人の口端《くちは》に上る。深雪楼には、節子の顔を見たさに通う者もあるというほどだ。むろん節子は、深雪楼に働くことはないのだが。

「そうですか。お嫁に行くんですか。それはよかった」

耕作はそう言って、席を離れた。

「あら、石村先生、本当によかったと思う？」

「そりゃあ……おめでたい話ですからねえ」

「呆《あき》れたわ。節子さんは泣いて来たのよ。お嫁に行きたくないって。先生、かわいそうに思って上げないの？」

「…………」

「節子さんはね先生、お嫁に行きたくないのよ。無理矢理やらされるのよ。好きな人と一緒になるのならいいけれど」

花井先生も椅子《いす》から立ち上ったたままだ。耕作は視線を床に落して、ふっと姉の富を思い浮かべた。

「好きな人の所へ行ったって、幸せになるとは限らないですしね」

「そんなことないわ。女は好きな人の所に行くのが一番幸せなのよ」

「そうとは限りませんよ。いくら相手が好きな人でも、まわりに嫌な奴《やつ》がたくさんいれば……」

「あら、そんなことないわ。いくらまわりにいい人がいても、当の相手が嫌いなら、不幸せよ」

「とにかく……節子さんも年頃ですからね。あまり選《よ》り好みしないで、お嫁に行ったらいいんじゃないですか」

「まあ、先生ったら、年寄りみたい。分別臭い言い方をして。先生卑怯《ひきよう》だわ」

「卑怯？」

耕作は驚ろいて花井先生を見た。花井先生の目に涙が浮かんでいる。耕作はちょっと花井先生を見つめたが、

「また、あとで。これ頂きます。そろそろ先生方も見えるから」

と重箱を高く持ち上げて見せてから、職員室を出た。歩くと廊下がみしみしと鳴った。耕作はふっと、福子を思った。福子に晴れがましい縁談など、いつの日あるのであろうか。

二

四時間目の始業の鐘が鳴った。屋内運動場への渡り廊下の軒に、鐘が下っている。馬橇《ばそり》の鈴を何倍にも大きくしたような鐘だ。少し腰の曲った小使さんが、綱をつづけざまに引くと、

「ジャラン、ジャラン、ジャラン」

と、意外に大きな音を立てて、全校に響きわたる。

耕作は教卓に両手を置いて、生徒たちの顔を見まわした。みんなの目が耕作に注がれている。真剣な目、きょときょとと落ちつかない目、笑い出しそうな目、力のない目、輝いている目、様々だが、みんな耕作を見ている。しかしその中で一人、下を向いている子がいた。坂森五郎だ。五郎はめったに顔を上げない。いつも下を見ているか、窓の外を見ているかだ。

五郎は耕作がはじめてこの教室に来た時、

「豆腐屋」

と言った子だ。なぜ豆腐屋と自分を呼んだのか、耕作ははじめわからなかった。が、五郎の学籍簿を調べていて、ふっと気がついたのだ。

五郎は四歳の時に母を失った。五男坊に生まれたが、すぐ上の、六年生の四郎のほかは、みな死んだと書かれてある。多分、母親は結核だったのだろうと耕作は思った。五郎の首にも瘰癧《るいれき》の痕《あと》がある。引き吊《つ》った大きな傷痕《きずあと》だ。

その学籍簿を読んでいて、突如として耕作は気づいたのだ。

(そうか、あれはこの子の兄だったのか)

まだ高等科の生徒の時、耕作は豆腐屋の手伝いをしたことがあった。その時確かおからを買いに来た十歳ぐらいの少年がいた。その着物がほころびていて、裾《すそ》が垂れ下っていた。母親が病気なのかと思って尋ねたら、その子は吐き捨てるように、

「母ちゃん死んだ」

と言って、雪道に出て行った。その時の男の子の顔と、坂森五郎の顔とぴたりと重なるのだ。五郎は恐らく、兄の四郎から耕作が豆腐を売っていたと聞いたのだろう。

それを知ってから耕作は、ひそかに五郎に愛着を覚えるようになった。

(あの子が真っすぐにおれの顔を見る時が一つの目標だ)

耕作はそうも思うようになった。

「さあ、今日は綴《つづ》り方《かた》の勉強だ。みんな綴り方は好きか」

みんな黙っている。打てばひびくような声はなかなか返ってこない。

「好きな者は手を上げなさい」

手が三本上った。

「なあんだ、みんな綴り方が嫌いなんだな。先生も小さい時は嫌いだったなあ」

耕作が言うと、子供たちは顔を見合わせてくすっと笑った。

「へえー、先生でも嫌いな勉強あったのかい」

牛崎友雄が言った。どこか同級生だった松井二郎に似てひょうきんだ。

「そりゃあ、あったさ」

「どうして嫌いだったの」

「うん、いい質問だな、牛崎」

耕作はほめて、

「先生もな、実は今、みんなに、どうして綴り方が嫌いかと、聞こうと思ったところだ」

生徒たちは無邪気に笑った。安心したような笑顔だ。耕作は、生徒たちに笑いを起させることが、導入の第一だと心得ている。生徒たちの心がひらくからだ。心がひらくと言葉が素直に入って行く。

「ほんとうに、どうして綴り方が嫌いか、先生に教えてくれないか」

ぱらぱらと七、八人の手が上った。

「よし、スギちゃんはどうだ」

一番前で手を上げているお下髪の女の子に、耕作は言った。

「ハイ、書くことがないからです」

「なるほどなあ、書くことがなければ困るなあ」

言いながら耕作は、
一、書くことがない
と、黒板に大きく書いた。

「どんなふうに書いていいか、わからない」

「考えているうちに時間がなくなってしまう」

「いつも、点数が悪いからおもしろくない」

子供たちは次々と答えた。それを一々黒板に書きとめて、耕作は言った。

「みんなの答えのうちで、長く書けないからいやだと言ったのが、一番多かったね。そのことは今度また勉強するが、今日は短くてもいいものを書こうじゃないか」

「短くてもいいんなら、書けるよ」

再び牛崎友雄が叫んだ。

「そうか、牛崎偉いな。今日はな、先生はみんなに詩を書いてもらいたいんだ。詩って、みんなわかってるか、わかってる者手を上げて」

女の子が二人手を上げただけだった。

「そうか、詩を知らんか。よし、じゃ先生がここにひとつ書いてやろう」

耕作はちょっと目をつぶり、昨夜当直室で読んだ雑誌「赤い鳥」の中の児童詩を思い浮かべて黒板に書いた。

きしゃ
ぬまのわきを
きしゃが
とおった。
まんなかごろが
ゆうひで
ぴかっと
ひかった。

生徒たちが口の中で、もそもそと読んでいる。

「かんたんだあ」

「ほんとだあ」

「これなら書けるう」

口々に生徒たちがいう。耕作はニコニコと、

「そうか、偉いなあ。かんたんか。じゃな、先《ま》ずみんなで、声に出して読んで見ろ。先生がいつも言うようにな。読む時は体で読むんだ。顔で読むんだ。声に現して読むんだぞ」

みんなうなずいて読みはじめる。耕作は、国語の時間、時々体全体で表現させながら読む指導をしている。今、沼という言葉を、子供たちは両手を広げて大きく囲むように表現した。汽車が通ったという箇所は、様々だ。両手を胸の両脇《わき》で、車のようにまわす者、手で右から左にさあっと走らせて汽車の速度を表現する者、様々だ。ぴかっと光ったという所は、両手を握ってひらく者がほとんどだが、目をパチッとひらいて見せる者もある。

耕作は更に三人ほどの子に読ませてから言った。

「この詩の中で、どこが一番いいか、わかるか」

みんな黙っている。

「そうか、そしたらな、みんなが沼のわきを汽車が通った時、これとおんなじに書けるか」

「書けない」

「書けない」

生徒たちはまた口々に言った。

「どこの所が書けないと思う」
四、五人の手が上って、一人が答えた。
「夕日でぴかっと光った、というところです」

すると、原スギが手を上げて、

「先生、あのね、まんなかごろがというところが、書けません」

耕作は大きくうなずいて、

「そうだな。先生もおんなじ考えだ。じゃ、そのまん中ごろが、という所をぬかして読んで見ようか」

ぬまのわきを

きしゃが
とおった。
ゆうひで
ぴかっと
ひかった。

読み終えた生徒たちは、「何だか変だなあ」と呟《つぶや》いた。そしてこれが一年生の詩だと聞くと、俄《にわ》かに早く書きたいと言い出した。

「題は何でもいいぞ。うちのお父さんでもお母さんでも。十勝岳でも、学校の桜でも」

用紙を配りながら、耕作は言った。みんなちょっと考えていたが、やがて鉛筆を持って書きはじめた。坂森五郎を見ると、黙ってうつ向いていたが、しばらく経《た》つと、五郎も書きはじめていた。

三

耕作は思わず笑った。生徒たちの帰った静かな放課後、耕作は今日作らせた生徒たちの詩を読んでいた。向いの席で習字に朱を入れていた花井先生が、顔を上げて微笑した。耕作はいつも、生徒たちの綴り方を見ながら、ふき出したり、「うーん」とうなったりするのだ。そんな様子が、花井先生には好ましく映るらしい。が、二つ三つ席の離れている益垣先生は、じろりと耕作を見た。

(またはじまった)

という顔である。

耕作の受持の生徒たちは、益垣先生がついこの間まで、一年、二年と教えた生徒たちだ。遊び時間、運動場で益垣先生を見ても、一人として益垣先生のほうに寄って行く者はない。わっと、耕作を取り囲む。この間までは、益垣先生と一緒になって遊んだ生徒たちが、すっかり耕作になついてしまったのだ。その点生徒たちははっきりしていた。今、益垣先生は、特に今日の昼休みのことを苦々しく思っている。耕作を取り囲んだ生徒たちが、

「先生、坊さん坊さんして遊ぼう」

とねだった。一、二年生の頃、生徒たちが益垣先生とよく遊んだ遊びだ。みんなが手をつないで輪をつくる。その輪の中に、一人が目かくしをしてうずくまる。手をつないだ子供たちは、その子のまわりをうたいながら廻る。

坊さん坊さん　どこ行くの
わたしはたんぼに　稲刈りに
そんならわたしも　つれしゃんせ
おまえをつれると　邪魔になる
このカンカン坊主《ぼうず》　くそ坊主
まーえの正面　だーあれ

ぐるぐるまわりながらうたい終ると、目かくしされた子供が、自分のまっすぐ前の子のほうに進んで行き、その子の頭や体にさわってその名を当てるのだ。さわられた子供はくすぐったそうに、しかし声を出さないようにと、我慢しながらさわられている。名前が当たると、当てられた子が真ん中に入る。

こんな単純な遊びが、低学年の子供たちは意外と好きなのだ。が、今日の昼休み、耕作は生徒たちにねだられた時、

「いや、先生は坊さん坊さんはきらいだ」

と、はっきり宣言した。

「どうしてえ？」

子供たちは甘えた。

「だってなあ、坊さんというのは偉い方なんだからなあ。な、そうだろう。お前たちのうちにもお寺の坊さんがお出《い》でになるだろう。そしたら、父さん母さんていねいに挨拶《あいさつ》するだろう」

「うん、する」

「カンカン坊主のくそ坊主なんて、いわんだろう。お坊さんが聞いたら、いやだなあと思うだろう」

「ほんとだねえ」

子供たちは素直に言った。が、一人が言った。

「だって、益垣先生いつもカンカン坊主って、一緒に遊んでくれたよ」

耕作は、自分のすぐうしろに益垣先生がいたことを知らなかった。益垣先生は、ひどく面目を失ったような気がした。

そんなこともあって、つい、

（またはじまった）

という顔になったのだ。それに、花井先生がすぐに相槌《あいづち》を打つ様子もおもしろくない。が、耕作は、花井先生に見られていることも、益垣先生に見られていることも気づかずに、今読んだ詩を読み返した。

朝

目がさめた。
起きた。
顔あらった。
めしくった。
学校さ来た。

読み返して、耕作はまた笑った。生徒たちは、耕作が汽車の詩を黒板に書いた時、

「かんたんだあ」

「これなら書けるう」

と、口々に言った。耕作はそれをわざと聞きながした。

「お前たちの思うほど、簡単じゃないぞ」

とは言わなかった。折角書く気になっているのだ。先ず書かせることだ。生徒たち

は、詩とは短いものだぐらいに思って書き出した。そして、この「朝」の詩は、典型的な短さだった。だがそれでも、妙に朝らしいさわやかさがあると、耕作は三重丸をつけた。

耕作は次々に読んで行く。

夕やけ
田んぼの水が　まっかだ。
窓もまっかだ。
すごい夕やけだなあ、
かあちゃん。

甘えんぼうの末っ子の小永谷正三の詩だ。正三の兄は耕作と同級生で少し知恵の遅れていた子だった。次はひょうきん者の牛崎友雄の詩だ。

かえる
まっぴるま　田んぼで

かえるがないた。
ゲロッとないた。
ゲロゲロゲロッと
ほかのかえるもないた。
すぐにみんな　なきやんだ。
みんなきっと、
ひるねしたんだべな。

意外にうまい。耕作は朱筆で、

「うまいぞ。きっとかえるの声は、ねむたい声だったんだろうなあ」

と書いた。

どの子もみんな喜んで書いている。下手なのもある。うまいのもある。だがみんな、どこか詩になっている。

（子供は詩人だな）

思いながら耕作は、さっきから坂森五郎のことが気になっている。いつもうつ向いている坂森五郎は、どんな詩を作ったのか。それが気にかかるのだ。一人々々の詩に短評を書き入れながら、耕作は楽しく詩を読んで行く。いや、必らずしも楽しい詩ばかりではない。冷たい田水に裸足《はだし》のまま入る親の様子を書いて、
〈母ちゃんの足、また痛くなるべなあ〉
と、心配している詩もある。全部が市街の子ではない。農家の子も少くない。
遂《つい》に、坂森五郎の詩が出て来た。

　　まんま

ゆんべ
おれが　まんまたいた。
ちょっと　こげたけど、
父ちゃん　おこらんかった。
あんちゃんも　おこらんかった。
みそつけて　くった。
うまかったなあ、
おれのたいた　まんま。

耕作はふっと胸が熱くなった。五郎には母がない、きっと時々、五郎も飯を炊《た》くのだろう。父親が炊くこともあり、兄が炊くこともあるにちがいない。男ばかりの家で、殺伐とした家庭なのではないか。

父ちゃん　おこらんかった。
あんちゃんも　おこらんかった。

と書いてあるのは、いつもなら怒られるところだったのではないか。怒られなかったから、特別自分の炊いた飯がうまかったのだろう。たとい味噌《みそ》だけのお菜《かず》であったとしても。耕作は、五郎が米を磨《と》ぎ、ストーブの前にうずくまって、飯を炊いている姿を思って見た。耕作も母のいない家庭に育った。しかし、祖母や姉がいた。女手があった。耕作は涙ぐみながら、評を書いた。

「五郎のたいためし、うまかったべなあ。先生も食いたかったぞ。あのな五郎、先生もな、母ちゃんがいないで育ったんだぞ。そして父ちゃんも死んでるんだぞ。仲よくするべな」

書き終って耕作は、ぐいと腕で涙を拭《ふ》いた。その様子を、花井先生と益垣先生が見ていた。

四

徴兵検査で賑《にぎ》わっていた屋内運動場のほうも静かになった。今しがた、兄の拓一と、福子の兄の国男が、職員室の耕作の所に寄って行った。

「甲種合格だ」

二人共、やや興奮した顔で耕作に告げた。

「そうかい、それはおめでとう」

耕作は言ったが、ずしりと両肩に重荷のかかったような心地がした。兄が二年も兵隊に取られたら、一体畠《はたけ》はどうなるのか。国男の家だって同じだ。誰が畠を耕すのか。甲種合格と告げただけで、二人はすぐに帰って行った。肩を並べて帰って行く拓一と国男に、折からの風に校庭の桜がちりかかった。耕作は玄関に立って二人を見送り、今、自分の教室に入ったばかりだ。

(二人は心配してたもなあ)

拓一と国男の胸の中を思いながら、耕作は黒板に、明日の第一時間目の授業の準備をして行く。明日の第一時間目は修身である。

第三 かうかう

と、耕作は黒板に書き、掛図をひらいて、教壇の傍《そば》に立てた。掛図には赤ん坊を抱いた母親と、その赤ん坊に手をかけている少年二宮金次郎、そして傍に坐《すわ》っている弟の姿が描かれている。障子が破れ、布団《ふとん》が敷かれてある。これが明日教える「孝行」の掛図なのだ。二宮金次郎の十四の時、父が亡《な》くなり、暮しに困った母は、末子を親《しん》戚《せき》に預ける。が、母はその子を案じて、毎夜眠ることができない。金次郎はその母の心を思いやって、自分が一生懸命働くから、弟をつれ戻すようにと申し出る。母はその言葉に喜んで子供をつれ帰り、親子共々喜んだという場面なのだ。

その掛図を見ながら、耕作は函館《はこだて》にいる母のことを思いやった。母は今年の正月頃から、再び何年ぶりかで髪結の仕事に戻った。今年一年頑張れば、来年は上富良野に帰って来て、髪結の店で働くことができるらしい。二宮金次郎の母のように、母も自分たち子供のことを思って、どんなに眠られぬ夜があったことか。耕作はそう思いながら、掛図をじっと見つめた。見つめながら、ふっと坂森五郎の顔が浮かぶ。母のいない五郎が、この絵を見たらどう思うか。淋《さび》しい思いをするのではないか。

（しかし……）

耕作は両手を組んでじっと掛図を見た。二宮金次郎のように、父を失って苦労した子もいる。第一、自分自身がそうだ。自分は父親を失い、母親と離れ離れに育って来た。祖父母はいるが、淋しさは同じだ。五郎だけが母を失ったのではない。考えて見れば深城節子だって、実母と死別しているのだ。

とにかくこの世には片親の子はたくさんいる。が、その片親の子が、すべて五郎のように暗いわけではない。もし五郎が、母親のない淋しさで暗くなっているのだとしたら、ぜひこのことだけは言っておかなければならない。

「親がいなくたって、明るい子はたくさんいるんだ。めそめそするな」

そう力づけてやらなければならない。

そう思った耕作は、明日の授業時間が楽しみになった。どこかで鶯《うぐいす》の声がした。

「ほう、今年も鶯が啼《な》いた」

微笑して、耕作は窓に寄った。校庭には盛んに桜が散り敷いている。窓の下にサフランが可憐《かれん》な花を見せ、その傍にツツジが咲き、水仙がぞっくりと風に吹かれている。

と、教室の戸ががらりとあいた。ふり返ると、思いがけなく節子が立っていた。

「やあ、こんにちは」

快活に耕作は言った。花井先生を訪ねて、時々節子は学校に来る。そしてオルガンをいつまでも弾いていることがある。だから耕作は不審には思わなかった。

「花井先生は職員室におられる筈《はず》ですよ」

節子の黒い目が情を含んで耕作に向けられていた。

「いませんでしたか?」

耕作はちょっと眩《まぶ》しげに目を外らした。

「わたし、澄子さんに用事があるんじゃないの」

節子は戸を閉めて、ゆっくりと耕作の傍に寄って来た。

「石村さん、わたしね、あなたに用事があるの」

「ぼくに?　ですか」

耕作は少しかすれたような声になった。今日の節子は、いつもよりきれいだ。別段華やかな着物を着ているわけではない。見馴《みな》れた紫の矢絣銘仙《やがすりめいせん》を着、赤い帯を胸高にしめている。が、何かが全身に漲《みなぎ》っているのだ。

「じゃ、職員室に行きますか」

「馬鹿《ばか》ね。職員室なんかでお話できることじゃないわ」

何か思いつめた目だ。

「じゃ、当直室に行きますか」

「いやよ。ここでいいわ。当直室には小使さんや、ほかの先生がやってくるじゃないの」

「それはそうだけど……」

耕作の教室は、職員室から一番遠い片隅にある。放課後の今、滅多に誰も来ない。しかし、教室で若い娘と二人っきりでいるのは、どうも気が咎《とが》めた。と言って、自分と節子の間は、人目をはばかるような間ではない。度胸を据えて耕作は言った。

「用事って何です？」

言いながら耕作は、教師用の椅子《いす》を節子にすすめた。そして自分は、一番目の生徒の椅子に坐った。

「……あのね、石村さん、わたし今、縁談があるの」

それは今朝花井先生から聞いている。が、聞いたと言ってよいのかどうかわからない。耕作は只《ただ》黙ってうなずいた。

「相手は旭川《あさひかわ》のお医者さんなの」

「それはよかった」

言ってから耕作はしまったと思った。そう言って今朝、花井先生に叱《しか》られたばかりだ。

「まあ！　わたしがお嫁に行くのが、石村さんにはいいことなの？」

うっかり答えられないと、耕作は黙った。

「ね、石村さん正直に言って。あなたは、わたしがお嫁に行こうと行くまいと、そんなことどうでもいいと思うの？」

「………」

「わたしね、ほんとのこと言うわ。わたしはどこにもお嫁に行きたくないの。医者であろうが、金持ちだろうが、そんなことどうでもいいわ」

「どうしてですか。どうしてお嫁に行くのがいやなんですか」

「まあ！　わからないの石村さん」

呆《あき》れたように、節子はまじまじと耕作の顔を見た。耕作は頭をかしげた。

「わからないなあ」

「あのね、わたしには好きな人がいるの。だからどこにも行きたくないの」

「ああ、そうですか。好きな人がいるんなら……そこに行ったらどうですか」

「まあ！　石村さんったら」

言ったかと思うと、節子の目に涙が盛り上った。

「どうしたんです？　どうして……」

「石村さん……」

節子は両手で顔を覆《おお》った。耕作は困惑した。なぜ不意に節子は泣き出したのか。ふっと耕作は、今朝の花井先生の言葉を思い出した。花井先生は言ったのだ。

「石村先生ったら、年寄みたいな、分別臭い言い方をして、卑怯《ひきよう》だわ」

その言葉が、今突如として耕作にはわかったような気がした。

（もしかしたら、この節子は……いや、そんなことがある筈はない）

そう思った時だった。節子が叫ぶように言った。

「わたしが好きなのは……石村さん、あなたなのよ」

耕作は狼狽《ろうばい》して立ち上った。

五

家が見えてきた。耕作は急ぎ足になる。畠で草取りをしている祖父や拓一や良子の姿が見える。五時だがまだ日は高い。あと二時間は手伝えると、耕作は走り出す。

「じっちゃーん、ただいまあ」

市三郎も拓一も良子も、三人が一せいにふり返って手をふる。

「お帰んなさーい」

良子のすんだ声がひびく。

耕作は家に駈《か》けこみ、

「ばっちゃん只今」

と、土間の片隅で薯《いも》を洗っている祖母のキワに声をかけ、野良着《のらぎ》に替えた。

「疲れたべさ。ま、一服してからでもいいべ」

ねぎらうキワに、

「日のあるうちにやるさ」

と、水がめから汲《く》んだ水を柄杓《ひしゃく》のまま、ごくりごくりと飲んで、畠へ走り出る。

畠作はこれからは草取りが仕事だ。まだ芽を出したばかりの作物を、損わぬように鍬《くわ》を使っていく。郭公《かっこう》の声がのどかだ。桜が散って、四囲の山は、俄《にわ》かに沸き立つような新緑でむせている。

(自転車が欲しいな)

拓一が徴兵検査で甲種合格と決まった今、耕作は自転車が欲しいと、しきりに思う。自転車があれば、一里以上ある学校への通勤時間は、ぐっと短縮される。そうでもして手伝わなければ、拓一の留守の間、祖父と良子の肩に重荷がかかるのだ。

（小林八百蔵さんは、二、三年前に、十五円で買ったといってたなあ）

心の中で、耕作は独りごとを言う。小林八百蔵は、三重団体の篤農家《とくのうか》で水田を作っている。時には人に金も貸す。村人が、

「利子をたくさん払うから貸してくれ」

と言ったら、

「たくさん利子払う奴《やつ》には貸さん。利子もよう払えんようなもんになら、わしは貸す」

と断わられた、という話もある。無類に正直で、働き者の八百蔵を耕作は尊敬している。

（十五円か）

中古で十五円だったのだ。今ならだいぶ出廻って来て少し安くなっているかも知れない。月賦《げっぷ》で誰か譲ってくれないかと思いながら、耕作は草を取って行く。さくりさくりと鍬の音がする。

（坂森五郎か）

ふと、今日の昼のことを思って、思わず微笑する。昼休みになって弁当をひらいた。生徒たちが一せいに、

「いただきまーす」

と言って、弁当をひらいた。その時坂森五郎が、耕作の傍に寄って来た。手に何か持っている。

「どうした、五郎？」

弁当箱のふたを取る手をとめて、耕作が言った。

「先生、これやる。おれがたいたまんまだ」

口の中でぼそぼそ言いながら、五郎がさし出した。

「何？　五郎がたいたまんま？」

さし出された五郎の握り飯を手に持って、耕作は胸がつまった。五郎の目が恥ずかしそうに、ちらっと笑った。

「今日のまんま、こげんかった」

「そうかあ、うまいべな。ごっつぉうさん、五郎」

思わず耕作は、五郎の手を握りしめた。五郎は恥ずかしそうに、自分の席に逃げて帰った。

五郎は、この間詩をつくった。その詩に耕作は短評を書いた。

「五郎のたいためし、うまかったべなあ。先生も食いたかったぞ。あのな五郎、先生もな、母ちゃんがいないで育ったんだぞ。そして父ちゃんも死んでるんだぞ。仲よくするべな」

それを読んだ五郎が、自分の炊《た》いた飯を握って持って来てくれたのだ。五郎の小さな手が握った握り飯だ。「先生も食いたかったぞ」と言う言葉を、そのままに受けとって握った握り飯だ。「仲よくするべな」と言う言葉に、素直にうなずきながら握った握り飯だ。五郎を素直にさせたものは何か。耕作が父に死に別れ、母のいない家庭で育ったという事実だ。耕作は、五郎の握った少ししょっぱい握り飯を食べながら、思わずほろりと涙がこぼれた。五郎が心をひらいてくれたのがうれしかった。

今、そのことを思い出しながら、

(五郎、お前の炊いた飯、うまかったぞ。塩だけでもうまかったぞ)

と、耕作は呟《つぶや》いていた。

いつしか日が傾いて、春の雲が茜《あかね》に染まった。華やかな色だ。しかしまだまだ仕事はできる。郭公もまだしきりに鳴いている。

(節子はどうしたかなあ)

一週間程前に、学校へ訪ねて来た節子のことを思うと、耕作は胸ぐるしくなる。あの時は本当に驚ろいた。節子が、

「わたしには好きな人がいるの。だからどこにも行きたくないの」

と言った時、耕作は漠然と、学校出の市街の青年だろうと思った。だから、

「ああそうですか。好きな人がいるんなら、そこへ行ったらどうですか」

と答えた。するといきなり、節子は泣き出したのだ。そして言ったのだ。

「わたしが好きなのは、石村さん、あなたなのよ」

それ以来、その言葉がくり返しくり返し耳の中に鳴っている。

(そんな馬鹿なことが！)

はじめは真実そう思った。第一、節子は一度も鍬を握ったこともない料理屋の娘だ。料理屋の娘が、百姓家の自分の所に嫁に来れる筈《はず》はない。高等二年を卒《お》えて、代用教員になっているとはいえ、土とは切っても切れない生活の中に耕作は生きている。それに、耕作はまだ十八だ。何となく耕作は、結婚の相手は自分の齢《とし》よりも上であってはならないように思ってきた。これにはさしたる根拠はない。只小さい時から、結婚の相手は自分と同年齢が上限だと思ってきた。

「わたしが好きなのは、石村さん、あなたなのよ」

言われた瞬間、体に熱い鏝《こて》でも押しつけられたような気がした。

もしあの時、節子がそう言ったまま逃げ出さなかったなら、自分は一体どうしただ

ろうと思う。

「石村さんも、わたしを好き?」

そう問いつめられたらどう答えただろうと思うのだ。わからない。耕作にはわからないのだ。

あれ以来、布団《ふとん》に入ると節子の顔がいやでも目に浮かぶ。抱きしめたい思いに、たまらなくなることもある。かと思うと、ひどく淋《さび》しくなることもある。どう考えても、節子と結婚できるわけはない。あの節子と結婚したところで、飯もろくに作ってもらえないような気がする。ましてあの節子には、種まきも草取りもできる筈がない。

鍬を忙《せわ》しく動かしながら、あれから節子はどうしただろうと、耕作はあれこれ考える。この幾日か、耕作はわざと裏道を通って、節子の家の前は通らない。通るのが恐ろしいのだ。会ったらいきなり抱きしめそうな、そんな思いにかられるのだ。

(ふしぎなものだ)

今まで一度だって、特定の女性にそんな感情を抱いたことがない。それが只一度「好きだ」と言われただけで、こんなにも心がかき乱されるのか。ずっと前から、自分も節子を好きだったような錯覚を覚える。

花井先生が、今日も何かもの言いたげにしていたが、耕作はわざと知らないふりをしていた。花井先生は節子のことを話したがっている、と直感したからだ。

(どうせそのうち、節子も親の言いなりに、嫁に行くさ)

胸の中でそう思いながら、その思いをふり切るように、ぐんぐんと草を削って行く。草を削る音が、今日はなぜか妙にもの淋しい。

六

夕食を食べ終ったら、もう八時半を過ぎていた。後片づけに立ち上った良子に、

「良子、いいものやっか」

と、耕作はにやにやした。

「なあに？　耕兄ちゃん」

耕作を見た良子の頰が、春風に荒れてかさかさしている。耕作は立ち上って奥の間に行き、風呂敷《ふろしき》包みを持って来た。包みをひらく手もとに、みんなの目が行く。

「これだ」

「うわあ、うれしい！　レートクリームだ」

耕作の手渡したものを見て、良子が声を上げた。

誰もがほっとしたように顔をほころばせた。市三郎が言った。

「よかったな良子。レートクリームつけて、うんと別嬪《べっぴん》になれ」

「うん」

良子は早速ふたをあけて、クリームをべったりと顔につけた。拓一が言った。

「良子、クリームはそんなにべったりつけるもんでないんだぞ。どら、兄ちゃんがつけてやる」

良子の頬についたクリームをこそげとって、拓一は額、鼻、両頬、あごと、点々とつけてやった。

「それを伸ばしてみれ」

「うん」

素直にうなずいて、良子は柱の鏡に立って行く。

「ばっちゃんもつけてみれ」

耕作は言う。

「ばっちゃんにも別嬪になれってか」

キワは声を上げて笑った。みんなも声を上げて笑った。

「ばっちゃんには、これだ」

風呂敷包みの中から、カリントの紙袋を差し出す。序《ついで》に給料袋も、そのまま菓子袋の上においた。僅《わず》か二十八円の給料袋だが、それでもみんなの心が弾む。

給料日には菓子と、誰か彼かに土産を買って来ることにしている。先月は市三郎に雑誌キングを買って来た。その前は、拓一にポマードを買って来た。来月はキワに何を買おうかと思う。

「函館には送ったか」

市三郎が聞く。

「うん送った」

函館にいる佐枝には、給料をもらったらすぐに五円送る。これははじめから、みんなで話し合って決めたことだ。

クリームをつけた顔を、良子は鏡に近づけたり、遠のけたりして見ていたが、

「少し白くなったね、わち」

と、うれしそうに言った。もっと早く買って来てやればよかったと、耕作は思いながら、

「うん、ほんとうだ。少し白くなった」

とうなずく。

と、その時だった。修平叔父がぬっと入って来た。

「何だ、今頃晩餉《ばんげ》か」

「いや、いま終ったところだ」

キワが三平皿にカリントをひとつかみ入れた。カリントが皿に軽い音を立てた。

「おお、うめえもんがあるな」

修平は太い指で七、八本つまむと、遠慮なく食べはじめた。良子が後片づけをしようとすると、拓一が、

「手洗わんと、クリーム臭いぞ」

と、やさしく声をかける。聞き咎《とが》めて修平が、

「何？　クリーム？　良子、もうお前クリームなんぞつけてるのか」

「うん、おれが今日買って来てやったんだ」

「なんだ耕作、良子はまだ十四でねえか。クリームなんぞつけて、早く色気ついたって、何にもなんねえぞ」

「いろけって何さ、叔父さん」

土間のほうで良子が無邪気に言う。

「色気って色気よ。トッカピンよ」

修平が一人で笑った。耕作は何となく顔を赤らめた。今朝の新聞にもトッカピンの

広告が出ていた。

〈今！　直ちに船出せよ。精力の海に……

歓楽の航海に。トッカピン一日一錠〉

新聞に時々広告が出るから、覚えている。新聞は時々学校で読む。が、毎日は読めない。校長が読み、教頭が読み、次席が読み、次々に読むので、末席の耕作が読むのは、次の日になることもある。

「トッカピン？　ふーん」

つまらなそうに、良子は茶碗《ちゃわん》を洗いはじめた。

「くだらねえことを言うな、修平」

「ふふふ、くだらねえか。おやじさんにはくだらねえことだべな。なあ拓一」

拓一は黙って、耕作が先月買って来たキングをひらいた。村上浪六《なみろく》、吉川英治《よしかわえいじ》、中村武羅夫《むらお》などの小説家たちが、目次に名前を並べている。修平叔父は少し酒を飲んでいるようだ。思いながら耕作は、風呂敷包みの中から、生徒たちの図画を取り出した。校庭で今日写生させたのだ。

「どらどら」

キングを見ていた拓一が寄って来た。拓一は絵がうまい。子供たちの図画を見るの

は、拓一の楽しみの一つなのだ。校舎を描いた絵、校庭に遊ぶ生徒を描いた絵、十勝岳を描いた絵、様々だ。修平ものぞきこんで、

「なんだ、学校の窓が曲ってるぞ、こんなに曲ったら窓があかねべ」

「…………」

「なんだ、電信柱より、人間のほうが大きく描いてるでねえか、下手だなあ」

一々文句を言う。耕作が見ると、童心のあふれた楽しい絵が、修平にはことごとくまずい絵に見えるらしい。拓一と耕作は思わずふき出しながら、しかし修平の文句もまた楽しかった。

〈先生の顔〉と描いた絵が出て来た。広い額の下に、黒い太い眉《まゆ》があり、目が炭団《たどん》のようだ。鼻筋はとおっているが、左に寄り、口があごのあたりに描かれている。校庭で風景を描かせた筈なのに、耕作の顔を描いている。裏を返すと、坂森五郎の名であった。五郎は、みんなが風景を描いている間、自分の顔を見つめていたのか、その心根がひどくいじらしく思われた。

「なんだ、いやに鼻の下長く描いてるじゃねえか。おい、耕作、お前鼻の下長く見られたんだぞ」

修平は手に取って高くかざし、市三郎やキワにも見せた。

と、表で自転車を立てる音がした。

「おや、今頃菊川先生かな」

耕作が浮き腰になった時、がたびしと音がして戸があいた。

「じいさん、しばらくだったなあ」

思いがけなく深城が入って来た。深城は土間に突っ立ったまま、じろりと部屋の中を見まわした。ニッカーズボンに編上靴をはき、茶色の背広に、白い絹のマフラーを巻いたその深城を、修平は上から下まで、見上げ見おろす。市三郎がキセルの灰をぽんと掌《てのひら》に落して、

「おお、これは珍しい。何年ぶりかね」

「そうだな、先《ま》ず七、八年ぶりかな。ま、じいさん、今日はちょっとばかり話があって来たんだ。上らせてもらうぜ」

深城はすぐに靴のひもを解いて上りこんだ。

「話って何かね」

傲然《ごうぜん》とストーブの傍にあぐらをかいて、ろくろく頭も下げぬ深城に、市三郎が言う。傍で修平が、うさん臭げに深城をうかがった。むろん修平も深城を見覚えている。上富良野一帯で深城を知らぬ者はない。いつかの祭りにもひょっとこを踊り、愛想をふ

りまいていた。高利で人を苦しめることも、誰もが承知だ。

いや、修平は、この深城が嫂《あによめ》の佐枝に言い寄ったことも、祖父と佐枝の仲が怪しいと言いふらしたことも、決して許し得ぬこととして、覚えている。

それ以上に、拓一と耕作は深城が憎い。拓一が十三、耕作が十歳の時、ぶどう取りに来た深城と山で会った。その時深城は言ったのだ。

「お前らのおっかあ、男恋しく逃げたんだ。子供ば置き去りにして」

あの言葉が二人をどんなに深く傷つけたことか。しかも、福子はこの深城に買われたのだ。

「ところで、早速だがじいさん。うちの娘が、ここに逃げこんではいねえかね」

暗い奥の間のほうに、深城は険しい視線を向けた。

七

「えっ？　福子が逃げた？」

と、拓一が思わず叫んだ。

「福子？　福子って誰だ？」

「曾山の……」

みなまで言わせず、

「なんだ小菊のことか。小菊なんかじゃない」

と深城は耕作から順々にみんなの顔を眺めたが、

「どうやら、ここじゃなさそうだな。逃げたのはうちの節子だ」

「えっ!? 節ちゃんが」

耕作の顔色が変った。その様子を油断なく見ていた深城が言った。

「ほう、顔色が変ったな」

耕作はうつ向いた。答えようがなかった。

「何かね、深城の旦那《だんな》。うちの耕作が、何か関《かか》わりでもあると言われるかね」

市三郎の言葉に、

「大ありだとも。なあ、じいさん、うちの節子は上富《かみふ》小町と言われる器量よしだぜ。引く手はあまたなんだ。それがな、あの話もいや、この話もいや、見合の話が起る度、頑として断わりつづけだ」

「なるほど」

「はじめのうちは、わしもそう不思議には思わなかった。節子ほどの器量だ、選り好みするのも無理はないと思ってな」

「なるほど、なるほど」

「そこに今度は、縦から見ても横から見ても申し分のない話が来た。親も息子も旭川の医者で、顔はよし、頭はよし、文句のつけようのない相手だ。ところが、それもまた節子がいやだと言い張って、何としても言うことを聞かん。向うは節子の器量にほれこんで、やいのやいのと言って来る。とうとう明日は結納が入るという今日、節子は書き置きをして逃げてしまったんだ」

「なるほど、そりゃあ心配なこったあ」

「じいさん、人ごとじゃないんだぜ。その書き置きにはな、自分には好きな人がいる。その人以外には、死んでも嫁に行かんと書いてあるんだぜ。それが、こともあろうに、あんたの孫のこの若造ときた」

「ほほう、この耕作をなあ。そう置き手紙に書いてあったと言われるのかね」

「いや、手紙には好きな人がいるとだけしか書いておらん。だがな、花井の菓子屋の娘な、ほら教員をしてるだろう。あれを責め立てたら、やっと口を割ったと言うわけだ」

「なあるほど。医者よりも百姓の小せがれにほれたとはなあ。そりゃあ旦那もぶったまげたべ」

「ぶったまげるより情ねえ話よ、じいさん。いいかね、向うは資産家だ。学問もありゃあ、地位もある。押し出しもきく。何一つ文句のない相手をさておいてだ。何も好きこのんで、こったら安月給取りの、水呑《みずのみ》百姓の……」

その時、修平がいきなり大声で怒鳴った。

「やかましいやい！　おい、水呑百姓とは何だ。安月給取りの若造とは何だ！　手前は一体何様だと思ってやがるんだ！」

体の大きな修平が、顔を真っ赤にして怒った。

「何いっ！　手前ら水呑百姓だから水呑百姓だと言ったまでだ、何が悪い？」

「何が悪い？　貴様あ！　そんなら言うがな、貴様は何だ、たかが女郎屋の亭主で、高利貸しじゃねえか！」

修平の言葉に深城の唇がぶるぶるとふるえ、何か言おうとした瞬間、市三郎が凛然《りんぜん》と言った。

「修平！　言葉が過ぎるぞ！」

「言葉が過ぎるのは、こいつだ」

「修平、相手の言葉が過ぎようと過ぎまいと、こっちまで過ぎた言葉を吐くことはない。いや、深城の旦那すまんかったな」

「何もこったらもんにあやまることなんかねえ」

またぶつぶつと修平が言う。

「ああ、どうせおれは、女郎屋の亭主で、高利貸しだ。柄の悪いのは百も承知だ」

市三郎のとりなしに、深城は幾分自嘲《じちよう》的に言った。修平を怒らせては何の得にもならぬことを、深城は素早く見て取ったのだ。二、三年前、角力《すもう》で五人ぬきをした拓一が控え、それよりやや細身だが、若い耕作もいる中で、喧嘩《けんか》をしても勝目はない。力仕事をしたことのない深城は、修平一人が相手でも勝目はないのだ。

「ま、今は、どこに行ったかわからない娘さんのほうが心配だ」

市三郎が話を戻す。キワと良子が片隅で、ほっと顔を見合わす。

「うん、わしもそれで来たんだが、君に心あたりはないかね?」

背広のボタンを一つ外しながら、深城は少し言葉を改めた。

「いいえ、全然心あたりなんか、ありません」

つい耕作は切り口上になった。

「そう言わんで、正直に言って見てくれんか」

「正直に言っています」

「そうかね。まあ若い者同士だ、ほれ合うってこともわかる。わしらにも経験がある。

しかしな、釣り合わぬは不縁のもとと言ってな、第一、君はまだ兵隊前の、前途ある有為の青年だ。女に手を出すには、齢《とし》が若過ぎやしないかね」

金歯をむき出して深城が卑《いや》しく笑う。

「手を出すなんて……。ぼくは、節子さんと、何の関係もありませんよ、指一本ふれたことはなし……」

「何い？　指一本ふれたことがない？　下手《したで》に出りゃあいい気になって。指一本ふれられんで、節子がこんなにカッカと思いつめるかよ」

深城は再び声を荒らげた。

「冗談じゃない。ぼくは正直にいっています」

「正直が聞いて呆《あき》れらあ。ふん、節子は泣いて、お前の当直の夜、学校に行ったたっちゅうじゃねえか」

「ちがいます。放課後です。教室に来たんです。そして突然泣き出したんです」

「何の関係もない男の前で泣き出すわけがあるか、泣き出すわけが。人の大事な娘を傷物にして」

「そんな……」

耕作は二の句がつげなかった。と、修平がまたもやいきりたった。

「ふん、耕作はなあ、ごけ屋の娘になんか、鼻も引っかけるかい」

「な、何だと?」

深城が片膝《かたひざ》を立てた。

「おい深城、お前は耕作のおふくろを追っかけた。お前の娘は耕作を追っかけた。ハハ、こりゃ因縁話だな」

「修平! お前、もう帰れ!」

「ああ、帰るとも。こんな奴《やつ》の顔見たくもねえ。しかしなお父っつぁん。耕作たちのおふくろがここにいられなくなったのは、こいつのせいだ。こっちでも一人いなくなったんだ。そっちでも一人いなくなって、あいこだろうが」

言うなり修平は、ぷいと出て行った。

八

深城が来て三日経《た》った五月二十四日の夜——。

「じゃ、ごっつぉさん。ばっちゃん、また来るわ」

富がうす暗い土間に降りた。

「あれまあ、もちょっとゆっくりして行けばいいのに。たまたま来たんだもの」

名残り惜し気にキワが富の手を取る。そのキワのかさかさした手を取って、富が言った。

「ばっちゃんの手も、わちの手とおんなじだね」

富の手も荒れてかさかさしている。何を思ったか、良子がつと立ち上って、奥の間に駈《か》けこんだ。武井が、

「ま、家にいるより、山のほうが富には気楽かも知れんので……」

と、弁解するように言った。明日から、富は武井と共に、十勝岳の山腹にある硫黄《いおう》鉱業所に炊事婦として働らくことになったのだ。

「富、硫黄の煙は体に毒だからな」

市三郎がくり返して言う。

「姉ちゃん、熊《くま》にも気いつけれよ」

拓一も立って来て言う。耕作は黙って土間に降りた。せめて富の家まで送って行ってやりたい気持なのだ。と、奥の間で何かごそごそしていた良子が出て来た。

「姉ちゃん、これレートクリームだよ。半分やる」

どうやら、半分は何かの入物に移して来たらしい。

「あら、レートクリーム?」

富はうれしそうにふたを取り、鼻を近づけると、息を吸いこんで、

「いい匂《にお》いだわ、これ」

と、武井に匂いを嗅《か》がせる。

「耕兄ちゃん。半分上げてもいいでしょ」

「ああ、いいともいいとも」

耕作は、まだ富にやるものはないかと、頭の中で忙《せわ》しく考えた。が、すぐには思い出せない。

富には、なぜか子供が出来なかった。冬のほかは、武井が硫黄鉱山で働らいているからか。兄弟が多くて、二人の睦《むつ》び合う暇もないからか。とにかく子供は出来なかった。長男坊の武井が、家業の野良《のら》仕事につかず、硫黄鉱業所に働らく理由も、結婚して富は知った。武井の母のシンは後妻で、武井以外のきょうだいは、みなシンの子だった。そんなこんなの重荷を、おとなしい富が負わねばならなかった。それを見かねて、武井は遂《つい》に富を鉱業所に伴うことにしたのだった。

武井にクリームを嗅がせている富を見て、耕作はほっとした。武井の傍で働らくのなら、富も幸せになるような気がした。いつかの盆休みに、山のように草を背負って歩いていた富の涙を思い出しながら、「よかった」としみじみ思う。

だが、一方、荒くれ男の中にまじって働らく富が、哀れにも思われる。

(あの小母《おば》さんじゃ、仕方ないものな)

いつ行っても無愛想な、富の姑《しゆうとめ》のシンの顔を耕作は思い出す。いや、無愛想というより突っけんどんだった。底意地が悪かった。

「じゃあな、気をつけてな」

「うん、じっちゃんもばっちゃんも、元気でね。山から降りたら、また来るから」

耕作が外に出ると、拓一も良子も外に出た。

「じゃ、拓ちゃんも耕ちゃんも、良っちゃんもさいなら」

「おれ、送って行く」

下駄《げた》の音を立てて、耕作が歩き出す。

「おれも送って行く」

拓一もついて来る。

「あら二人共?」

「うん、今夜は月夜だから」

暈《かさ》をかぶった月が、ぼんやりと四人を照らす。

突如、拓一がうたい出す。

雨ふり　お月さーん　雲のかーげー
お嫁に行くときゃー誰と行くう
一人でから傘　……

心に沁《し》みるような節廻しだ。

富がうつ向いたまま、武井と並んで行く。そのうしろをついて行きながら、耕作は、富の肩がふるえているような気がした。ふっと、行方知れずになった節子のことを耕作は思った。

あの夜、市三郎は深城に言った。

「とにかくな、深城の旦那《だんな》。若い娘さんのこった。思いつめたら何をするかわからん。万一死なれでもしたらどうなさる」

死と言う言葉に、深城もさすがに怯《おび》えたようだった。耕作と節子の潔白を、どの程度信じたかわからないが、とにかく最後はおとなしく帰って行った。花井先生の話では、警察にも捜索願いを出したということだ。

どこにいるかわからない節子を思うと、耕作はたまらない気がする。節子には節子

の、辛《つら》い生活があったのだと、今更のように思うのだ。それを、修平叔父が、

「ごけ屋の娘なんぞ……」

と言ったのだ。ひどく酷《むご》い言葉だと、耕作は胸が痛む。

「どっかで、地震があったんだってな、昨日」

どこで聞いて来たのか、武井が言う。

「ああ、そうそう。新聞に出てたなあ。山陰地方だってね」

耕作が相づちを打つ。

「山陰地方?」

富が聞き返す。

「うん、ほら、日本三景の一つに宮島ってあるべ。海ん中に赤い鳥居の写ってる絵葉書、見たことあるべ。あそこが震源地だってな」

「関東大地震より激震だってな。全滅した町もあるって聞いたぞ」

と、武井も言う。

「地震か。何しろ、動かん筈《はず》の大地が動くんだから、おっかねえなあ」

「ほんとだ。おっかない」

「山は大丈夫だべな、兄さん」

「山は始終ごうごう鳴っているどもな」

何となく、耕作は不吉な気がした。今まで何事もなく来たのだから、滅多なことはあるまいと思うが、十勝岳は活火山だ。いつ突如として大爆発を起すか、わからないのだ。五里も離れた耕作たちのいる所はむろん大丈夫だろう。が、富の働らくあたりに、石が降らないものでもない。

「大丈夫大丈夫。一昨年《おととし》の八月に、硫黄が七、八メートルも吹っ飛んだことがあったけどなあ。この頃は只《ただ》鳴ってるだけよ」

山に馴《な》れた武井の言葉に、耕作は安心した。月の光にぬれたように、山の木々が光る。

「じゃ、ここでいいよ」

途中まで来て武井が言った。

「そうかい。じゃ、気をつけてな」

もう、武井の家の窓のあかりが、向うに見える。余り近くまで行って寄らないのも悪い。が、寄ってはかえって迷惑な顔をされる。

「姉ちゃん、ほんとに気をつけれよ」

「うん、気をつける」

素直にうなずいて、富が去って行く。二人の姿を月がおぼろに照らす。拓一と耕作が、肩を並べて二人を見送る。見送る二人の姿をも、月が照らす。

二人はしばらく黙って立っていたが、

「帰るか耕作」

蛙《かえる》の声が賑《にぎ》やかだ。

耕作は、拓一と話したいことがたくさんあった。が、こうして肩を並べて歩いていると、話すことが何もないような気がする。

ぱたりと蛙の声が止《や》んだ。

「耕作、お前、あの節子って子が好きだったのか」

「いや」

話したいくせに、返事はつい短くなる。

「なんだ、好きじゃなかったのか」

以前から好きだったのではない。好きだと言われてから、俄《にわ》かに耕作も、節子が好きになったのだ。その上、節子が行方知れずになった。すると、ずっと以前から好きだったような錯覚を覚えるのだ。

深城の帰った夜、耕作は暗い道に出て、むやみやたらに歩きまわった。いてもたってもいられない思いだったのだ。体の芯《しん》が熱くほてるような、そのくせひどくしんとした淋《さび》しい思いでもあった。

「でもさ、今は好きだ」

思い切って耕作は告げた。ひどく恥ずかしいような、しかしさわやかな気持でもあった。

「ふーん、好きか、節子が」

あたたかい声音だった。耕作はうなずいた。そのまま二人は、また黙って歩いた。下駄の音が高くひびく。蛙が前にうしろに、一せいに鳴き立てる。

「春だなあ」

拓一がつぶやく。

「うん」

「全滅した町もあるんだなあ」

「うん」

「節子はどこにいるのかなあ」

「…………」

「ま、心配するな。そのうちに、思い出話になるさ」

「…………」

「福子はどうしてるべなあ」

「福子なあ」

なぜか耕作は、不意に泣きたいような心地になった。福子の白い顔がやさしく目に浮かんだ。

雪間

一

ストーブの上で、蒸籠《せいろう》が盛んに湯気を噴いている。その蒸籠を良子が土間におかれた臼《うす》に持って行く。これで四臼目だ。餅《もち》をつくのは拓一で、相取りは耕作だ。

きねが上がる。耕作が、「ハイッ」と相の手を入れ、素早く餅を返す。大きな音を立ててきねが降りる。また上がる。餅を返す。二人の息が合う。耕作が子供の頃には、祖母が相取りをしていたものだ。それが、いつの年からか耕作の仕事になった。富がやっていたこともある。

朝の四時からたてつづけに、もう餅を三臼もついた。きねを持つ拓一の額に汗が浮いている。「よし、これでいいな」

桶《おけ》の水に両手をぬらし、手早く餅をまるめて、耕作は居間ののし台に走る。その手からひと所餅が垂れ下り、つやつやとランプの光りに光る。のし台に澱粉《でんぷん》をならして待っていたキワが、器用にのし棒でのしていく。

「どれ、ばっちゃん、わちがする」

めっきりと娘らしくなった良子が、キワの手からのし棒を取る。

「先《ま》ずひと休みだな」

小さくまるめたあんを餅に包んでいた市三郎が声をかける。

「ふーっ」

大きく息を吹いて、拓一が奥の間に大の字にひっくり返った。

「疲れたべ、兄《あん》ちゃん。こんどはおれがつく」

「なあに、大したことない」

「兄ちゃんが、くじのがれでなかったら、おれが一人でつかなきゃあならんかったんだなあ」

耕作はストーブに薪《まき》を放りこみながら言う。福子の家では、国男が十二月一日に入隊した。今年は餅のつき手がいない。だから明日は、拓一と二人で手伝いに行く約束になっている。隣家の井上権太も手伝いに行くと言っていた。曾山の家のことだ。多分、二臼か三臼しかつかないにちがいない。あんを入れる餅なども、曾山の家では作らぬ筈だ。明日行く時、少し持って行ってやろうと思いながら、耕作はストーブの傍《そば》の、大きな鉄瓶《てつびん》の湯を急須《きゅうす》に注ぐ。

「さ、みんなで餅でも食うか」

あんの入った餅を皿に盛って、キワが床板の上に置く。

「うん。今年の餅はよくつけた。拓一も耕作も、いい若い衆になった」

ほめる市三郎の、歯の欠けた口もとがやさしい。

「なあ、じっちゃま。こだにいい年越し、国を出てから、はじめてでないべか」

「んだなあ。ここさ開拓に入って、もうかれこれ三十年になるもんな。拓一も一人前になったし、耕作も先生になって月給ば取って来るし、良子もくるくるよく働らくし」

「それに来年は、母ちゃんも帰って来るしなあ、ばっちゃん」

拓一も言う。

「そうだってば。それが何よりめでたいこった。こだに米の餅ばどっさりついて、ありがてえことぉ」

「全くだあ。はじめてここに入った時を考えたら、もったいねえようなもんだ」

耕作もみんなの話を聞きながら、あんの入った餅を黙々と食べる。

(そうか、これが祖父たちの三十年ぶりに迎えるよい正月なのか)

何かたまらない思いになる。故郷の福島には、祖父たちの住んだ家が、まだがっしりと建っているという。福島に果樹を植えたらいいと提唱したのは、祖父の市三郎で、そこでも市三郎は、人に信頼される存在だったと聞く。その市三郎は、夢を持って北海道に渡った。しかし、事、志に反して、市三郎は、自分の土地を持つことができず、まだ小作をつづけている。

最初は拝み小屋からはじまって、寒いこの地に幾冬も耐えた。ようやく前途に希望を持ちはじめた時、耕作たちの父の義平が死に、それから幾年も経《た》たずに、その嫁の佐枝が家を出なければならなくなった。孫の四人を抱えた祖父たちの生活は、さぞ大変だったろうと、今改めて耕作は思う。

二十八円の月給で教員になった耕作も、新年度からは三十三円になる筈だ。拓一は冬山造材に働らいて、馬持ちで一日二円五十銭は働らく。年収七百円あれば先ず先ずの生活はできる。とはいえ、朝から晩まで働らいてこの地を拓《ひら》いた祖父と祖母の報酬にしては、それほどの大いなる報酬とは言えないと思いながら、耕作は餅を食べている。あまりに祖父と祖母が喜ぶので、かえって耕作は、辛い気持になるのだ。

「富も、やっと笑うようになったしね」

キワがお茶をがぶりと飲んで、しみじみと言う。キワの体もこの頃ふしぎによくなっている。

「だが、曾山んちは大変だな」

拓一は次の餅に手を出しながら、暗い声で言う。たった一人の働らき手である国男が兵隊に取られて、福子の母は十日も寝こんだと言う。父親は、秋以来、ずっと寝たっきりだ。それでも酒が切れると、床の中で暴れるという話も聞いた。

「あそここそ、くじのがれになればよかったになあ」

市三郎も言う。甲種合格になった者は二年間入隊しなければならない。が、軍縮時代だから、そのすべてを入隊させるわけにはいかない。抽籤《ちゆうせん》によって、入隊しない者も何割か出る。幸い拓一は、その抽籤に当って、入隊せずにすんだ。それを、くじのがれと人々は呼んだ。

「二年もなあ」

「なに、何とかみんなで手伝ってやるさ」

耕作は言いながら、拓一の気持を忖度《そんたく》している。拓一はきっと、国男が入隊して、自分がくじのがれになったことを、うしろめたく思っているのではないか。拓一は、自分だけの幸せを喜べない人間なのだ。

「手伝ってやれ。苦労はみんなで分けねばね。しかし何だね、三重団体の人たちも頑張ったねえ」

言いながら、キワが餅米の入った蒸籠を二つ釜《かま》の上にのせた。三重団体は団体で入植し、稲作の自作農で、この沢の者から見たら、ずっと豊かな部落だ。

「んだなあ。三重団体も、大変だった。あのニレの木の下に、野宿したのがはじまりでなあ」

幾度も聞いた祖父の話だ。はるばる三重県からこの上富良野の野に辿《たど》り着いた日、ニレの木の下に野宿した人々の、不安と希望の交錯した表情が、耕作は目に見えるような気がする。それはたしか、四月十二日だったと聞いている。四月と言えば、まだこのあたりは雪の残っている頃だ。耕作は、人間が生きるということのきびしさを感じながら、祖父の話に相づちを打つ。

何はともあれ、とにかく喜んで正月を迎えることができるのだ。昔は稲黍《いなきび》の餅をつくことさえぜいたくだった。それが今は、米の餅に黒豆を入れたり、よもぎを入れたり、ゴマを入れたりしてつくのだ。やはり豊かになったのだと、耕作は部屋の中を見まわす。別段新らしい家具が増えたわけではない。が、この暮には良子に、一反一円八十銭の銘仙を正月の晴着に買ってやったし、祖母にも角巻を一つ張りこんでやった。

「じっちゃん、国男は軍隊で餅ば食えるべか」

拓一が言う。

「ああ、食えっとも。去年の新聞にも出てた。餅もみかんも、酒も、するめも、焼魚も、ちゃんと初年兵に出たってな」

「そうか」

安心したように、拓一はにこっと笑った。

「あ、ふけてきた、ふけてきた」

キワが言った。蒸籠から盛んに湯気が噴いている。

「よし、やるか、兄ちゃん」

耕作が土間に降り、拓一も立ち上った。外はまだ暗い。

二

四月四日、今日は日曜日だ。

拓一と耕作と、そして権太の三人が、朝早くから、曾山の畠《はたけ》に堆肥《たいひ》を小分けしている。畠と言っても、まだ雪が真っ白だ。藪《やぶ》の枯笹《かれざさ》が、雪の上にやさしい黄色を見せている。丈高い菊芋の立ち枯れも、ちょりちょりになった蓬《よもぎ》の焦茶色《こげちゃいろ》も、畠の真ん中に突っ立った唐黍の枯茎も、春というよりまだ冬のものだ。

だが、家近くの日当りのいい庭には土が出て、雪間ができた。枯葉をつけた柏《かしわ》の木や、洗ったような白樺《しらかば》の幹や、緑濃いトド松が、山の斜面に朝の日を受けている。どの木の根元も、雪がぽっくりと融《と》けて、黒土をのぞかせている。木のめぐりから、山の雪は融けていくのだ。

「すまんねえ。朝早くから」

もんぺをきりりとはいた福子の母のサツが、板戸を押して出て来た。去年から、莚《むしろ》戸《ど》を板戸になおしたのだ。

「なあに、朝の早いのは苦にならん」

元気に拓一が答える。堅雪が柔らかくならない朝のうちに、馬橇《ばそり》を使わなければならないのだ。

「ほんとにすまんねえ」

気の弱そうなその表情に、権太が大声で言う。

「何の、何の、わしが兵隊に取られた時は、国ちゃんに手伝ってもらうつもりじゃから、心配はいらん」

なるほど、思いやりのある言い方だと、耕作は権太に感心した。権太というのは、天性あたたかく生れついているのだ。耕作は内心、曾山の家に力をかしてやっているつもりだった。が、権太にはみじんもそんな気持がないらしい。

「すまんねえ」

くり返し言って、サツが家に入ったかと思うと、再び戸が中から押しあけられた。三人は湯気の立つ堆肥を、馬橇の上から畠におろしている。堆肥は馬橇の広い台の上に積み上げられているのだ。と、

「あ」

拓一が声を上げた。

「どうした？」

拓一の視線を追った耕作もハッとした。古びた絣《かすり》のモンペをはき、絣の野良着《のらぎ》を着た福子が、フォークを持って近づいて来たのだ。

「福ちゃん、来てたのか」

声をかけたのは、権太だった。

「しばらくね。いろいろおせわになって、すみません」

国男が入隊する時に、福子は一度家に帰って来た。だが、正月にも帰ったという話を聞かない。見る見るうちに真っ赤になった拓一を、耕作はちらっと見た。が、

「福ちゃん、どうして帰って来たの」

と、子供の時の語調になった。

「うん、父ちゃんが悪いの」

福子の語調も子供の頃に戻っている。

「何だ、悪いの？　困ったなあ、それは」

権太はフォークを雪の上に突っ立てた。

「あんまり長くないかも知れないの」

福子はうつむいたが、

「わたしも手伝うわ」

と顔を上げた。

「いいよ福ちゃん、男が三人もいるんだから。福ちゃんは看病してるといいよ」

耕作が言い、

「そうだ、そうだ」

権太も言ったが、拓一は黙ったきりだ。

その拓一に、

「なあ、兄ちゃん、ここはおれたちでやるよな」

せっかく耕作がそう言っても、拓一は黙って、じっと福子を見つめたままだ。福子の白い頬に淋《さび》しい微笑が浮かんだ。

「そうお、みんなすまないわね。拓ちゃん、いろいろありがとう」

拓一は無器用にうなずいて、再び堆肥をおろしはじめた。権太も仕事にかかった。

帰りかけに福子が、耕作を目顔で呼んだ。

「何だい」

耕作は傍に寄った。

「あのね……節子さんが東京から帰って来るわ」

耕作は胸がどきんとした。あれ以来節子は、東京に出て行ったままなのだ。それが不意に帰って来ると言うのだ。

「節子さんのお兄さんが、今年専門学校を卒《お》えたから……」

「ふーん」

「お兄さんが、お父さんを説いてくれたらしいの」

「ふーん」

耕作は、不意に胸の中に、何かを詰めこまれたような気がした。節子が、どんなふうになって帰って来るのか。全く見知らぬ女になって帰って来るような不安と、帰ってすぐに、誰かと結婚するのではないかという思いが、交錯した。

「じゃ、もう少ししたら、一服して。お茶をいれるから」

母親の着古した野良着だろう。袖口《そでぐち》がすり切れ、モンペもよれよれになっていた。家の中に入る福子を見ながら、耕作は自分でも説明のつかない福子へのいとしさに、不意に胸を突かれた。

「こないだ、十日前ぐらいの新聞に出ていたっけなあ。十三の少年が水ごりしたってよ」

権太が耕作に話しかけた。馬小屋に似た臭《にお》いの堆肥を雪の上におろしながら、

「ああ、いたいた。足尾銅山だったな」

七十近い祖母が病床に就き、稼《かせ》ぎ手の父が入隊して、その日の糧《かて》にも困る生活におちいった少年が、毎朝四時に起きて、祖母のために水ごりを取っていると言う。新聞には美談として扱われていたが、教師をしている耕作にはたまらない記事だった。少年は足尾銅山に、日給二十銭で働らいていると新聞は報じていた。一日二十銭で、何

を食って生きて行けるのか。この曾山の家よりも悲惨だと、耕作は思いながら、しかし今耕作は、福子の淋しげな微笑を思っていた。節子が日に向って咲く花だとしたら、福子は日に背を向けて咲く花だ。いつか拓一が歎《なげ》いていた。

「福子は逃げればよかったんだ。牛や馬じゃあるまいし、売られていくなんて、馬鹿《ばか》だ」

と。売られても、逃げ出せない福子と、嫁入り先を嫌って逃げ出す節子と、二人は余りにも対照的だと、耕作は何か気が滅入《めい》って行くのだ。

堆肥は畠の上に、小さなにおのように並べられて行く。畠の中を川が流れている。冬の間は川も一面雪に覆《おお》われていた。その雪があちこち融け落ちて、所々厚い雪のトンネルが出来ている。水が逆波を立ててそのトンネルをくぐり、流れて行く。耕作はふっと、フォークを突っ立てて、水を眺めた。川岸の雪が、音もなく崩れて、川に落ちた。見る間に雪に水が沁《し》みて、そのまま雪は流れて行く。岸の猫柳が銀色に光っている。その猫柳を見つめながら、耕作は自分で自分がわからなくなっていた。

去年の五月、節子が逃げる直前、節子は耕作に言った。

「わたしが好きなのは、石村さん、あなたなのよ」

その言葉が、耕作の心をかき乱した。耕作もまた、節子を愛しはじめた。幾度か節子を、夢の中で抱きしめもした。が、たった今、福子のモンペ姿を見て、不意に心を突き動かされたのだ。それは、節子に対する、抱きしめたいような想《おも》いとはちがっていた。それよりももっと、悲しみと苦渋に満ちたいとしさだった。

（もしかしたら……）

自分は、本当は福子を好きなのではないか。耕作はそう思って愕然《がくぜん》とした。とうに、拓一の福子に対する気持はわかっていた筈《はず》だ。わかっていたからこそ、福子には単なる幼な馴《な》じみとして接して来たつもりだった。

（いやな奴《やつ》だ、おれは）

耕作は思いをふり切るように岸を離れた。

「なあ、拓ちゃん。七師団の雪中演習は、きつかったってな」

休みなくフォークを使いながら、権太が話している。

「ううん、何しろ二月だったからな。二月は零下二十度にも三十度にも下ったもな。きつかったべ」

「初年兵の国ちゃんも出たんだべな」

二人の話を、耕作は黙って聞いていた。

しばらく経《た》って、福子の呼ぶ声がした。

「お茶をいれましたよ」

「おお、今行くう」

権太が答えて、三人がフォークをそこに置いた。

耕作は川岸に戻って、病人のために猫柳を手折った。

轟《ごう》音《おん》

一

隣室から市三郎のいびきが聞えて来る。もう一時間も前から、市三郎もキワも寝入っていた。

この五月初め、六畳間を二つ建て増した。六月早々には、母の佐枝が函館から帰って来るということになり、みんなで建て増しを考えたのだ。

「十一年ぶりに帰って来て、何の変ったところもなきゃ、つまらんじゃろ」

市三郎とキワが、先《ま》ずそう言い出したのだ。

「そのうちに、拓一、お前も嫁っこばもらうべしな」

その時ちょうど来ていた修平も言った。

「嫁っこなんか……」

口の中で拓一はぼそぼそと言ったが、誰もそんな言葉など聞いていなかった。が、拓一にしても、帰って来る母のために、家を広げておくことは賛成だった。

そんな話が出たのが、三月も末のことで、雪が融けかかる頃には、もうみんなが集まって、土台を据えた。雪が融けてしまってからでは、どの家も畠《はたけ》が忙しくなる。

こんな時には、何でもこなす田谷のおどが先頭に立った。修平も来た。権太も来た。むろん耕作も手伝った。器用な拓一は、鉋《かんな》も持った。みんなで屋根も葺《ふ》いたし、羽目板も打った。

そうして広げた六畳のひと間に、今祖父と祖母が寝ている。あとのひと間は、母の佐枝の部屋だ。佐枝は、市街に出て髪結をしたいと言って来たが、半年やそこらは、ゆっくりと休んでもほしかった。

六畳二間を建て増したことで、家は倍にも広く見えた。誰よりも喜んだのは良子だった。まだ十五の良子は、四つの部屋をあけ放して、

「嫁入りでも葬式でもできるね。兄《あん》ちゃん」

とはしゃぎ、

「誰の葬式だあ」
と、修平にたしなめられもした。
耕作が真ん中で、その両脇《わき》に拓一と良子が寝ている。三人が寝ているのは、古い奥の間だ。
不意に良子が、床の上に起き上った。
「何だまだ起きてるのか？」
「だって、うれしいんだもの」
夜に入って雨が降り出し、部屋の中は真っ暗だ。その暗がりの中で、黒い影の良子
が答える。
「良子、うれしくて眠れないのか」
今日、函館の母から、上富良野に着く日を知らせて来たのだ。
「五月二十九日、こちらを発《た》つことに決めました。本当は、三十一日までご奉公しな
ければなりませんけれど、二日早く帰ってよいと、お許しが出ました。三十日は日曜
日なので、耕作も学校は休みでしょうから、旭川まで迎えに来てくれることが、でき
るでしょう。あと幾日かで皆さんにお会いできると思うと、夜もろくろく眠られませ
ん。まだ四つだった良子が、もう十五なんですね。良子、髪の毛は長くなりましたか。

帰ったら、先ずおばあちゃんの髪を結い、良子の髪を結おうと、楽しみにしています」

多分その文面を、良子は思い返して眠られないのだろうと、耕作は思った。

良子は母に髪を梳《す》いてもらった記憶など、全くないにちがいない。髪が伸びると、拓一がいつも握り鋏《ばさみ》で、オカッパに切り揃《そろ》えてやっていた。まだ馴《な》れない頃、拓一は、

「右が少し長いと思って切りゃ、左が長くなるし、揃えるつもりで左を切りゃ、右が長くなる」

と言って、右を切り左を切り、とてつもなく短くしてしまったことを耕作は思い出す。この辺の農家の子は、わざわざ市街の床屋まで散髪に行くなどということはなかった。それは大抵母親の仕事だった。その母親の代りを、拓一はずいぶん努めて来たのだ。薪《まき》ざっぽうを人形代りにしている良子に、人形を彫ってやったこともあるし、草履や藁靴《わらぐつ》を造ってやるのはいつものことだった。

そんなわけで良子は、佐枝が髪を結ってやると言って来たことが、どれほどうれしかったかわからない。そう思いながら床の上に起き上っている良子の黒い影を耕作はいとしげに見た。

「ねえ、耕兄ちゃん。母ちゃんて、どんな顔してる？　写真とおんなじ？」

洋服を着た婦人宣教師と写した佐枝の写真が、二度ほど送られて来たことがある。一度目の写真は、頰がこけ、目が落ちくぼんで別人のようにやつれていた。だがこの間送って来た写真は、頰もふっくらとして、耕作の記憶にある母より美しかった。

「うん、まあな。とにかく良子は母さん似だ」

「そうお」

良子はうれしそうに言い、

「母ちゃん、やさしい？」

その時、寝ていると思った拓一が、不意に言った。

「やさしいも、なんも……誰よりやさしいさ」

「ふーん、早く会いたいなあ。今度の日曜日は、今頃その新しい部屋に、母さん寝てるんだね」

「寝てるとも。そうだ、良子もおれたちと一緒に、旭川まで迎えに行くべ。な耕作」

「ほんと!? ほんと！ 兄ちゃん。うれしいっ！」

ばたんと音を立てて、布団《ふとん》の上に倒れ、すぐまた起き上って、

「うれしいわあ」

と涙ぐんだ。

「だから、もう早く寝れ」

「うん、寝る」

素直に良子は横になった。が、

「母ちゃん、今頃眠られんわね。もっと早く帰って来ればよかったのに」

良子はやはり寝つけないようだった。

「雨がひどくなってくるな」

拓一は、新屋の柾《まさ》屋根を打つ雨の音に、耳を傾けているようだった。

「明日、畠《はたけ》は休みかな」

耕作も雨の音が気になった。

「また福子が帰ってるってな」

しばらくして、ぽつりと拓一が言った。

「そうかい、やっぱり小父《おじ》さん悪いのかな」

「ああ、あしたあたり、お前も早く帰って見舞に行ったらいいな。後二、三日持つか持たないかだって、言ってたぞ」

「国男ちゃん、軍隊から帰って来れるのかな」

「軍隊だって、親の死目には会わせてくれるだろう。戦場じゃないからな」

「早く帰って来れるといいな」

二人は黙った。

福子がこの沢に帰って来ている。そう思っただけで、耕作の胸は疼《うず》いた。自分と同じ疼きを、兄も感じているのだと思うと、耕作は何か罪を犯しているような気がした。

(福子は、兄ちゃんのもんだ)

どんなに福子が好きでも、その想いは口に出すまいと、耕作は寝返りを打った。いつしか寝入った良子の健康な寝息が、ひどく愛らしく思われた。

二

「気をつけて帰れよ。今日は雨がひどいからな」

耕作は、いつものように玄関まで出て、生徒たちを見送りながら言う。生徒たちは、マントを着たり、傘をさしたりして、次々に雨の中に飛び出して行く。

「先生、さようなら」

「先生、さようなら」

泥を背中まで蹴《け》り上げ、筆入の音をカタカタさせて走って行く。雨雲が低く垂れ、十勝岳も雲の中だ。変に陰気に暗い日だ。教科書を小脇に抱えた耕作は、生徒たちが校門を出て行くのを見届けてから、職員室に戻ろうとした。と、廊下の板壁に背を押しつけるようにして坂森五郎が立っていた。

「何だ五郎、まだいたのか。どうした?」

雨具がないのかと思ったが、ちゃんとマントを足もとに置いている。五郎はちらりと耕作を見上げてからニヤッと笑って、

「あんな先生、先生雨降りの日は、畠さ出ないもな」

「ああ、こんな雨降りじゃ、畠仕事は休みだな」

耕作が言うと、五郎はこっくりうなずいてマントを着、

「先生、さいなら」

と、元気よく雨の中に飛び出して行った。

一年前、はじめて耕作が五郎を受持った時は、五郎はいつもうつ向いてばかりいて、決して耕作になつこうとはしなかった。それが、飯を炊《た》いた詩を作って以来、五郎は心をひらくようになったのだ。耕作が自分も同じように母がいないと書いてやったからなのだ。夏休みには一人で耕作の家まで遊びに来たことがあったし、耕作の当直の夜には友だちと一緒に、学校に泊りにも来た。

職員室の自分の席に坐《すわ》り、耕作は弁当を出した。花井先生が早速番茶を運んで来て

くれた。

「いやな雨ですわね」

職員室は電灯を点《とも》していた。

「ありがとう」

礼を言いながら、耕作はふっと節子のことを思う。節子は札幌まで帰って来ているという話だ。専門学校を卒業した兄の金一だけが家に帰り、この春から、富良野の拓銀支店に勤めている。どうやら節子と深城は、まだ対立している様子だ。が、詳しいことは花井先生も語らないし、耕作も尋ねない。

弁当のふたをひらいた時、ふと耕作は、坂森五郎の言葉が気になった。

(まさか、この雨の中を、遊びに来るというのじゃないだろうな)

五郎は一途《いちず》なところがあり、雨の中でもやって来るような気がした。いつか五郎が来た時は、天気のよい日で、耕作は畠で忙しく働らいていた。昼食を一緒に食べただけで、ゆっくり遊び相手にもなってやれなかった。それでも五郎は喜んで帰って行ったが、その帰り際《ぎわ》に耕作は言ったのだ。

「天気のいい日は、先生は畠だからなあ。すまんかったなあ」

今しがた五郎が、

「先生雨降りの日なら、畠さ出ないもな」

と念を押したのは、遊びに来るつもりだったのかも知れない。

(しかし、こんな雨の中を一里も歩いて来はしまい)

ひと口、飯を口に入れた時だった。

「どど、どーん」

と、どこかで鈍い音がした。遠雷のようでもあった。

「ハハン、また怒りましたぜ、十勝岳が」

箱火鉢に片足を上げて、立ったままお茶を飲んでいた益垣先生が山のほうを見た。音は五、六秒で消えた。

「今年に入ってから、山は荒れてますな」

校長席で食事をしていた校長も言った。校宅はすぐ傍《そば》だが、教師たちは自分の家で昼食を取る者はいない。大切な生徒たちを預っているからだ。

「そうですね、校長先生。今年の二月には、直径二、三寸の石が山頂に降ったという話だし、先月も今月も火柱が立ったし、何だか無気味ですねえ」

去年転任して来た若い教師がやや不安気な顔をした。と、益垣先生が鼻先で笑って言った。

「なあに、火柱が立とうと、石が飛ぼうと、硫黄《いおう》を取ってるんですからね、鉱夫たちが。五里も六里も離れたこのあたりじゃ、何の影響もないですよ」

耕作は、鉱業所にいる武井と富のことを思った。確かこの五月十四日には、一日中鳴動があった。噴煙の激しい日もあった。一昨日は、一晩中汽車が走るような山鳴りがした。耕作たちの家さえ揺れた。が、余りに度々山が鳴っているので、かえってそれに馴れてしまった。今月初め、武井が山から降りて来た時に言っていた。

「ちゃあんと、測候所の人も見に来てるからね、大丈夫だよ。危なきゃ避難命令が出るでしょう」

火口で働らく武井がそういうのなら、大丈夫であろうと耕作も思っていた。

「とにかく、火口が開いていて、少しずつ噴火している分には心配ないさ」

益垣先生は豪放そうに笑った。

「でも、いやねえ、山鳴りって。わたし恐ろしいわ」

花井先生は肩をすくめて見せる。

耕作が弁当を食べ終った時、校長が言った。

「石村君、今日は午前中だけかね」

「ハイ」

「じゃ、すまんけどねえ、三重団体の学校に、二時までにちょっと届けてほしいものがあるんだよ。小使さんがちょっと富良野まで行ってるんで、間に合わないと思うんだ。この雨だしねえ」

「ああ、お届けしますよ」

「そうかね、そのまま今日は帰ってもいいからねえ」

「ハイ」

その小学校は三重団体の子供たちが主に通っている上富良野尋常小学校で、耕作たちの住む沢の出口がラッパ状に広がるそのあたりにあった。益垣先生がそれを聞いて、

「石村、そんな使いなら、毎日でもいいいな」

と皮肉に笑った。

「ハア、ほんとです」

耕作は素直に答えて、校長から託《たく》された書類を受取った。

その日、耕作が家に帰ったのは、三時近かった。上富良野尋常小学校の職員室で、顔見知りの教師たちと少し話をして来たからだ。この小学校は耕作の家から近いので、今年の春転任の話も出た。が、耕作は、今のクラスを一年しか受持っていなかったので、手離す気にはなれなかった。一年ですぐに教師が変っては、生徒たちがかわいそ

うだった。少なくとも、教師は二年は変ってはならないと、耕作は思っている。とにかく、そんなことは別としても、かわいくて手離すことはできないのだ。

いつになく早く帰宅した耕作を見て、

「あれま、早いこと」

キワも喜んだし、良子も、

「耕兄ちゃん、どうしてこんなに早かったの」

と喜んだ。日暮のように家の中はうす暗い。耕作は上富良野尋常小学校でもらって来た金つばを五つ出した。早速キワが一つを仏前に供えて、あとの四つをみんなで食べた。

「おいしいわ」

良子は一口食べて、驚ろきの声を上げた。そして、残り半分をゆっくりと時間をかけて食べた。

「そだにうまかったら、仏さんからもう一つもらって食べれ、良子」

キワが言ったが、良子は、

「いい、わち、一つだけでいい」

と遠慮した。

「こんなに暗くっちゃ、仕事にならんな」

ランプをつけに耕作が立った。

「仕事にならんねえから、行って来るか」

寝ころんでいた拓一が起き上った。

「どこへ？」

と出かかった言葉を飲みこんで、

「ああ、曾山んちにな」

と、耕作はうなずいた。市三郎が、

「今日一ぱい持てば、いいみたいだぞ。昼前、おれも行って来たども……」

と、気の毒そうな顔をした。

「かわいそうになあ、曾山んちも」

「んだな」

ぶっきら棒に拓一が言う。

「じゃ、兄ちゃん、おれ、ちょっと習字の採点してしまう。それまで待っててくれ」

今日は早引をしたので、耕作はまだ仕事が残っている。

習字の採点は四時過ぎまでかかった。

「じゃ、出かけるか」

二人が土間に降りた時だった。突如として異様な音が轟《とど》ろいた。すぐ近くに百雷が落ちたような大音響だった。

「爆発だな！　これはでっかいぞ！」

市三郎が叫んだ。

「裏山に登って様子見て来るっ！　耕作来いっ！」

拓一の言葉と同時に、二人はもう外へ飛び出していた。

三

拓一と耕作は裏山の細道を駆け登って行く。稲妻状につけられた細道を、雨水が走る。篠《しの》つく雨が二人の雨合羽《あまガッパ》を叩《たた》く。ズボンがたちまち下草にぬれる。が、二人はぐんぐん登る。雷鳴とも地鳴りともつかぬ異様な音響が腹にひびく。

「兄ちゃん、何だべあの音？」

立ちどまって耕作が、十勝岳のほうを見た。が雲が低く垂れこめて、山は見えない。

「わからん、大砲の音みたいだな」

言う間も、無気味な音が絶え間なくとどろく。その音に追いかけられるように、二人はまた駆け登る。時々、足がすべる。

ようやく裏山の頂上に登った頃、遠雷とも大砲ともつかぬその音響はやや低くなった。二人は大息をついて、十勝岳のほうを見た。強い南風が雨を吹きつける。木立ちが絶えずざわめき立ち、雨雫《あましずく》を散らす。

「何も見えんな、耕作」

「うん、雲が濃いもな」

言い様のない無気味な音は、まだつづいている。

「雷かな」

「いや、雷じゃない。雷なら、こんなに長くつづかん」

二人は不安げに顔を見合わせた。時々、ドドン、ドドーンと大砲を撃つ音に似た響きがまじる。

「やっぱり、爆発かな、兄ちゃん」

「うん。だが、爆発の音にしてもおかしいな。こんなに長くつづくかな」

「姉ちゃん大丈夫かなあ」

「うん。心配だな。しかし、あの飯場は小山の陰だし、噴火口から二キロも離れてるし、滅多なことはないべ」

「大丈夫だよな。万一溶岩が流れて来たって、あの小山を越えて飯場まで流れるわけはないもんな」

頼りなげな富の顔がしきりにちらつく。

下から見ると低い裏山だが、登るとかなりの高さだ。一キロ程上手に菊川先生の学校に行く沢の入口が見える。その奥も少し見える。その手前の柄沢の家も、権太の家も雨にけぶって見える。権太の家の前に、黒い人影が二つ見える。今の音に権太たちも飛び出したのだろう。

眼下にわが家が意外に小さく見える。良子が家の前に出てこっちを見上げている。

「何か見えるーっ？」

良子の声が澄んでひびく。

「何も見えんぞーっ」

口に手を当てて耕作が答える。

「煙も見えーん？」

良子の声が返る。

「見えーん。煙も火柱も見えーん」

拓一が大声で言う。

ついこの間、小さな爆発があった時でさえ、数十丈もの噴煙が天に直立したのだ。真っ赤な鉄の棒を突っ立てたような火柱が立ったこともある。五月になってから、山は幾度か荒れた。が、さしたる被害はなかった。石が降っても、硫黄鉱業所の鉱夫たちは、噴火口の現場で働らいていたのだ。

「まあ、大丈夫だな」

只《ただ》一面暗い雲が垂れているばかりだ。

雨が少し小降りになった。二人は少し広がった視界に、再び十勝岳のほうを見、学校に行く沢のほうを見た。

「兄ちゃん、菊川先生な、今日旭川に行ったんだってな」

「うん、昨日家に寄ってった。検定試験受けるって言ってたな」

「うん、先生受かればいいな」

沢の奥を伸び上るように見ながら、拓一は答える。あの沢には、学校もあり、福子の家もある。拓一の胸がもやもやとなる。あの沢に、今、福子が危篤《きとく》の父親をみとりに、駆けつけて来ているのだ。

(そうだ、やっぱりすぐに見舞に行かなくちゃ)

拓一は胸の中で呟《つぶや》く。

雷鳴とも大砲ともつかぬ無気味なとどろきが、またしても強くなり、次第に近づいて来る感じだ。

「いやな音だな、あの音は」

「うん。何だか不吉な音だな」

耕作は空を覆《おお》う雲の彼方《かなた》に目をやった。と、眼下で市三郎の声がした。

「何か見えたかーっ？」

長年野良《のら》で働らき馴《な》れた市三郎の声は大きい。

「何も見えーん」

「そうか、じゃ、あの音は何だあ？」

「わからーん。雷ともちがうし」

「何も見えんかったら、降りて来ーい」

「うーん、今降りて行くう」

拓一が答えた時、耕作は何気なく学校の沢に目をやって、ハッと息を呑《の》んだ。

「兄ちゃん！　あれ何だ!?」

嚙《か》みつくような耕作の声に、拓一は指さすほうに目をやった。沢の入口に、真っ黒い小山のようなものが押し寄せて来る。

「あっ！　あれは！……」

拓一が驚ろく間もなく、その黒い小山はみるみる沢口一杯にせり出して来た。と、その黒い小山は、怒濤《どとう》が崩れるように出口に広がった。

拓一と耕作の目が恐怖におののいた。

「じっちゃーん！　山津波だあーっ！　早く山さ逃げれーっ！」

二人の足ががくがくとふるえた。

「何いーっ!?　山津波ーっ？」

「早く早く、早く逃げれーっ！」

二人は声を限りに絶叫する。市三郎が家に向って何か叫び、キワと良子がころげるように飛び出して来た。三人が山に向って走り出す。それがもどかしいほどに遅く見える。

「ばっちゃーん、がんばれーっ！」

「良子ーっ、早く早くうーっ」

大音響が迫る。市三郎たち三人がようやく山道に辿《たど》りつく。ハッと吾《われ》に帰って、拓一と耕作が山道を駆け出す。が、山津波の襲来は早かった。

「ドドーン」

「ドドーン」

大音響を山にこだましながら、見る間に山津波は眼下に押し迫り、三人の姿を呑みこんだ。

拓一と耕作は呆然《ぼうぜん》と突っ立った。丈余の泥流《でいりゅう》が、釜《かま》の中の湯のように沸り、躍り、狂い、山裾《やますそ》の木を根こそぎ抉《えぐ》る。バリバリと音を立てて、木々が次々に濁流の中に落ちこんでいく。樹皮も枝も剝《は》がし取られた何百何千の木が、とんぼ返りを打って上から流されてくる。

と、瞬時に泥流は二丈三丈とせり上って山合を埋め尽くす。家が流れる。馬が流れる。鶏が流れる。人が浮き沈む。

「ばっちゃーん！　じっちゃーん！　良子ーっ！」

二人の声が凄《すさ》まじい轟音《ごうおん》にかき消される。拓一がふり返りながら、合羽を脱いだ。

「耕作、おれ助けに行くっ！」

「危ないっ！　兄ちゃん、駄目だっ！　兄ちゃんが死ぬっ！」

「死んでもいいっ！　耕作、お前は母ちゃんに孝行せっ！」

言ったかと思うと、拓一は泥流に向って駆け降りた。

「待てーっ！　兄ちゃーん！」

叫んだ時、拓一は既に泥流に飛びこんでいた。

二人が一キロ前方に山津波を見てから、その間僅《わず》かに三分とは経《た》っていなかった。

四

耕作はべったりと山道に坐《すわ》りこんでいた。

「死んでもいい、お前は母ちゃんに孝行せ」

しがみつく耕作をふり切って叫んだ拓一の声が耳に鳴る。泥流に浮き沈みながら、見る間に流れ去った拓一の姿が目に浮かぶ。地底を削るような激しい音を立て、泥流は滔々《とうとう》と流れている。助けを求めて人が流れる。どこかの家が山際《やまぎわ》に突き当って、バリバリと壊れる。馬が幾頭も流れて行く。丸太が流れて行く。

耕作の坐りこんだ山が、そのまま押し流されるかと思うばかりの勢で、泥流が奔騰《ほんとう》する。

耕作は悪夢を見ているような気がした。現実感がないのだ。恐怖も、驚愕《きようがく》も、悲歎《ひたん》も、余りに突如であり、余りに大き過ぎた。すべての神経が麻痺《まひ》したような感じだった。

屋根の上にしがみついて、何か叫ぶ男がいる。だが、何丈もの泥流を泳いで助けに行くことはできない。人間の耕作には、今目の前に叫ぶ人に、何をすることもできないのだ。硫黄をふくんだどろどろの泥流が、ごうごうと地響きを立てて流れて行くのを、只見守るだけなのだ。

(じっちゃんも死んだ。ばっちゃんも死んだ。兄《あん》ちゃんも良子も死んだ)

胸の中で耕作は呟く。が、その死も現実とは思われない。

(菊川先生の奥さんと子供さんはどうしたろう。福子もどうしたろう)

今さっき見たばかりの、沢の入口に黒い小山のようにせり出して来た山津波の無気味な形が、目に焼きついて離れない。福子も、自分のこの目の前を、泥流に巻きこまれて流されて行ったのではないか。ふしぎに、その流れて行く姿が、現に見たかのように目に浮かぶのだ。

権太も恐らく、逃げる暇はなかったにちがいない。つい今しがた、この山から見おろした権太の家の前の人影を思う。

(権太も死んだか、権太も……)

心の底が、変に静まり返っているような感じだ。

呆《ほう》けたように耕作は立ち上った。ずいぶん昔から、ここに一人いるような錯覚さえ覚える。雨が耕作に吹きつける。耕作はのろのろと歩きはじめる。一歩々々、耕作は泥流に近づいて行く。拓一の脱ぎ捨てた雨合羽を、耕作は腰を屈《かが》めて拾った。それを片手に持って、耕作は山を降りて行く。一歩々々、力なく足が動く。

(母さんか、母さんは生きてるんだな)

なぜか母の顔が、今は目に浮かばない。すりガラスの向うにいるように、母の顔はさだかではない。

(姉ちゃんも死んだべな)

足がひとりで動いて行く。時々、山道に足が滑る。

とうとう耕作は泥流のすぐそばまで降りて来た。耕作はぼんやりと泥流を眺めた。大きな渦を巻き、その渦がたちまち流れ去る。そしてまた更に大きな渦が巻く。じっと見ているとひきこまれそうだ。

(引きこまれてもいい)

耕作はそうも思う。頭の中がよどんでいる。十九歳の耕作には、余りに大きな衝撃だった。向いの山岸まで、泥流は埋めつくして尚《なお》もごうごうと鳴る。えん豆畠《ばたけ》も小豆畠も、大根畠も薯《いも》畠も、いや、家さえも、ことごとく、根こそぎ、泥流は押し流して行ったのだ。

(みんな死んだ)

自分もこの泥流の中に入って行けば、必ず死ぬるのだと耕作は思った。あっと言う間に、泥流に呑みこまれてしまった市三郎や、キワや良子が、まだそのあたりにいるような気がする。

耕作が泥流に向って一歩足を踏み出そうとした時だった。不意に人の声を聞いたような気がした。耕作はハッとした。

「助けてーっ！」

ふりしぼるような女の声がした。耕作は息をつめてあたりを見まわした。ひどく久しぶりに、生きた人間の声を聞いたような気がした。

「助けてーっ！」

弱々しいが、声はすぐ近くでしている。耕作は注意深く、水際をのぞきこんだ。と、その水際に何かうごめく泥の塊がある。大木の抉り取られたあとが、ちょうど小さな洞穴のようになっている。そこに引っかかったのだ。

耕作は急いで、そのうごめく泥の塊に近づいて行った。今にも崩れそうな足もとに用心しながら、耕作はそのうごめく人間に手をかけた。泥の塊が手を伸ばした。

「頑張れ！」

ぐいと手を引くと、よろよろと動いた。水量はかなり減ったが、女のすぐうしろは、尚も音を立てて流れる泥流だ。

「しっかり！　しっかりつかまれ！」

耕作は励ましながら、渾身《こんしん》の力をこめた。頭から足まで泥にまみれた女は、でく人形のように立ち上った。が、既に弱り切っているのだろう。足を上げる力がない。しかも、女の足元が崩れて、耕作も水の中に引きこまれそうになる。耕作は土に足を食いこませると満身の力をこめて女の両手を引っ張った。ずるずると女の上半身が上った。泥まみれのせいか、女はひどく重かった。ようやくの思いで上半身を仰臥《ぎようが》させると、女は小道の上にころがった。

「もう大丈夫だ！」

耕作は女を引き起した。が、女は安心したのか、そのまくたくたと気を失いかけた。耕作は力一杯女の肩をゆさぶった。

「しっかりしろっ！」

女の肩は、耕作の手がめりこむ程に泥に覆われている。耕作はとっさに思った。

(毛穴がふさがれては、窒息する)

どこの誰ともわからぬ女の顔から、耕作は泥を落しはじめた。柔らかい壁土を落すような感じだ。泥を落しても汚れた顔は誰ともわからない。耕作は耳の泥を落し、あご、のど、肩と、一心に泥を搔《か》き落す。搔き落しながら、ようやく言いようもない悲しみが胸に迫る。

（良子も！　じっちゃんも！　ばっちゃんも！）

こんな泥まみれになって、どこかに流されて行ったのか。

（そして、兄ちゃんも……）

ぐいぐいと女の肩の泥を搔き落しながら、耕作はギョッとした。女の肩は裸だった。激流が着物を剝《は》ぎ取ったのだ。その裸の肩を雨が叩《たた》いた。が、手をとめるわけにはいかない。泥を搔き落さねば命が危ない。耕作はそう思いこんでいた。耕作は胸もとの泥を搔き取る。泥にまみれた乳房が、一つぽっかりと現れた。雨が叩く。青白い皮膚がひと所のぞいた。耕作は手をとめた。

傍に拓一の雨合羽《あまガッパ》がある。耕作は合羽で女の体を包んだ。

「頑張れっ！　おんぶして行くから！」

女はかすかにうなずいた。

「さ、しっかりとおぶさって」

泥だらけの女の手が、のったりと耕作の肩にかかった。耕作は慎重に立ち上った。泥のせいか女は二十貫もあるかと思われた。耕作は充分に背を屈め、泥流をうしろに登りはじめた。この山つづきに、柄沢農場の小屋がある。とにかく小屋の中につれこまなければならない。この雨の中に一夜を過すわけにはいかないのだ。どれほども歩かぬうちに、額から汗が噴き出す。重い。ひどく重い。その重いことが、耕作には今、限りなく尊く思われた。

(命の重さだ)

耕作は、この女に助けられたと思った。もしさっき、この女の声が聞えなければ、自分はあの泥流に飛びこんでいたにちがいない。

(もし死んでいたら……)

耕作は生徒たちの顔を思い浮かべた。曲りなりにも、自分は四十四名の生徒を受持つ教師なのだ。耕作は今やっと、自分が教師だという自覚に立ち戻ったのだ。誰も彼も死んだ。家も畠も流れた。かわいそうに鹿毛《かげ》も死んだ。

だが、生徒たちがいる。母が帰って来る。

拓一の最後の声が甦《よみがえ》る。

「耕作！　お前は母ちゃんに孝行せ」

耕作はやっと、山の頂上に辿《たど》りついた。女の体を大きくゆすり上げ、耕作は沢をふり返った。いつの間にか泥流は流れ去り、その無残な爪跡《つめあと》だけが、薄暮の中に残っていた。学校への沢の入口の山は荒々しく削り取られ、沢は一面に石と泥に埋まっている。まるで石川原だ。家一軒ない。立ち木一本ない。只《ただ》、泥一色の沢が、死の世界のように、ひっそりと静まり返っている。そこにはもう早住み馴《な》れたふるさとの姿はなかった。

(今ここに生きているのは、おれとこの人だけだ)

どこの誰とも知らぬ女が、耕作には限りなく尊かった。

じっと、部落を見おろす耕作の背で、不意に女のすすり泣く声がした。

五

突如、半鐘の音が聞えた。

「ジャーン、ジャーン、ジャーン、ジャーン」

けたたましく打ち鳴らす音が、カジカの沢から聞えて来る。と、再び山が鳴った。遠雷に似て、不安をかきたてる音だ。

耕作は背中の女をゆすり上げゆすり上げ歩いて行く。女はまだすすり泣いている。その泣く声が耕作の気を滅入《めい》らす。が、耕作は半鐘の音に励まされるように、しばらく尾根づたいに歩いて行く。

「しっかり肩につかまってな」

背中の女に声をかけながら、下り道にさしかかる。灌木《かんぼく》の林をぬけると馬鈴薯畠《ばれいしょばたけ》に出た。馬鈴薯畠の真ん中あたりに、柄沢の小屋がぽつんと建っている。あと一息だ。また雨足がしげくなる。山鳴りが追いかける。ずり落ちそうな女を、立ちどまってはゆすり上げ、立ちどまってはゆすり上げ、耕作は背を深く屈めて小屋に向って歩く。

「お前は母ちゃんに孝行せ！」

兄の拓一の声が、耳に突き刺さって離れない。あっという間に山津波に呑《の》まれた市三郎、キワ、良子の三人の姿が、目に焼きついて離れない。

「やっと着いたよ」

小屋の莚戸《むしろど》をあけて、耕作はよろめいた。片隅の藁《わら》を手さぐりで引きずり落して、耕作は女を背《せな》からおろした。耕作は大きく肩で喘《あえ》いでいた。もうあたりは暗い。一体何時なのか、見当がつかない。

「今、もっと泥を落してやるから」

声をかけて、女の足から再び泥を落しはじめた。せっかく助けても、泥で毛穴がつまっていては、大変なことになると、耕作は疲れた自分に鞭打《むちう》つように、泥を落しはじめた。足先から泥をこそげ落す。足の甲、足の裏、足首、脛《すね》と、次第に上に上って行く。膝頭《ひざがしら》まで来て、耕作は手をとめた。暗い中で、はっきりとは見えないが、手にふれる女の足が、まだ若いような気がする。膝頭から上まで、手を触れてもいいものかどうか、耕作は戸惑った。

足は一旦《いったん》そこまででやめた。次は腕の泥を落し、背中の泥を落す。泥そのものが温かかったせいか、体はそれほど冷えてはいない。耕作は胸と腰を残して、泥をこそげ取り、再び合羽で体を覆《おお》ってやった。

夢の中で動いているような、ぼんやりした感じだ。女は耕作にされるがままに、おとなしくしている。女もまた、今起っていることが、現実とは思えないのかも知れない。耕作は少し離れた所に、大の字になって、倒れるように横になった。雨が少し小降りになって来たようだ。が、山鳴りはまだつづいている。その山鳴りの音が、凄《すさ》まじい泥流《でいりゅう》を思わせる。泥流はとうに去った筈《はず》だ。そう思いながらも、まだ滔々《とうとう》と流れているような錯覚を覚えるのだ。

再び耕作は起き上った。女が妙に静かなのだ。

(死なせてはならない)

耕作は立ち上って、藁を女の上にかぶせた。あの無数の、荒れ狂うようにとんぼ返りを打って流されて来た流木を思うと、女が怪我《けが》をしていないかと、耕作は今頃になって気がついた。

「どこかけがしていませんか？　どこか痛くないですか」

耕作は肩に手を置いた。女は答えない。息が絶えたのかと、耕作はギョッとした。あわてて鼻のあたりに手をやると、女の息が掌《てのひら》に触れた。その息を掌に感じた時、耕作は一秒でも早く元気にしてやりたいと、切実に思った。

「重病人は、足をあっためてやれ」

祖父の市三郎の、常日頃言っていた言葉が甦る。耕作は女の足を抱いて、自分の胸に当てた。服のボタンを取り、シャツをまくり上げ、自分の肌にぴったり、女の足をつけた。足の裏が冷たかった。

女の足を抱えながら、耕作は思った。

（ほかにも助かった者がいるだろうか。女の身でさえ助かったのだ。もしかしたら、兄《あん》ちゃんは助かっているかも知れない。じっちゃんだって……）

不意に、かすかながら光りが射《さ》しこんだような思いになった。

（そうだ、流されたからって、死ぬとは限らん）

市三郎もキワも、良子も拓一も、山際《やまぎわ》で流されたのだ。山の木につかまって、助かったかも知れない。そう思っただけで、俄《にわ》かに耕作は元気が出た。

(そうだ、もしかしたら、山際に引っかかって、助けを待っているかも知れない)

ぐずぐずしてはいられないと、耕作は俄かに気が焦《あせ》った。木につかまり、笹《ささ》につかまって、助けを求めている祖父母や良子の顔が目に浮かぶ。

(このひとは、明日までここにおいても、死ぬことはあるまい、藁は十分あるし……)

そう思うと、耕作はあたためていた足をそっとその場におろした。女が何か言った。

「え!? 何ですか? どこか痛いですか」

暗がりの中で、女の顔をのぞきこみ、耳を寄せた。

「耕ちゃん、ありがと」

思いがけなく福子の声だった。細くて弱々しいが、それは確かに福子の語調だった。

一瞬、耕作はぽかんとした。が、次の瞬間肩をゆすって叫んだ。

「福ちゃん? 福ちゃんか、あんた? 福ちゃんだったのか!」

「そう」

不意に耕作は涙があふれた。どこの誰ともわからなかった女は、福子だったのだ。

「福ちゃん! よく助かってくれたなあ」

福子がしゃくり上げた。

「痛い所はない?」

「ないわ。それより、……良っちゃんやばっちゃんたちは？」

全身の力をふりしぼるようにして、福子が尋ねる。

「流された！　残っているのはおれだけだ」

「ああ……」

福子が、弱々しい声を上げて泣いた。

「だけど、福ちゃんだって助かったんだ。おれ今、探しに行って来る」

泥流の去ったあとに、良子たちがもがいているかも知れないのだ。と、どこかで人の声がした。

六

小屋の前に飛び出した耕作は、大声で叫んだ。

「おーい」

今の声が、拓一の声のような気がしたのだ。暗闇《くらやみ》に向って、耕作は声を限りに叫んだ。すると、遠くで、

「おーい」

と、耕作に答える声がする。

「おーい」

耕作は泣きたい思いだった。人声がこんなに懐《なつか》しく、力強く思われたことははじめてだった。三丁ほど向うに灯《あか》りが見えた。一つ見え、三つ見え、五つ見えた。多勢の男の声が、束になって、

「おーい、どこにいるー?」

と叫ぶ。

「薯畠《いもばたけ》の柄沢の小屋だあーっ!」

灯りが大きくゆれ、

「柄沢の小屋かあーっ?」

と、俄かにぐんぐん近づいて来る。方向がわかって、歩く速度も早くなったのだろう。五つと見えた灯は七つにふえた。先頭の光りが駆けて来た。二番目も駆ける。三番目も駆ける。耕作の目が、その光りに次第にうるむ。

「どこだあーっ!?」

「ここだあーっ!」

声はもう、二十間程先まで来た。

「耕作だなあーっ!」

修平の野太い声がする。肉親の叔父の声に耕作の胸がぐっと熱くなる。こらえにこらえていたものが、噴き上げそうな、そんな気持だ。

「おお、無事だったかあ」

一番先に駆けつけた修平が、安全灯をぐいと耕作に突きつけた。

「みんなも無事か!?」

たった一人で突っ立っている耕作に、修平が不安げに聞く。耕作は唇を噛《か》みしめて、激しく首を横にふった。

「な、何!? じゃ、おやじもおふくろも……流されたのか!」

「な、流された」

耕作の頬を大粒の涙がころげ落ちた。

「ほんとかっ! 耕作?」

修平の声がふるえた。

蓑《みの》や雨合羽《あまガッパ》を着た男たちが、いつのまにか耕作をぐるりと取り囲んでいた。

「じっちゃんも、ばっちゃんも……良子も……みんな流された」

「た、拓一はどうした!?」

「兄ちゃんは、助けるって、飛びこんだ。それっきりだ」

「馬鹿《ばか》！　馬鹿奴《め》が！　何で止《と》めんかった？」

修平が耕作の肩を突いた。

「しがみついたけど……」

よろめきながら、耕作は僅《わず》かにそれだけ言った。

「じゃ、お前だけか」

「曾山の福ちゃんば助けた。こん中にいる」

「何、曾山の？　助かったのがいるのか！」

誰かが叫び、小屋に駆けこむ。

「叔父さん、安全灯貸してくれ！」

受け取るが早いか、耕作は泥流の去った沢に向って走り出した。みんなが後につづく。

カジカの沢に住む者たちは、泥流から逃れたのだ。泥流は僅かにカジカの沢の入口に押し寄せたが、本流の勢にのって、流れ去った。枝沢になっているカジカの沢の部落は、泥流の惨禍から辛くも逃れたのだ。事態に驚愕《きようがく》して、山づたいに駆けつけた男たちは、まだ泥流の荒々しい惨害を目撃してはいなかった。

山の斜面に立った男たちは、持っていた安全灯を高くかざして、泥流の跡をのぞきこみ、あっと息を呑んだ。灯りはほんの一部を照らしただけだが、そこには、一抱えもあるような無数の石と、泥土があった。

「ひでえなあ！」

みんなが口々に歎息《たんそく》した。

「こんな所まで、やって来たのかあ！　二丈も三丈も」

「まるで地獄だあ」

みんなは呆然《ぼうぜん》と突っ立った。と、その時、

「お父っつぁーん！」

修平が絶叫した。

「お父っつぁーん！　おっかさーん！」

腹わたを絞るような声が、山合にひびいた。

「兄ちゃーん！　良子ーっ！」

耕作も叫んだ。

「誰か、その辺に引っかかってる者はないかーっ！」

みんなも叫ぶ。

やがて、泥流の爪跡《つめあと》の生々しい山の斜面を、一同はそろそろと降りて行った。

「じっちゃーん！」

耕作は山裾《やますそ》に灯りをかざしてハッと息をつめた。が、それは真っ二つに折れた太い流木だった。次にまた光りを照らす。馬が大石の上にのし上るようにして倒れていた。

「どこの馬だっ！」

「かわいそうに、働らいて働らいて、お前も死んだか」

修平が泥の中に踏みこんだ。と、たちまちずぶずぶと腹まで埋まった。

「危ないっ！　お父っちゃん！」

修平の息子の貞吾が怒鳴ってぐいと手を引く。みんなで修平を引き上げる。泥まみれになった修平が、地べたに坐《すわ》りこむと、

「こんな泥さ……こんな泥さ流されて……お父っつぁーん！　おっかさーん！　ゆるしてくれろーっ！　お父っつぁーん！　おっかさーん、苦しかったべーっ！」

と、声を上げて泣いた。言い難い悲しみが耕作を襲った。

「生きててくれーっ！　生きててくれーっ！」

修平の叫びが涙でとぎれた。

「生きてるかも知れねえぞ。な、生きてるかも知れねえぞ」

誰かが耕作の肩を叩《たた》く。と、なぜか激しい憤《いきどお》りが耕作の胸を突き上げた。

「生きてなんかいないっ！　生きてなんかいないっ！　みんな死んでしまった！」

肩をふるわせて耕作は泣く。

一同は最早《もはや》、黙ったままだ。もらい泣きをする者もいる。貞吾が耕作の傍で、すすり上げながら言った。

「いいじっちゃんだったのになあ」

「んだ。あんないいじっちゃまはいねえ」

誰かが言う。修平が、

「良子ーっ！　あわれになあ。あんなに母ちゃん帰って来るって、喜んでいたのによーっ」

号泣は更に激しくなる。修平は今、一度に父母を失い、甥《おい》と姪《めい》を失ったのだ。

しばらくの間、みんなはぼんやりとその場に佇《たたず》んでいた。が、吾《われ》に帰って一人が言った。

「こりゃ大変なこったあ。これじゃ、鉱山の者も、この沢の者も、みんな全滅だあ。早く帰って、みんなで手分けして怪我人《けがにん》を探さんきゃあ」

「んだ。炊《た》き出しもせんきゃならん」

他の一人も言う。

「ナムアミダ、ナムアミダ」

一人が念仏を唱えると、他の者も唱えた。

「さ、行くべ」

一人が促したが、しかし誰も動こうとはしない。あまりのことに、誰もが気を呑《の》まれているのだ。

しばらくまた沈黙がつづいた。

やがて誰かが言った。

「逃げる暇は、なかったもんだかなあ」

「んだなあ。逃げられんかったのかなあ」

耕作はその二人に、きっと顔を向けて言った。

「逃げられん！　学校の沢の入口からここまで、十丁はあるべ。それが、一分と経《た》たん間に押し寄せた」

「何!?　一分と経たん間に？」

「そんなに早く……」

「五分のまちがいでねえのか」

「ちがう！　おれは山にいたから、見てて知ってる！　じっちゃんたちを助けに行く暇なんかなかった」

「そうか、そんなに早かったか。そんだら仕様がねえ、おれはもう諦《あきら》めた」

今、号泣していた修平がいきなりすっくと立ち上った。

「おらあ、また、じっちゃんばっちゃんの足が遅くて、逃げ遅れて死んだかと思った。若えお前らだけ、勝手に逃げたかと思った。十丁一分で走る津波だば、マラソン選手だって逃げられねえ」

修平はそう言うと、みんなをふり返り、

「おらと貞吾と耕作は、この山づたいに少し、下のほうに下って見る。みんなは帰って、手分けしてくれ」

「わかった。もう一人誰かついて行くか」

「おう、一人でも多いほうはいい」

「じゃ、二人つけてやっか」

「ありがてえ。おう、忘れるところだった。持って来た握り飯、おれたちに置いて行け」

「そうだな。耕作さん晩飯まだだべしな」

そう言った年長の男に耕作は頼んだ。

「あのう、さっきの小屋に、曾山の福子がいるから、すぐに、ふろに入れて、泥ば洗ってやってください。叔父さんちに運んで、加奈江ちゃんに頼んでください」

「よし、わかった」

修平を先頭に、耕作、貞吾、そして二人の青年がつづいた。所々木が抉《えぐ》られ、泥流《でいりゅう》の去った跡と雖《いえど》も、足元は危険だ。隈《くま》なく岸のあたりを照らしながら、笹藪《ささやぶ》を分けて五人は行く。雨はまだ止《や》まない。

窓枠《まどわく》が打ち上げられていたり、どんぶりが引っかかっているのも痛々しい。

「あっ！」

叫んで、耕作は足をとめた。良子が大事にしていた人形が足もとの笹の根に引っかかって、雨に打たれていたのだ。何年か前、拓一が彫って作ってやった木の人形だった。

煙

一

ようやく上富良野の市街が、半道程向うに見えて来た。

昨日とは打って変った青空の下を、耕作は黙々と歩いて行く。叔父の修平と従弟《いとこ》の貞吾がその横に並ぶ。正午を少し過ぎた太陽が、三人の影を短かく黒く道に映す。三人とも、腰から下は泥まみれだ。長靴の中で、泥がビチャビチャと音を立てる。三人は泥水を横切り、大石のごろごろする沢を渡って前山に上り、そして今市街への道を歩いているのだ。

耕作は十勝岳を見た。隈なく晴れた青空に、十勝岳は白い煙を高く噴き上げている。爆発の灰をかぶったのか、黒く変った山肌。噴煙の下の青白い一帯は、溶岩の流れた跡か。道べにはタンポポの花が咲き、どこかで郭公《かっこう》がのどかに啼《な》いているのも非情だ。

体がひどくだるい。耕作は、自分がまだ悪夢を見つづけているような気がした。

昨夜は一晩、泥の中を市三郎たちを探して廻った。朝六時頃になって、修平の家に引き上げ、四、五時間まどろんで、今こうして山伝いに市街に向って出て来たのだ。

耕作には生徒がいる。家族も大事だが生徒も大事だ。一旦《いったん》学校に顔を出し、生徒たちの様子も確かめねばならない。

駅近くの山藤病院には、遺体収容所が設けられていると聞いた。市三郎たちは、あるいはそこに収容されているかも知れない。学校に行く前に、先《ま》ずそこに寄ることにして、修平たちと出て来たのだ。

「これが夢ならなあ」

修平がぼそりと言った。さすがの修平も、目がくぼんでいる。

「本当になあ。せめて誰か一人生きていてくれんかなあ」

貞吾が答える。

耕作は、今しがた丘の上から見た三重団体の水田地帯の惨状を思った。五百町歩に余る水田が泥の海と化していた。しかも、おびただしい流木が泥の海一面に散乱し、その数二十万石は下るまいと思われた。その中を走る鉄道線路が、枕木《まくらぎ》ごとめくれ上って柵《さく》のようになっているのも無惨《むざん》だった。泥海の流木の間を、幾隻《せき》かのボートが、救助のためにのろのろと動いていい、胸まで没して歩く消防団や青年団の姿も見えた。

「三重団体がなあ」

丘から泥海を見おろした時、修平が言った。

三重団体は、三十年前三重県から入植した団体で、その勤勉、まじめさは近隣に鳴りひびいている。三重団体は、開拓以来一切の負債を自戒し、日用品の購入も現金払としていた。団体の集会には酒を禁じ、正月、祭礼にのみ僅《わず》かに神酒《みき》を用い、家庭でも大酒をくらうことがない。無論バクチを打つ者は一人もなかった。人々が「三重団体」という時、必らず尊敬の念がこめられていた。その日常を知っているからこそ、修平は、

「三重団体がなあ」

と言ったのだ。

その三重団体の三十年間の勤勉に与えられた報酬が、この一面の泥海と、二十万石の流木なのだ。

耕作は思考が停止したような思いで歩いて行く。遂《つい》に三人は市街地に入った。鼻をつくような硫黄《いおう》の臭《にお》いはここにも満ちていた。重い足を引きずって三人は行く。割烹《かっぽう》着《ぎ》をつけた女たちが炊き出しの奉仕に行くのか、忙《せわ》しげに歩いて行く。ゲートルを巻いた青年団、消防団が、あわただしく行き来している。が、どの家も戸を閉じて、街が異様に静まり返っている。昨夜、市街の人たちは、明憲山《みようけんやま》の明憲寺に避難した。その疲れで、人々は昼寝でもむさぼっているのか。

だが、耕作は市街まで来て少し安心した。受持の生徒の大半が住む市内は、泥流の牙《きば》から逃れていた。市街の裏手を泥流は流れ去ったらしい。

「あ、二十九日まで、学校は休みだ」

貞吾が指さした商店の雨戸に、

〈臨時休校　二十九日まで　市街学校〉

と、模造紙に墨で筆太に書かれた貼紙《はりがみ》が出ている。

駅前の十字街には、大きな机一つを置き、役場の吏員や、警官、軍人たちが詰めている。吉田村長の悲痛な顔も見えた。そのすぐ傍《そば》の道端には〈流出品置場〉の掲示があり、泥にまみれた大八車、足の一本折れた机、臼《うす》、鍬《くわ》やプラオ等の農具、風呂桶《ふろおけ》などが、雑多に積まれ、半纏《はんてん》を着た男たちが五、六人、くたびれ切った様子で立っている。

それらの一切が、今の耕作には、自分とは全く別世界のことのように思われた。自分が死の世界にいて、そこから生の世界を見ているような感じなのだ。そして、そんな心もとなさの中で、黒い小山のように襲って来る泥流、その泥流にあっと言う間もなく呑まれて行った市三郎、キワ、良子の姿、「お前は母さんに孝行せっ！」と叫んで泥流の中に飛びこんで行った拓一の姿、山を削り、立ち木を抉《えぐ》り、家を、人を、馬を、滔々《とうとう》と押し流して行った凄《すさ》まじさが、絶えず耕作の目に現われては消え、消えては現われていた。

二

「耕作！」

山藤病院の前まで来て、修平がふり返った。応急に囲った死体収容所の新しい羽目板が、五月の陽をはじき返している。その羽目板の節穴《ふしあな》を、災害を受けなかった者たちか、数人の大人と、一人の男の子がのぞきこんでいる。

不意にむらむらとこみ上げる憤りをおさえて、耕作はそれらの人々を見た。ある者は伸び上り、ある者は腰を屈《かが》めて懸命に節穴をのぞきこんでいる。

と、山藤病院の玄関から、空の担架を持った消防団が二組出て来た。今、死者を運んでの帰りかも知れない。死体は病院で検視され、収容所に安置されるのだ。運ばれたのは、祖父ではなかったか、良子ではなかったか、そう思っただけで、耕作は体がふるえた。

「さあ、入るべ」

貞吾が、突っ立っている耕作の肩に手をかけた。

死体収容所に一歩足を踏み入れた耕作は、思わず立ちすくんだ。新しい莚《むしろ》の上に、白布を頭から足までかけられた遺体や、ちぎれた衣服を着たままの遺体が十数体、ずらりと並んでいる。白布をかけられているのは、衣服を泥流に剝《は》ぎとられたのであろう。ちぎれた衣服のままに置かれているのは、身元を確認しやすいためらしい。一、二歳、七、八歳、十二、三と一見してわかる子供らが、大人たちの間にまじって、置かれてあるのも哀れだ。

幾人かの人々が、肉親か否《いな》かと、顔の覆《おお》いを取っては調べている。と、一人の女が、

「ううっ」

と、うめくように死体にとりすがった。耕作は目をそむけた。

「耕作、来い！」

促されて耕作は修平につづいた。

修平は、一番はじめの赤ん坊の顔おおいを取った。

「父さん、赤ん坊はうちらの親戚《しんせき》にいないべ」

咎《とが》めるように貞吾が修平をつつく。

「馬鹿《ばか》言え。どこの知った仏さんがいないわけでもねえ。日進の部落はたくさん流れてんだからな。お前らも、一人々々よっく確かめれ」

修平の言葉のとおりだと、うなずきながら耕作はひざまずく。

眉《まゆ》のうすい赤ん坊が、土気色の唇をかすかにあけ、生えはじめたばかりの前歯を二

本のぞかせている。耕作はたまらなくなって、その頭をそっとなでてやった。

中年の男もいる。老人もいる。青ぶくれになって顔を歪《ゆが》めている者もあれば、眠っているような顔もある。頭に繃帯《ほうたい》をされている者、片腕のない者、足を三角巾《さんかくきん》で包まれている者、さまざまだ。

一人、一人の顔の白布を修平が取る。耕作と貞吾が両側からさしのぞく。白布が取られる度に、祖父ではないか、兄ではないかという不安感で胸苦しくなる。

またしても、耕作の目に逆まく濁流が目に浮かぶ。地を突き崩すような轟音《ごうおん》が耳にひびく。この一人々々が、あの激流に巻きこまれ、恐怖と絶望の中でその生涯を終えたのだ。七十歳の生涯もあれば、僅か一歳の生涯もある。老人には老人の痛ましさがあり、幼な子には幼な子の痛ましさがあった。

ようやく七、八人の遺体を確認した頃には、耕作は軽い目まいをおぼえた。頭の芯《しん》がずきずきと痛《や》む。

修平の陽に焼けた手が、次の死体の白布に伸びた。髪の毛で女と知れた。耕作の胸が異様に騒いだ。

修平が白布を取り除いたその途端、血の気のない青ざめた鼻から、血がタラタラと流れた。

「おっ！　良子じゃないか!?」

修平が叫んだ。額にも鼻にも傷がつき、顔がむくんでいる。すぐに良子とは判別できない。が、三人は今日、丘の上で消防団の男に聞いて来たのだ。

「そうかね、お気の毒にあんた方、死体収容所に行くんかね。世にはふしぎなことがあるもんでな。親きょうだいが行くと、鼻から血が出ることがあるんだよ、血がねえ……」

まさかと思って聞き流して来たのだが、確かに今、三人は鼻血の流れ出るのを見たのだ。

耕作は思わず、死体の肩に手をかけてまじまじと顔を見た。傷つきむくんだ顔に、母親似の良子の面影はない。唇の形が似ているといえばいえるだけだ。

「どうだ！　耕作、良子か!?」

「…………」

耕作は息をつめて顔をみつめた。

「良っちゃんじゃないや」

貞吾が首を横にふる。

「良子かどうか……何かしるしはないのか、しるしは」

修平がいら立つ。耕作はハッとした。

「良子なら……右の耳たぶに、ほくろがある」

あわてて右の耳を三人は見た。

あった。ほくろがあった。少し大きな黒いほくろがあった。

「良子かあっ！」

修平がかき抱いた。

「良っちゃーん！」

貞吾が叫ぶ。

耕作は体を固くし、じっと動かなかった。

（良子ーっ！）

耕作は胸の中で絶叫した。

小さい時から、よく良子の耳垢《みみあか》をとってやった。うすい耳たぶのその黒いほくろを、耕作はよく、マッチの棒で取るまねをしてからかった。ついこの間も、良子は耕作の膝《ひざ》にかわいい頬をのせ、じっと耳垢をとられていたのだ。

耕作はズボンのポケットから櫛《くし》を取り出した。修平の古い乗馬ズボンを貸してくれる時、叔母のソメノが、

「ここさ櫛を入れておくからね。もし、ばっちゃんや、良っちゃんに会ったら……」

と言って、貸してくれたのだ。生きているにせよ、死んでいるにせよ、髪を乱していてはかわいそうだと思ったにちがいない。

耕作は黙って、良子の髪をとかしつけた。一昨日、母の佐枝から手紙が来た。三十日には帰るという知らせだった。帰ったらすぐに、髪を結ってやるとも書いてあった。それを読んだ良子は、頰をまっかにして喜んでいたのだ。

そしてその夜、良子はなかなか寝つけず、不意に床の上に起き上った。

「何だ、まだ起きているのか」

と聞くと、

「だって、うれしいんだもの」

と、良子は言った。

「母ちゃんって、どんな顔？　写真とおなじ顔？」

「母ちゃん、やさしい？」

そうも良子は言った。

母の顔も忘れて育った良子は、どんなに母の帰宅を楽しみにしていたことか。良子の髪に櫛を入れながら、耕作の胸は張りさけるばかりだ。

「旭川まで、良子も迎えに行くべ」

拓一が言うと、

「うれしいーっ!」

と、良子はばたんと音を立てて布団《ふとん》の上に倒れたのだ。

(この髪だって……)

母が結う筈《はず》だったのだ。そう思った途端、耕作の手からぽろりと櫛が落ちた。と、同時に、耕作は良子の体の上に打ち伏した。

「良子ーっ!」

耕作は号泣した。

せめて一目でも、母に会わせてやりたかったと思う。一時《ひととき》でも、母と楽しい語らいをさせてやりたかったと思う。どうしてそれが良子には許されなかったのか。耕作は、むくんだ良子の肩をかき抱いて泣いた。

「おっかなかったべなあ、苦しかったべなあ、良子」

修平が良子の頭をなでる。貞吾が足をさする。

やがて修平が言った。

「良子ば、どうすっか」

耕作はぼんやりと修平を見た。一瞬、修平の言葉がわからなかったのだ。

「佐枝さんに、会わしてやりたいども……函館からじゃ、間に合わんべなあ」

「んだ、くさるからなあ」

貞吾が答えた。

（くさる!?）

耕作は愕然《がくぜん》とした。

（良子がくさる！）

死体が腐るのはわかる。しかし、良子が腐ることは承服しがたいのだ。

不意に、耕作の耳に、山の下で呼んだ良子の声が聞えた。

「何か見えるーっ？」

澄んだ可憐《かれん》な声だった。

あの声が、まだありありと耳の底にあるというのに、良子はもう死んでしまったのか。そして、この良子が腐ってしまうと言うのか。

その時、また幾人かの人が、遺体確認に入ってきた。貞吾が言った。

「父さん。じっちゃんや、ばっちゃんもいるかも知れん」

「うん、それもそうだ」

修平は、涙をぐいと腕で拭《ぬぐ》うと立ち上った。が、耕作は新たに溢《あふ》れてくる涙をこらえ得ずに、すわりこんだまま肩をふるわしていた。

「何か見えーん?」

「何か見えーん?」

良子の声が繰り返し耳の底で鳴る。

「何も見えーんっ」

あの時耕作は、山の上からどなったのだ。そしてその直後、学校の沢の山合から、小山のように黒い泥流《でいりゆう》が物凄《ものすご》い速度でせり出して来るのを見たのだ。

「何も見えーんっ」

あの声が良子たちを殺してしまったような気がする。全く何も見えなかったのだ。すぐ山の陰に来ていたというのに、人間の耕作たちには、何も見えなかったのだ。

耕作は良子の頰をなでた。あの泥流に押し流されて、どんなに恐ろしかったろう。どんなに苦しかったろう。

(こんなに傷だらけになってなあ)

死ぬまぎわに、良子は何を思って死んだのだろう。

「母ちゃーんっ!」

と、母を呼んで死んだような気がするのだ。その声を耕作も聞いたような気がするのだ。

修平と貞吾は、悲歎《ひたん》に打ちひしがれた耕作をそのままにして、他の遺体を確かめて行く。収容所の羽目板の向うで、猫の声がする。

貞吾は、ちらちらと耕作の様子に目をやりながら、修平と共に次々に遺体をのぞいて行く。

一番端の遺体の顔おおいを取った時だった。

「おっ、これは!」

修平が叫んだ。

三

校庭の一隅に、赤や黄のチューリップが咲いているのも、雪柳が真っ白に咲きこぼれているのも、耕作の目には入らない。人けのない校庭を横切って、耕作は今、おぼつかない足取りで歩いて行く。半乾きの乗馬ズボンがごわごわと歩きにくい。

たった今見た良子の亡骸《なきがら》、祖父の市三郎の遺体が、目の前にゆっくりと揺れているような感じだ。市三郎は、肩が流木に打ち砕かれていたが、顔はふしぎに傷がなかった。呼べばすぐ、目をぽっかりとひらきそうな感じで市三郎は死んでいた。何の苦痛もないようなその死顔が、また耕作の涙を誘った。

（さぞ苦しかったろうに……）

いかにも市三郎らしい、静かな死顔だと、それがまた哀れに思われるのである。

修平と貞吾が、市街の消防団に遺体の運搬を頼みに行くことにし、その間に耕作は学校に一言報告に寄ることにしたのだ。学校は二十九日まで休みとは言え、恐らく教員たちは上を下への騒ぎであろう。高等科の生徒たちは、泥流に押し流された耕作たちの日進部落や、三重団体からも通っている。そして、教師である自分の安否も、気づかってくれているにちがいない。恐らく朝から救出作業に出ていて、日直の女教師ぐらいしかいないと思いながら、耕作はふと立ちどまって、ぼんやりと青い空を見上げた。

死んだ市三郎や良子の魂は、どこに行ったのだろうと思う。

（兄《あん》ちゃんも……ばっちゃんも……）

キワと拓一の死体に、またあんな辛《つら》い思いをして会わなければならないのか。よろめくように、耕作はまた歩き出した。

と、職員玄関から、転がるように駆けて来る者がいる。が、それが誰であるかを、耕作は確かめる気力もない。宙に目を据えたまま、耕作は歩いて行く。

「おうっ！　生きていたかっ、石村！」

益垣先生だった。

益垣先生は耕作を抱きかかえて、

「よく生きていた、よく生きていた」

と繰り返した。声が涙でうるんでいた。耕作はハッと吾《われ》に帰って、自分を固く抱きしめている益垣先生を見た。

「よかった！　ほんとうによかった。日進部落は全滅だって聞いたからな。お前んちも跡形ないと聞いたし……」

耕作を抱きかかえるようにして、先生は玄関のほうに歩いて行く。

「しかし、よく生きてたなあ。お前、足があるか」

益垣先生は耕作の足を見て、大声で笑った。

「ご心配かけまして」

耕作はぼんやりと答えた。

「それで、家族はどうした、家族は？」

耕作は首を横にふった。

「何!? 駄目だった? みんな、流されたのか?」

耕作は黙ってうなずいた。益垣先生の顔がくしゃくしゃになった。

「そうかあ……そうだったのかあ……。しかし、しっかりせいよ。みんなの分まで生きにゃならん」

耕作はうなずいた。はじめて益垣先生が、自分の恩師だったという思いが湧《わ》いた。

埃《ほこり》っぽい廊下を歩いて、職員室の戸を益垣先生があけた。あけた途端に益垣先生は叫んだ。

「校長先生! 石村が生きていた!」

思わず校長と日直の花井先生が立ち上った。花井先生が顔をおおって泣いた。

「よかったなあ、石村君」

駆け寄った校長は耕作の肩に手をおいて、

「昨日いつになく君を早く帰したのが気になって……、気になってねえ」

職員室には、他の教師たちは誰もいなかった。

「だけどね、校長先生。石村の家族はみな流されたそうです」

「そうか……そりゃ何とも……」

校長が目をしばたたいた。

声を上げて泣いていた花井先生が、涙をおさめてお茶を持って来た頃には、耕作は、祖父と妹の死体を、今死体収容所で見て来たことを告げた。

「全く、とんだ災難だったなあ」

校長は長歎息した。益垣先生が言った。

「それでなあ、石村。石村の家の様子を見にな、原田先生たちが十時頃出かけて行ったんだ。おれは連絡係でな、今、三重団体から帰って来たばかりなんだよ」

「すみません。自分の家のことにかまけて……何のお手伝いもできず……」

「冗談じゃないよ、石村君」

校長はうすく汚点《しみ》の浮いた手を横にふった。

「それで、校長先生、生徒たちは無事ですか」

「うん、生徒たちは今のところ、まだ死んだ話は聞いていない。家族が死んだのはだいぶあるがねえ」

「そうですか……。しかし、まだわかりませんね。これからの調べでは……」

「うん、覚悟はしている。そうそう、菊川先生の奥さんと子供さんは、さっき遺体が上ったよ」

「えっ！　菊川先生の!?」

瞬間、耕作は、菊川先生の結婚祝に行った数年前の夜を思い出した。耕作たちが持って行った下駄《げた》を、先生の奥さんの厚子は抱きしめたのだ。

「ありがとう、うれしいわ」

と、下駄を抱きしめて、にっこりと笑ったのだ。頰の赤い、笑顔のかわいい人だった。

「赤ちゃんも亡《な》くなったのよ。赤ちゃんも」

花井先生が再び顔をおおった。手首も足首も、輪ゴムをはめたような線がついて、ぷっくりとふとった女の赤ん坊だった。

「菊川君はね、旭川に行っていて、難を逃れたんだがね。学校も家族も、生徒たちも、みんな流されたって知ったら、どんな気持だかなあ」

校長は腕を組んだ。

「一家全滅した家も、何軒もあるって聞いたな」

益垣先生もしんみりとなる。

(そうか、みんな流されたのか……みんな)

自分だけがひどい目に遭ったわけではないのだと、耕作は花井先生のいれてくれた二杯目のお茶をがぶりと飲んだ。

四

「おや、また山が鳴ってるぞ」

修平が言い、

「あ、ほんとだ」

貞吾が答えて、紙花をつくる手をとめる。日暮れ時から、また山が鳴りはじめたのだ。

「なんぼなんでも、また爆発することはないべな」

石油ランプの下で、貞吾と一緒に半紙で葬式の花をつくりながら、同じ沢の青年が言う。

「そんなことわからん。地球の中は、どろどろと燃えてんだからな」

他の青年が答える。

奥の間には、市三郎と良子の遺体が布団《ふとん》の上に寝せられ、線香の煙が家の中に漂っている。通夜《つや》に来ていた部落の者たちは、大分帰った。あとに残った近所の者たちが五、六人、酒を汲《く》みかわしながら、話し合っている。耕作は取って来た柳の枝に、半紙を貼《は》って高張提灯《たかはりぢょうちん》を作っている。拓一がいたら、きっと器用に作ってくれたにちがいない。

「お前聞いたか。日進の佐川さんちは、一家九人全滅だとよ」

「へえー、佐川さん全滅か、気の毒にのう」

「うん、何でもな。一度は外に逃げたんだとよ。だけどなあ、どうしてだか、みんな家ん中に入っちゃったんだそうだ」

「何で入ったんだべ、そのまま逃げりゃよかったべに」

「爆発で、石でも降って来るとでも、思ったんでないべか」

「なるほどなあ」

耕作はちらっと、あけ放した奥の間を見る。加奈江と福子が遺体の傍《そば》にいる。福子はどんな気持でいるだろうと思う。福子の家も、福子以外はみな流された。幸い国男が去年の十二月入隊していて、父の危篤《きとく》にも、まだ帰って来てはいなかった。二十四日に帰る予定が、何かの都合で二十六日に延びたという。

(よかったなあ、国ちゃんだけでも生きていてくれて)

自分にも、母の佐枝が残っていると、耕作は我と我が身を励ます。

「吉田村長の、おっかさんも亡くなったってな」

「いいおっかさんだったのになあ」

「硫黄山に働らいていた人たちは、全滅かなあ」

「そんなことないべ」

昨日の爆発以来、まだ三十時間と経《た》っていない。人々はまだ誰も彼も興奮していて、話題はすべて災害の話となる。聞きながら耕作は、武井も姉の富も、恐らくあの泥流《でいりゅう》の中に押し流されただろうと思う。泥流は爆発から二十五分とかからないで、三重団体の線路の所まで、一気に奔流したのだ。六里余りを僅《わず》か二十五分で突っ走ったのだ。耕作は目撃した泥流の凄《すさ》まじさを思い返す。あの中を、富も流れて行ったのか。

耕作は諦《あきら》め切れぬ思いだった。

通夜の席には、武井の父も母も来ていた。が、武井の弟たちは、誰一人顔を見せなかった。硫黄山の事務所のほうにでも出かけて行ったのかも知れない。

(あのおっかさんが、武井さんと姉ちゃんを殺したようなものだ)

柳の枝を四本立て、糊《のり》をつけながら、耕作は胸の中で呟《つぶや》く。通夜の手伝いをしながら、武井の母のシンは、加奈江にそっとこうささやいたという。

「こんな爆発で死んだら、何ぼかお上から銭《ぜに》がおりるもんかねえ」

驚ろく加奈江に、

「うちは隆司と嫁の二人だから、百円ももらえるだろうか」

シンはそうも言ったという。加奈江はぷりぷりして、耕作に告げたのだ。長男の武井が、家業の農業を手伝わずに、硫黄山に働らくようになったのは、生《な》さぬ仲のシンの冷たさがさせたことではないか。

（姉ちゃんもなあ……）

農家の誰もが休むあの盆の日に、草を小山のように背負い、泣きながら歩いていた富を耕作は思い出す。耕作が赤飯を蕗《ふき》の葉に包んで渡すと、富は子供のように泣き出した。「百円もくれるじゃろか」としか言えない姑《しゅうとめ》のシンは、どんなに富を泣かせただろう。耕作は腹が煮えくり返る。

（何も姉ちゃんまで山に行かんくてもよかったんだ）

武井の一家がやさしければと、耕作は貼り終えた高張提灯を黙って眺める。一応は貼り終えたが、このあと祖母が見つかり、拓一が見つかれば、こうしてまた葬式の紙花を作ったり、提灯をつくらねばならない。耕作はひどく淋《さび》しいことを、自分たちはしていると思った。

提灯を作り終えて奥の間に行くと、福子が一人線香を立てていた。

「福ちゃん、横になったら？」

福子は静かにふり返り、

「ねえ、耕ちゃん。良っちゃんなんぼか母さんに会いたかったかと思うと……かわいそうで……」

と、袖口《そでぐち》で目を拭《ふ》いた。着ているのは加奈江の絣《かすり》の着物だ。耕作は黙って、今日幾度もしたように、今また顔の白布を取って、良子の顔を見た。さっき誰かが死化粧をしてくれて、顔の傷がうすくなった。むくみもやや引いて、良子の顔になっている。

「小母《おば》さんは、この事件を知ったかしらね」

耕作は黙って、良子の弾力のない頬をなでていたが、

「もう知っただろうね。号外か何かで」

と言った。

災害が起きたのは、昨日の午後四時過ぎである。今日の新聞には間に合わなかったにちがいない。電報を打とうにも、上富良野からの電信電話は不通であった。電柱に取りつけた電話機に、郵便局員たちが電話をかけているのを見たが、あれ一本では個人の用事を足せるわけはない。電報も打てるわけはない。

「じゃ、小母さんが帰って来るのは……」

「わからないさ。今日号外を見たとしても、恐らく夕方だったと思うよ」

「そうねえ」

号外を見て、急いで汽車に乗るとしても、明日の始発になるだろう。

「函館からは十五時間以上かかるってね、上富良野まで」

福子は、ついこの間、函館からの客に聞いた話を思い出して言う。

「しかも、上富良野の上下は、何里か不通だしね。女の足で大分歩かなきゃならないし、あと二日はたっぷりかかると思うよ」

「かわいそうにねえ、良っちゃん。とうとうお母さんに死顔も見てもらえないのね」

「うん、見てもらえないなあ……」

「でも、小母さんもかわいそうねえ。長いこと病気で、帰って来たら、みんな死んで、家もなくなって、耕ちゃん一人っきりなんだもの」

耕作は再び胸のぐっと熱くなるのを覚えて、祖父の顔を見た。祖父の顔はひどく青い。死んでから、もう一度死になおしたような疲れの影が出ていた。

「じっちゃんもばっちゃんもかわいそうだよ。三十年も働きづめに働らいて、こんな死に方をしたんだから」

「そうねえ。うちの父ちゃんの所にも、よく煎《せん》じ薬を届けてくれたって聞いたわ。親切なじっちゃまだったわ。みんなにじっちゃまじっちゃまって呼ばれて……」

「福ちゃんだって、かわいそうだよなあ」

耕作は、福子が自分の不幸を口に出さないことに、今はじめて気づいた。福子の一家はまだ死体が上っていない。死体が上ったとしても、通夜をする家もない。福子自身も濁流に呑《の》まれて、体力を消耗しきっている。人の不幸を思いやる余裕はない筈《はず》だ。

「福ちゃん、偉いな」

「何が？」

怪訝《けげん》そうに、福子が耕作を見る。小学校時代のまなざしと同じ澄んだまなざしだ。耕作も少年の時のような目で福子を見た。

「いや……福ちゃんは自分のことを何も言わないからさ。福ちゃんだって悲しいのに」

耕作を見つめていた目がまたうるんだ。

「わたしなんか……」

福子はうつむいたが、

「ねえ耕ちゃん、わたしなんか、良っちゃんの代りに死んだらよかったのよ」

「そんなこと……」

「だってそうじゃない？　わたしが生きてたって、また深雪楼《みゆきろう》に戻らなきゃいけないのよ。そして毎日、死ぬよりいやな生活がつづくのよ。良っちゃんなら、何のけがれもないんだもの。代ってやりたかったわ」

　福子の頬を、涙が幾筋も伝わる。耕作は目をそらした。親のために身を売った福子だが、その親も、妹も流されてしまった。だが借金はまだある。福子のこれからの生活を思って、耕作は暗澹《あんたん》とした。

「福ちゃん……兄《あん》ちゃんがな……」

　拓一が福子のために竹筒に貯《た》めていた金は、どこに流されて行っただろうと思いながら、耕作は言った。

「兄ちゃんは、ほんとうに福ちゃんが好きだったんだよ」

「もったいないわ。わたしなんか……拓ちゃんなんかに……」

「せめて兄ちゃんが生きててくれたらなあ」

「…………」

「きっと福ちゃんば、幸せにしてくれたのにな」

　拓一もキワも生きているのか死んでいるのか、まだわからない。至る所泥土で隔絶されている。惨害が大き過ぎる。一日や二日で、誰がどんな目にあったか、まだわかる筈はないのだ。が、誰もがもう二人のことを諦めていた。流された者は死んだものと、諦めることが当然のように思われた。

居間のほうで、青年たちと話していた修平の、

「そんなこと、考えたって仕様がねえ」

と言う声がした。

「仕様がねえかなあ」

叔母のソメノがしょんぼり答えている。また山が鳴った。みんなが黙った。遠雷に似た山鳴りは、一、二分つづいて遠くに引くように消えて行った。

五

災害三日目の今日も、美しい五月晴《さつきばれ》だ。

今、市三郎と良子の柩《ひつぎ》が、位牌《いはい》を持った修平の後につづく。半紙でつくった造花は、貞吾と加奈江が持って、耕作につづく。カジカの沢では、罹災《りさい》した家がないので、みんな野べの送りについて来てくれた。

遺体は修平叔父の裏山で焼くことに決めた。火葬場には、三重団体の泥海を通って行かなければならない。遠隔の者は、近くの山で焼くことを許されたのだ。

裏山に登ると、丘が幾うねりにもうねって、見渡す限り丘また丘である。陽炎《かげろう》が燃え、タンポポが咲いている。藪《やぶ》の中には、フクベラの可憐《かれん》な白い花が咲き群れている。

雲雀《ひばり》が高く囀《さえず》り、郭公《かっこう》が遠くで啼《な》いている。

耕作はうつろなまなざしで、修平の後を歩いて行く。昨日は、百名以上の死体が上ったと聞いた。市三郎と良子の死体を焼いた後、また、キワと拓一の死体を探しに行かなければならない。

(せめて、一緒に焼いてやりたかった)

今頃、母は汽車の中にちがいない。どんな思いで汽車に乗っていることかと耕作は思う。昨日のうちに災害を知ったとしても、まさかわが家が流され、耕作一人が生き残ったとは、夢にも思わぬことだろう。母との再会は、耕作にとって、母の悲しみを目《ま》のあたりに見なければならないことでもあった。

部落の者たちは、低い声で話し合いながらついて来る。

「あんまりいい天気で、悲しいようなもんだなあ」

「んだなあ。丘の上だけ見れば、爆発もなんも、考えられんようなもんだもなあ」

丘は、馬鈴薯《ばれいしょ》の畝《うね》が伸び、菜種畠《ばたけ》が日一日と青く育っている。

と、少しかん高いシンの声がした。

「なあ、わしらカジカの沢のもんは、よっぽど心がけがいいんだね。畠も家も、みんな無事だったもね」

「そだこと言うな」

低い声で、誰かが突つく。

「だって、そうだべさ。太陽さんはちゃんと見てござるもんね。

「心がけのいいもんは助かるよ。菊川先生だって、めったに行ったことのねえ旭川さ行って助かったべし」

遠慮のないシンの声だった。

（そうだろうか）

非情なシンの言葉に、耕作は歩みをゆるめた。死んだ者が、生き残った者より罪が深かったと言えるのだろうか。生き残った者が、シンのように傲慢《ごうまん》な口をきいていいものなのだろうか。耕作は、死んだ市三郎、キワ、拓一、良子の、一人々々の顔を順々に思い浮かべた。どんなに疲れている時でも、頼まれれば市三郎は、病人のために家伝薬をつくってやった。どんなに忙しくても、怪我人《けがにん》のために薬を届けてやった。しかもその薬で、報酬を受けようなどという気は、さらさらなかった。なおってくれることが、市三郎には大きな報酬だったのだ。キワにしても拓一にしても、そして良子にしても、みな親切な人間だった。残った自分が一番不親切なように思う。

（それにしても……）

シンは生死不明の隆司と富のことを何と思っているのだろう。もし死んでいたとし

たら、それもまた、

「心がけが悪かった」

の一言で片づけるつもりなのだろうか。いくら隆司が生《な》さぬ仲であったとしても、それでは余りにひど過ぎはしないかと、耕作は言い難い憤《いきどお》りを覚えずにはいられなかった。

この葬列の中に、福子はいない。今朝早く、両親と鈴代の死体が上ったと、消防団の者が知らせに来て、一緒に帰って行ったのだ。帰って行ったとしても、福子の家は流されてしまっている。軍隊に行った国男が帰って来るとしても、それまでの間、福子は一人でその大きな悲しみに耐えなければならないのだ。この福子の悲しみを思うと、耕作は再び、シンの言葉を憎んだ。

「さあ着いた」

部落の年長者が言った。あごひげの白い老人だ。馬鈴薯畑の果てに、少し広い草地がある。そこに若者たちが担《かつ》いで来た二つの柩をそっと置いた。

さすがの修平も、ぼんやりと立っている。まだ残雪のある十勝連峰が、今日は驚ろくほど間近に見える。噴煙が、午後の日を浴びて輝くばかりの白さだ。丘の畠の所々に立つ杏《あんず》の木に、花が白じろと咲いている。幾人かで背負って来た薪《まき》が井げたに組まれる。その上に柩が置きなおされる。耕作は胸がしめつけられた。

あごひげの老人が進み出て、お経を読みはじめた。縞《しま》のモンペに黒い羽織を着て、老人は単調な節でお経を読む。百人以上もの死者が一度に出たのでは、僧侶《そうりょ》をこの遠い所まで呼ぶわけにはいかない。お経はそれでも、十分ほど読まれて、焼香がはじまった。香の煙が、澄んだ空気にとけていく。

部落の者が一人々々焼香をすませてから、老人が言った。

「火をつけるのは、身内の者の役目でな。修平さん、耕作さん、二人で火をつけてくれ」

と、マッチを渡した。修平はマッチを持ったまま、唇をひくひくとふるわせた。マッチを擦るのを拒否する表情だ。

「修平さん、早く成仏《じょうぶつ》させてやったほうが、親孝行というもんだよ」

老人が言う。耕作も、修平の気持が痛いほどわかる。耕作も同じ気持なのだ。自分の手でマッチを擦り、火をつければ、祖父も良子も燃えてしまうのだ。死んでいるとはいえ、この柩の中には、市三郎と良子が確かにいるのだ。それを灰にしてしまうことは、何とも無惨《むざん》で、耕作にはできない。

促されて修平が、太い指でマッチの棒を取り出した。手がぶるぶるとふるえている。

（せめて母さんの来るまで、火をつけずにはおけないのか）

母はきっと、せめて死顔だけでも見たかったと思うだろう。良子だって、せめて死顔だけでも見てほしかったと思うだろう。

修平の擦ったマッチが、ぽとりと草の上に落ちた。

「耕作さん、あんたつけな」

耕作もまた、ふるえる手でマッチを擦った。が、さして強くもない風に、そのマッチの火は消えた。

「四、五本かためて擦りゃいい」

誰かが言う。自分のつけた火で、祖父や良子を焼く……そんなことができるだろうか。思いながら耕作は、マッチを四、五本手に持った。

とその時だった。誰かが叫んだ。

「おや、馬が駆けて来るぞ」

みんなは思わず指さすほうを見た。今この丘陵に黒い馬が駆けて来る。人が乗っている。

「また死体が見つかったかな」

誰かが言う。

馬は見る見る近づいて来た。

「おうっ！」

二、三十間先まで馬が来た時、何人かが叫んだ。

「拓ちゃんじゃねえか!?」

「拓一っつぁんだ」

耕作の体が硬直した。呆然《ぼうぜん》と突っ立つ耕作の前に、馬から飛び降りたのは、まぎれもない拓一だった。

「兄《あん》ちゃーん！」

耕作はマッチを放り出して拓一に抱きついた。

「耕作！」

拓一も耕作を抱きしめた。その二人を、修平の大きな腕が抱きしめた。

「拓一！　お前、生きていたのかあ！　生きていてくれたかあ！」

修平が泣いた。耕作も泣いた。が、拓一は、

「これは誰だっ!?」

と、二つの柩をきびしく指さした。

六

薪の上からおろした柩を、平べったい石で誰かがこじあけた。祖父の市三郎の死顔がそこにあった。

「じっちゃーん！」

柩の中にはまりこむようにして、祖父の肩に手をかけた拓一が叫んだ。

「じっちゃーん！　すまんかった。助けられんですまんかった。すまんかった、じっちゃーん」

肩をふるわせて拓一は泣いた。耕作はあの泥流《でいりゆう》の中に飛びこんで行った拓一の壮烈な姿を思った。

「お前は母ちゃんに孝行せっ！」

言い捨てて、ふり向きもせずに濁流に身を躍らせた拓一を思った。

身をもむようにして泣いている拓一に、部落の者たちも泣いた。命を賭《と》して、助けようとした拓一は、それだけでも充分なことをした筈《はず》なのだ。が、拓一は、声を限りに、

「許してくれーっ！」

と叫んでいる。耕作は、兄にはかなわないと思った。到底自分の及ぶところではないと思った。

良子の柩もこじあけられた。修平に促されて、拓一は良子の傍に寄った。しばらく拓一は、声も出さずに良子を見つめていた。死化粧をされた良子の顔は可憐《かれん》だった。化粧というものを、良子は死んではじめてされたのだ。

「かわいそうになあ」

と言ったかと思うと、拓一は良子の頰に自分の頰をすりつけた。そしてそのまま、声もなく拓一は泣いた。たとえようもない悲しみが、耕作を襲った。が、反面、慰めもあった。諦《あきら》め切っていた拓一が、今目の前に生きて戻って来たのだ。あまりにも思いがけないことだった。信じ難いような出来事だった。

(よく生きていてくれたなあ、兄ちゃん)

耕作の頰を、大粒の涙がころげ落ちる。修平は草原に坐《すわ》りこんでしまった。この二晩で、めっきりと白髪の増えた修平が、草原を拳《こぶし》で叩《たた》きながら泣いている。拓一の生還と、身内を失った悲しみとが一つになって、いくらでも泣けるのだ。

晴れた空に、白い雲がひとつぽっかりと浮いていた。

引きはがされるようにして、良子の柩から離された拓一に、部落の者が次々に聞いた。

「拓ちゃん、お前、どうやって助かった?」

「そして今まで、どこにいた?」

「何で早く、生きてるって知らせんかった」

拓一はぼんやりと二つの柩を眺めていたが、どのようにして助かったかを、ぽつりぽつりと話しはじめた。

拓一は三人を助けるために、前後の見さかいもなく濁流に飛びこんだ。が、たちまち拓一は激流に押し流された。物凄《ものすご》い早さだった。祖父たちを助けるどころではない。流れの中にのみこまれまいとするだけで、精一杯だった。

沢がひらけ、流れが幾らか弱まったと思った時、拓一は不意に、頭に重い衝撃を受けて気を失ってしまった。

直径三尺もある桂《かつら》の大木の二股《ふたまた》に、抱えこまれた形で引っかかっていたと聞いたのは、昨夜、三重団体の高原という家で、拓一が昏睡《こんすい》から覚めた時だった。

「はじめは死人かと思ったがの」

意識を取り戻した拓一に、しばらくして老夫婦が言った。高原家には老夫婦しかいなかった。逃げられぬと観念して、老夫婦は家の中に閉じこもっていたのだ。子供や孫はみな逃げた。が幸い、泥流が高原家まで来た時は、家を押し流すほどの水勢は失われていた。

拓一の話を聞いて修平は言った。

「そうか、高原のじっちゃんに助けられたか」

他の者が言った。

「いや、桂の二股に助けられたなあ」

貞吾も言った。

「そうか、ゆんべまで気を失っていたのか。それでも、助かっているって、知らせてくれられんかったもんかなあ」

「そりゃあ無理だ。何しろ高原の家は、四方が泥海に囲まれて、離れ小島みたいだったからな。人がボートで助けに来てくれたのが午《ひる》少し前のことだ」

「何でもええ、とにかく拓一が無事で何よりだった。よかった、よかった」

修平が再び涙声になった。

さっきお経を読んだ老人が、再びお経を読みはじめた。今駆けつけた拓一のために、そうしてくれたのだ。

耕作は頭に一枚幕がかかった感じで、読経《どきよう》の声が遠くから聞えてくるような錯覚を覚えた。爆発から丸二日と経《た》たぬうちに、余りにも様々なことがあった。今ここで、市三郎と良子の亡骸《なきがら》を焼こうとしている。死んだとばかり思っていた拓一が、自分の傍で、こらえきれずに号泣している。もしかしたら、自分は夢を見ているのではないかと、爆発以来幾度も思ったように、今もまた思った。

（そうか、兄ちゃんは生きていたのか）

読経の声に、歯を食いしばって泣いている拓一を見ながら、夢ではないのだと耕作は自分に言い聞かせる。

やがて読経が終った。再びマッチが、修平と、今度は拓一に渡された。修平は観念したようにマッチを擦り、白い造花に近づけた。

「焼くのかあ！　焼かんきゃならんのかあ！」

拓一が叫んだ。郭公《かっこう》が遠く近くで啼《な》いている。朗らかな声だった。

その夜——。

耕作の傍で、拓一が高張提灯《たかはりぢょうちん》を作っていた。昨夜耕作がしたことを、今夜は拓一がしているのだ。耕作は加奈江と弔《とむら》いの紙花をつくっている。奥の間には、キワの遺体が横たわっている。拓一はむっつりとして口をきかない。

今日、市三郎と良子の野べの送りをすました所に、キワの死体が見つかったという知らせが入ったのだ。思いもかけず、キワは日進の沢で見つかった。一度耕作たちが探したあたりの山際《やまぎわ》で、キワは死んでいたのだ。

「かわいそうにな、日進からよそには行きたくなかったんだべ」

茶碗《ちゃわん》酒を飲みながら、修平が今もそう言っている。

「泥ん中に、二晩も寝せっちまって……」

叔母のソメノも言う。

「苦しかったべなあ」

耕作も呟《つぶや》く。

拓一は黙々と高張提灯を造っている。昨夜耕作が造ったのよりも、ずっと立派な提灯だ。出来上った提灯を黙って見ていた拓一が、茶の間の隅にあった硯《すずり》と筆を持って来た。墨をちょっと摩《す》り、薄墨で拓一は提灯に絵を描きはじめた。筆の先から、見る見るうちに蓮《はす》の花が生まれる。

「なあるほど」

酒の入った茶碗を床《ゆか》の上に置いて、修平はうなった。次の面に菊を描き、三面に桔《き》梗《きょう》を描き、最後の面にはダリヤを描いた。それらはキワの好きな花だった。

「うまいもんだなあ、拓ちゃんは」

貞吾も感歎《かんたん》する。

もう一張の提灯に、拓一は何やら山を描きはじめた。見る間に山の下に家が描かれた。耕作たちの住んでいた家の姿が見事に再現されて行く。この春建て増ししたばかりの家の姿を、拓一はあやまたず巧みに描いて行った。納屋《なや》もある。風呂場《ふろば》もある。ソメノも加奈江も部落の者たちも、拓一の筆から生まれ出る一つ一つに、

「みんな流れっちまったんだもなあ」

「建増ししたばかりだっつうによう」

「いい風呂だったなあ。俺もごっつぉうになったことがあった」

と、口々に言う。拓一は口をギュッと結んで、目をカッとひらき、睨《にら》みつけるようにして描いて行く。が、その目にたちまち涙が盛り上る。涙をぐいと腕で拭《ふ》き、またカッと目をひらく。馬も描いた。鶏も描いた。そして最後に、野良《のら》に働らく人を描いた。少し腰の曲っているのが市三郎だ。ずんぐりとしたのがキワだ。うつ向いて鍬《くわ》を使っているのが良子だ。そしてそこに、拓一自身と耕作も描いた。人の姿は五分か六分の小さな姿だが、それぞれに誰とわかる巧みさだった。見ている耕作の顔がくしゃくしゃに歪《ゆが》んだ。

「もういい、拓一、もう描くな、もう描くな」

修平が目頭をおさえながら、懇願するように言った。拓一はがらりと筆を落して、声を殺して泣いた。静かな夜であった。

七

拓一と耕作は今、富の働らいていた元山鉱業所跡に辿《たど》り着いたところだった。見上げる山頂はまだ積雪が深い。その雪の上には一面に硫黄が降り積っていて、花《はな》畠《ばたけ》を見るような美しさだ。耕作は、菜の花畠かと一瞬錯覚したほどだ。その黄色い硫黄の粉の尽きるあたりには、火山灰がうす黒く雪を覆《おお》っていた。噴火口の手前の山は三つに裂け、その裂け目は、どれも三、四十メートルもあった。

拓一と耕作の立つ眼下には、這松《はいまつ》や針葉樹を根こそぎ流し去った溶岩と泥流の跡が、七、八百メートルの幅を持って、麓《ふもと》に向ってひろがっていた。

「ここに姉ちゃんは働らいていたのか」

耕作が呟くと、拓一が言った。

「うん、そしてここで姉ちゃんは死んだ」

耕作たちは今朝早々と、キワの野辺の送りをした。その後、耕作と拓一は、富の消息を確かめに、十勝岳に登る予定だった。が、耕作の受持の生徒の死骸《しがい》が上ったと聞き、先《ま》ず学校に寄った。そしてそこで聞いたのは思いがけなく坂森五郎の死だった。

（五郎が!?）

耕作は耳を疑った。

あの爆発の日、五郎は廊下の板壁に背を押しつけるようにしながら、一人残っていた。

「何だ、まだいたのか」

と尋ねた耕作を五郎はちらりと見、

「先生、雨ふりの日は畠さ出ないもな」

と言ったのだった。

（やっぱり……）

五郎は耕作と遊びたくて、あの雨の中を一里以上もある日進の沢までやって来たのだ。

「五郎！」

耕作は夢中で職員室を飛び出していた。

五郎の家に着いた時、五郎はもう小さな骨箱に入っていた。死体が上ったのは、どうやら昨日のことらしかった。襖《ふすま》も障子も破れ、天井のすすけた暗い家の中に、五郎の父と兄がぼんやりと坐っていた。

「何でまた、あんな日に外へ出たもんだか」

あの数日前から、父親は中富良野に出稼《でかせ》ぎに行っていたという。耕作には、五郎が自分を訪ねて来たにちがいないとは、その父親の前でどうしても言うことができなかった。耕作の目に、雨の降りしぶく沢の道を、一心に歩いて行く坂森五郎の姿が目に浮かんだ。その五郎を目がけて、あの黒山のような津波が襲いかかった一瞬を思った。恐怖に歪んだ五郎の顔が目に浮かんだ。

みかん箱の上にふろしきをかけ、その上に置いた骨箱に向って、耕作は手を合わせた。が、たまらなくなってその骨箱を抱いた。五郎の作った詩が思い出された。「まんま」という詩だった。

この煤《すす》けた薄暗い家で、五郎は母の愛を知らずに育った。五郎が一人飯を炊《た》いている姿が目に浮かぶ。生味噌《なまみそ》をつけて食べている姿が目に浮かぶ。その五郎を、あの黒い山津波が呑《の》みこんだのだ。哀れな十年の生涯だった。

(おれに会いに来たのになあ)

小さな骨箱を抱く耕作を見て、父親は埃《ほこり》っぽい板の間に、ぽとぽとと大粒の涙をこぼしていた。

その五郎への思いから引き戻すように拓一が言った。

「武井の兄さん、どこにいるんだろうなあ」

拓一たちは、山麓《さんろく》の山加事務所で富の死を聞いて来た。五十余人のうち半分は死んだが、武井は助かって、後片づけをしていると聞き、山の上までやって来たのだ。が、後片づけをしている人々の中に武井の姿はなかった。山加部落の青年団が、鉱業所の人々にまじって後始末をしている。人々に尋ねても、誰がどこにいるのか要領を得ない。人々は火口一帯から山麓にかけて、死体捜索や倒壊した飯場などの始末をしているのだ。

地表には無数の穴があき、硫黄搬出用のレールが、ぐにゃりと曲っている。耕作たちも人々にまじって働らいた。大きな鉄製金庫が傾き、その下から片手がぬっと出ている。思わず息をのんで、耕作はその手を見た。拓一が屈《かが》んで、その手をそっとなでた。

「早く金庫をどけなきゃ」

拓一の言葉に、

「ほんとだ」

傍に働らいていた男がぼそりと言った。すぐ近くに、男の死体が七つ八つ並べられてある。その大半が裸体だ。ちょうど夕食前で入浴中の者が多かったからだ。

時折、誰もが災害の話に手をとめる。黙々と処理をするには、この鉱業所跡も余りに無惨《むざん》だった。十二棟あった飯場、事務所、倉庫、住宅などの建物はあとかたもない。

「どれほどの勢で流れて来たもんかなあ。あっちの山に、飯場の屋根や柱やら飛んでってるんだ」

鶴嘴《つるはし》の手をとめて山加部落の青年が言う。

「何せ、火口のほうまで、死骸が飛んでってるんだからなあ」

その場に居合わせなかった者には、到底想像のできない凄《すさ》まじい爆発だったのだ。事務所の一人が、爆発と同時に裏山に駆け登り、押し寄せる泥流《でいりゅう》に、

「逃げろっ！」

と飯場に向って叫んだ時は、既にその男の足元に泥流が奔騰《ほんとう》して来ていたという。

火口から半里離れたこの辺りまで、五十秒とかからぬ早さで泥流は押し寄せたのだ。

亜硫酸ガスの臭《にお》いが、時折強く流れて来る。山の煙は爆発前より少し多くなっただけで、ほとんど変りはない。

「何しろ、五尺の雪を融《と》かして来たんだからなあ」

辛うじて助かった鉱夫の一人が言う。

「おまけに、あの辺りに沼もあったしな」

「地の底からも湯を噴き上げたんじゃないのかね」

信じられない程の大量の山津波を、男たちは話し合う。幾つとなくあった大小の谷が、山津波に埋まって、のっぺらぼうの斜面に変っている。その谷底に埋まった鉱夫もあるのではないかと、みんなは暗澹《あんたん》たる面持で言う。

「兄《あん》ちゃん、日が暮れんうちに武井さんば探しに行くか」

「うん、もう五時過ぎだもな」

拓一は西に傾いた陽を眺めた。二人はカジカの沢の者に断わると、深い谷を一つ越えた向うの、山ふところの吹上温泉に向って歩き出した。

あの爆発の日、鉱夫たちの半分は吹上温泉に遊びに行っていた。雨で仕事が休みだったからである。その吹上温泉にいた男たちは、無事だった。

吹上温泉への道は、薄暗いほどの木立の中だ。所々、ようやく芽吹きはじめた雑木がトド松、エゾ松の中にまじっていて、そこだけが明るい。

「姉ちゃんも、温泉に遊びに行ってたらよかったのになあ」

「飯炊きだもん、そうはいかんさ」

拓一の声が暗い。

「でも、もう一人の人もかわいそうになあ」

「うん」

富と一緒に働らいていた若い炊事婦は、下半身だけが残っていて、上半身は行方不明だという。真っ二つにちぎれた胴体を思っただけで、二人の胸は痛む。

少し行くと、細い山道をのろのろと降りて来る印半纏《しるしばんてん》姿の男が見えた。一歩歩いては立ちどまり、二歩歩いてはふらふらとよろけそうになる。誰も彼も、災害以来、何かに取り憑《つ》かれたように働らいているのだ。その疲労がようやく、四日目の今日になって色濃く浮かんでいた。

「疲れてるなあ、あの人も」

耕作自身、今日既にもう六里は歩いている。しかも山道だ。耕作はズボンのポケットに手をやった。疲労なおしの飴玉《あめだま》が紙袋に二、三十個入っている。今日学校に行った時、菓子屋の花井先生が手渡してくれたものだ。

男は膝《ひざ》をがくりがくりとさせながら、次第に二人のほうに近づいて来る。幾日も剃《そ》らないのだろう。ひげが顔の半分を黒く埋めていた。うつむきながら歩いて来た男は、ふっと二人のほうを見た。途端に男の足が止まった。近寄って耕作は、手に持っていた飴玉を差し出した。と拓一が言った。

だった。

耕作はギョッとしたように男を見た。憔悴《しようすい》して、頰骨が尖《とが》り、目が落ちくぼんでいる。しかもその目には光りがなかった。が、武井と言われてみれば、確かに武井の顔だった。

武井はぼんやりと二人を見た。

「そうだ！　武井の兄さんだ」

耕作も叫んだ。木洩《こも》れ日が武井の顔に落ちている。武井は黙ったまま答えない。ちょっと指で突ついても、倒れそうな姿で、武井は二人に黒い顔を向けていた。耕作と拓一は思わず顔を見合わせた。武井はこの世の人とも思われなかった。

「武井の兄さん、姉ちゃんは……死んだってね」

耕作が言った。武井は黙って耕作を見、のろのろと拓一を見た。が、骨張った汚い手で、印半纏の下に巻きつけた木綿ぶろしきの結び目をゆっくりと解きはじめた。そしてそのふろしきを抱えたまま、武井はへたへたと山道に坐《すわ》りこんだ。

「大丈夫か、兄さん」

拓一の言葉に、武井がうなずきながらふろしきをひらくと、新聞紙の包みが出て来た。武井はその新聞紙をがさごそとひろげた。握り飯でも出すつもりなのかと、眺めていた耕作と拓一はハッとした。ひらかれた新聞紙の上に、灰になった骨があった。

「それは!?……」

二人を見上げた武井の頬がひくひくと動いた。

「姉ちゃんかあっ！」

拓一が叫んだ。新聞紙を持った武井の両手がわなわなとふるえる。

「姉ちゃんっ！　姉ちゃんっ！」

二人は武井の手から、新聞紙に包まれた富の骨を受けとって抱いた。武井の悲鳴に似た泣き声が、不意に起きた。

武井が一刻も富を手離すことができず、腰につけながら、他の仲間たちの死体捜索にあたっていたことを二人は知った。武井の深い悲しみが、拓一と耕作の胸に沁《し》み渡った。

耕作の目に、富の嫁入りの夜の姿がありありと浮かんだ。たった一枚作ってもらった花模様の着物に、梅の花のついた銘仙の羽織を着、ハイカラ髪を結っていた。幸せになってよかったと喜んだ富の姿だった。

八

武井のいびきが高い。吹上温泉の宿の六畳間だ。

山道で二人に会った武井は、一時に安心したのか、富の骨を見せるとそのまま気を失って倒れた。多分武井は、拓一も耕作も流されていたと思っていたのかも知れない。その二人の無事の姿を見て、張りつめていたものが一時にゆるんだのかも知れない。どすぐろい唇を半びらきにして、ランプの下に眠っている武井の顔を見ながら、拓一と耕作もまた疲れていた。

気を失った武井を、二人は近くの吹上温泉まで運んだ。温泉宿の主人は鼻をつまらせ、

「武井さんたちはねえ、仲のいい夫婦でなあ。富さんに死なれて、何ぼがっかりしたことか。仕事が終るまでお骨を預って上げると言っても、絶対に誰にも預けずに……」

今、その言葉を思いながら、拓一も耕作も、武井の横に仰向《あおむ》けに寝ころんだ。疲労は深いが、神経が冴《さ》えている。

いつしか、外はまっくらになっている。

「な、兄《あん》ちゃん。どうして、みんな死んだんだ？　じっちゃんもばっちゃんも、姉ちゃんも良子も……」

「ほんとになあ」

「今年の正月は、いい正月だって、じっちゃんもばっちゃんも喜んでいたのによ」

耕作は餅《もち》つきの夜を思い出す。開墾して三十年、祖父と祖母が得たものは、この酷《むご》たらしい死であった。一体そんなことがあってよいものかと、耕作は昨日からそのことばかり考えて来た。武井の継母のシンの言葉も胸に刺さっている。

「……心がけのいいもんは助かるよ。わしらカジカの沢のもんは、よっぽど心がけがいいんだね」

シンはそう言ったのだ。

武井の枕《まくら》もとに置いた縞《しま》のふろしき包みに耕作はまた目をやった。

(姉ちゃんが……心がけが悪かったというのか)

憤《いきどお》りが、若い耕作の胸にふき上がる。

「ほんとうだ。いい正月だって喜んでいたなあ」

拓一の声も湿る。

(深城の奴《やつ》……あいつは心がけがいいから生き残ったのか)

上富良野の住民たちは、寝食も忘れて被災者のために働らいている。医師たちは金も取らずに怪我人《けがにん》を手当し、商店も、ある限りの物資を被災者のために安く売っている。吉田村長も、母親を泥流に奪われながら僅《わず》か二、三十分家に戻っただけで役場に泊りこんでいる。みんな真剣なのだ。

その中で、深城だけが、火事場泥棒的な儲《もう》けをしているといううわさを聞いた。俄《にわ》か作りの食堂で、味噌汁を一杯二十銭に売ったとか、物を買いしめたとかいう話だ。

(あいつは、心がけがよくて生き残ったのか)

ふっと、今日会った節子の顔を、耕作は思い出す。

今日学校に行く途中、拓一と耕作は、道路の真ん中で、ばったりと節子に会った。節子は急を知って、札幌から駆けつけたばかりなのだろう。節子は何も言わずに、じっと耕作を見つめた。食い入るような激しい目だった。家出をした節子にはじめて会ったのだ。

「生きていたの?」

ようやく節子が口をひらいた。耕作は黙ってうなずいた。不意に、節子はけたたましく笑った。と思うと、くるりと背を向けて駆けて行った。何を一体笑ったのか。耕作には節子の気持がわからない。

(福子とはちがう)

耕作は、目をつむっている拓一の顔を見た。昨日拓一に、福子が助かったと告げた時、拓一の顔にさっと喜びの色が走った。

「そうか、福子は助かったか！」

耕作は福子を助けたいきさつを、話した。が、裸であったことも、泥土を落してやったことも、背負って小屋まで運んでやったことも、耕作は言わなかった。耕作の話を聞き終ってから、しばらくして拓一は、独り言のように言った。

「そうか、お前が福子を助けたのか」

拓一は喜んで言ったのかも知れない。が、耕作は何か悪いことをしたような気がした。妙にうしろめたかった。泥土の下から現われた、こんもりと青い乳房が、耕作の目にちらつく。一生、兄に対して、このうしろめたい思いを負って、生きていかなければならないような気さえする。

拓一が目をあけて耕作を見た。拓一は自分を見つめていた耕作に、

「何だ？」

と、やさしく尋ねた。あわてて耕作は、

「なあ、兄ちゃん。まじめに生きている者が、どうしてひどい目にあって死ぬんだべな」

と、先程の言葉をくり返した。

「わからんな、おれにも」

「こんなむごたらしい死に方をするなんて……まじめに生きていても、馬鹿《ばか》臭いようなもんだな」

「……そうか、馬鹿臭いか」

拓一はじっと耕作を見て、

「おれはな耕作、あのまま泥流《でいりゆう》の中でおれが死んだとしても、馬鹿臭かったとは思わんぞ。もう一度生れ変ったとしても、おれはやっぱりまじめに生きるつもりだぞ」

「………」

「じっちゃんだって、ばっちゃんだって、おれとおんなじ気持だべ。恐らく馬鹿臭いとは思わんべ。生れ変ったら、遊んで暮らそうとか、生まず狡《る》く暮らそうなどとは思わんべな」

耕作は黙ってうなずいた。

遠くで汽車の汽笛の音がした。母の佐枝は、遅くとも明日には、帰って来るだろう。家も子も親も流されてしまった泥流の村に帰って来るだろう。

「な、耕作、母ちゃんばうんと大事にするべな」

「うん、大事にする」

耕作は深くうなずいた。再び、汽笛が長くひびいた。

○参考文献並びに資料

『富良野地方史』岸本翠月著

『上富良野町史』同

『十勝岳爆発災害志』十勝岳爆発罹災《りさい》救済会発行

『渡辺円蔵氏日記抄』

『十勝泥流』佐藤喜一著

大正年代の「旭川新聞」その他被災者の談話

この作品は昭和五十二年三月新潮社より刊行された。

三浦綾子著

塩狩峠

大勢の乗客の命を救うため、雪の塩狩峠で自らの命を犠牲にした若き鉄道員の愛と信仰に貫かれた生涯を描き、人間存在の意味を問う。

三浦綾子著

道ありき
―青春編―

教員生活の挫折、病魔――絶望の底へ突き落とされた著者が、十三年の闘病の中で自己の青春の愛と信仰を赤裸々に告白した心の歴史。

三浦綾子著

この土の器をも
―道ありき第二部 結婚編―

長い療養生活ののち、三十七歳で結婚した著者が、夫婦の愛とは何か、家庭を築くとはどういうことかを、自己に問い綴った自伝長編。

三浦綾子著

光あるうちに
道ありき第三部信仰入門編

神とは、愛とは、罪とは、死とは何なのか？人間として、かけがえのない命を生きて行くために大切な事は何かを問う愛と信仰の書。

三浦綾子著

続 泥流地帯

家族の命を奪い地獄のような石河原となった泥流の地に、再び稲を実らせるため、鍬を入れる拓一、耕作兄弟。この人生の報いとは？

三浦綾子著

細川ガラシャ夫人
（上・下）

戦乱の世にあって、信仰と貞節に殉じた悲劇の女細川ガラシャ夫人。清らかにして熾烈なその生涯を描き出す、著者初の歴史小説。

遠藤周作著
海と毒薬
毎日出版文化賞・新潮社文学賞受賞

何が彼らをこのような残虐行為に駆りたてたのか？　終戦時の大学病院の生体解剖事件を小説化し、日本人の罪悪感を追求した問題作。

遠藤周作著
沈黙
谷崎潤一郎賞受賞

殉教を遂げるキリシタン信徒と棄教を迫られるポルトガル司祭。神の存在、背教の心理、東洋と西洋の思想的断絶等を追求した問題作。

遠藤周作著
イエスの生涯
国際ダグ・ハマーショルド賞受賞

青年大工イエスはなぜ十字架上で殺されなければならなかったのか――。あらゆる「イエス伝」をふまえて、その〈生〉の真実を刻む。

遠藤周作著
キリストの誕生
読売文学賞受賞

十字架上で無力に死んだイエスは死後〝救い主〟と呼ばれ始める……。残された人々の心の痕跡を探り、人間の魂の深奥のドラマを描く。

遠藤周作著
死海のほとり

信仰につまずき、キリストを棄てようとした男――彼は真実のイエスを求め、死海のほとりにその足跡を追う。愛と信仰の原点を探る。

遠藤周作著
王国への道
―山田長政―

シャム（タイ）の古都で暗躍した山田長政と、切支丹の冒険家・ペドロ岐部――二人の生き方を通して、日本人とは何かを探る長編。

幸田文著　父・こんなこと

父・幸田露伴の死の模様を描いた「父」。父と娘の日常を生き生きと伝える「こんなこと」。偉大な父を偲ぶ著者の思いが伝わる記録文学。

幸田文著　流れる　新潮社文学賞受賞

大川のほとりの芸者屋に、女中として住み込んだ女の眼を通して、華やかな生活の裏に流れる哀しさはかなさを詩情豊かに描く名編。

幸田文著　おとうと

気丈なげんと繊細で華奢な碧郎。姉と弟の間に交される愛情を通して生きることの寂しさを美しい日本語で完璧に描きつくした傑作。

幸田文著　木

北海道から屋久島まで木々を訪ね歩く。出逢った木々の来し方行く末に思いを馳せながら、至高の名文で生命の手触りを写し取る名随筆。

幸田文著　きもの

大正期の東京・下町。あくまできものの着心地にこだわる微妙な女ごころを、自らの軌跡と重ね合わせて描いた著者最後の長編小説。

阿刀田高著　源氏物語を知っていますか

原稿用紙二千四百枚以上、古典の中の古典。あの超大河小説『源氏物語』が読まずにわかる！　国民必読の「知っていますか」シリーズ。

新潮文庫の新刊

今野敏著
審議官
―隠蔽捜査9.5―
県警本部長、捜査一課長。大森署に残された署員たち。そして竜崎の妻、娘と息子。彼らだけが知る竜崎とは。絶品スピン・オフ短篇集。

白石一文著
ファウンテンブルーの魔人たち
大学生の恋人、連続不審死、白い幽霊、ＡＩロボット……超高層マンションに隠された秘密とは？　超弩級エンターテイメント開幕！

櫛木理宇著
悲鳴
誘拐から11年後、生還した少女を迎えたのは心ない差別と「自分」の白骨死体だった。真実が人々の罪をあぶり出す衝撃のミステリ。

仁志耕一郎著
闇抜け
―密命船侍始末―
俺たちは捨て駒なのか――。下級藩士たちに下された〈抜け荷〉の密命。決死行の果て、男たちが選んだ道とは。傑作時代小説！

堀江敏幸著
定形外郵便
芸術に触れ、文学に出会い、わたしたちは旅をする――。日常にふいに現れる唐突な美。過去へ、未来へ、想いを馳せる名エッセイ集。

阿刀田高著
小説作法の奥義
物語が躍動する登場人物命名法、書き出しとタイトルのパターンとコツなど、文筆生活六十余年「小説界の鉄人」が全手の内を明かす。

新潮文庫の新刊

E・レナード
高見浩訳
ビッグ・バウンス
湖畔のリゾート地。農園主の愛人と出会ったことからジャックの運命は狂い始める――。現代ノワールにはじめて挑んだ記念碑的名作。

M・コリータ
越前敏弥訳
穢れなき者へ
父殺しの男と少年、そして謎めいた娘。三人の出会いが惨殺事件の真相を解き明かす……。感涙待ちうける極上のミステリー・ドラマ。

紺野天龍著
鬼の花婿 幽世《かくりよ》の薬剤師
目覚めるとそこは、鬼の国。そして、薬師《くすし》・空洞淵霧瑚《うろぶちきりこ》は鬼の王女・紅葉《もみじ》と結婚することに。これは巫女・綺翠《きすい》への裏切りか――？

河野裕著
さよならの言い方なんて知らない。10
架見崎の命運を賭けた死闘の行方は？ 勝つのは香屋か、トーマか。あるいは……。繰り返す「八月」の勝者が遂に決まる。第一部完。

大神晃著
蜘蛛屋敷の殺人
飛驒の山奥、女工の怨恨積もる〝蜘蛛屋敷〟。女当主の密室殺人事件の謎に二人の名探偵が挑む。超絶推理が辿り着く哀しき真実とは。

三川みり著
龍ノ国幻想8 呱呱《ここ》の声
龍《たつ》ノ原《はら》を守るため約定締結まで一歩、皇尊《すめらみこと》の懐妊が判明。愛の証となる命に、龍は怒るのか守るのか――。男女逆転宮廷絵巻第八幕！

泥《でい》流《りゅう》地《ち》帯《たい》

新潮文庫　み-8-6

昭和五十七年七月二十五日　発行
平成二十一年十一月二十五日　五十六刷改版
令和七年九月二十日　六十八刷

著者　三《み》浦《うら》綾《あや》子《こ》

発行者　佐藤隆信
発行所　株式会社　新潮社
郵便番号　一六二―八七一一
東京都新宿区矢来町七一
電話　編集部(〇三)三二六六―五四四〇
読者係(〇三)三二六六―五一一一
https://www.shinchosha.co.jp

価格はカバーに表示してあります。

乱丁・落丁本は、ご面倒ですが小社読者係宛ご送付ください。送料小社負担にてお取替えいたします。

印刷・錦明印刷株式会社　製本・株式会社大進堂

ISBN978-4-10-116206-5 C0193